영 광 된 미 래 의 초 석

개벽

박모은
장편소설

개벽

박모은
장편소설

영 광 된 미 래 의 초 석

1
下

맑은샘

일러두기
민간에 널리 퍼져 있는 선인과 도통한 스님들의 구전 설화와 세계 예언자들의 예언을
한국 중심의 판타지로 재구성한 것입니다.
이야기 구성은 창작이므로 특정 종교와는 무관합니다.

차례

행사

3월 초순, 이서경과 무영이 남양주 성진 스님의 절에 갔다.

성진은 무영을 보더니 깜짝 놀랐다.

"전보다 신이 더 커져 있어요. 도대체 어떻게 했길래…… 어떻게 수도를 하시는 거요?"

이서경이 무영을 훑어보더니 눈을 크게 떴다.

"그렇군요. 처음부터 신이 컸기 때문에 눈여겨보지 않았었는데 정말 더 커진 것 같군요."

"볼 때마다 커지고 있습니다. 대단히 놀라워요."

성진이 감탄하며 무영을 바라보았다.

"어떻게 수련하고 계신 건가요?"

"별로…… 그전과 별반 다르지 않은데요."

말은 그렇게 하면서 무영은 요즘 집안에 혼자 있을 때 떨어져 있는 물건을 기(氣)로 들어 올리고 옮기며 놀고 있었다. 처음에는 조그만 것에서 요즘은 제법 큰 것까지 자유자재로 옮길 수 있었다. 게다가 손바닥의 바람을 시험해 보느라 마당의 바닥을 향해 팔을 휘둘렀다가 작은 화단의 나무들이 부러지고 뜯겨 하늘로 날아오르는 참사를 겪기도 했다.

무영의 말을 믿지 못하겠다는 듯 성진이 다시 물었다.

"스물네 시간을 모두 수련에 몰두하고 계시요?"

"아뇨. 그건 아니고…… 학교도 가야 하니까요…… 하던 대로 하고 있어요. 제가 다른 분보다 수련 시간이 길긴 한가 봐요."

"몇 시간이나 하는데?"

이서경도 궁금한 모양인지 질문했다.

"집안에 혼자 있을 때, 남들 잠자는 시간에 주로 하지요."

"잠자는 시간? 그럼 잠자는 시간 전체를 수련한다고요? 앉아서?"

"네."

이서경이 고개를 흔들었다.

"어허, 이미 어떤 수준을 넘어선 것 같군요. 신들을 봐서도 그렇고요. 질문이 무의미한 것 같소이다."

성진이 한숨을 내쉬었다.

"예! 소승도 그리 생각합니다. 전 절간에 앉아 무엇을 했는지 자성(自省)하게 만드는군요. 부끄럽습니다."

"스님이 그런 말씀 하시면 나도 부끄러워해야 하니 그만합시다."

분위기를 전환하기 위해 이서경이 재빨리 화제를 바꿨다.

"아무래도 이번에 기회를 놓치면 또다시 기회를 잡기 어려울 것 같아서 회기 중이라도 하루 이틀 시간을 내야 할 것 같아요. 스님도 잠시 다녀오시는 것은 어떨지요?"

이서경의 말에 성진이 앞에 놓인 찻잔을 밀어내며 공책 한 권을 올려 펼쳐 놓았다. 거기에는 한자와 숫자가 빼곡히 적혀 있었다.

이서경이 공책을 돌려 훑어보았다.

성진이 말했다.

"이미 도통한 분들이라 의미는 없지만, 이건 우리 다섯 사람의 사주를 뽑은 겁니다."

"예! 그렇군요. 그래서 무영 군만 빼고 나머지 저를 포함해서 세 분이 이번에 모두 갔으면 합니다. 전과 다르게 흐름이 바뀌었어요. 스님도 아시다시피."

"예! 그렇잖아도 말씀드려야 하나 어쩌나 망설이고 있었거든요. 이미 의원님도 아실 것 같았고 서 여사님과 윤 이사님도 알고 계실 거예요."

무영이 두 사람이 말하는 대화를 알아들을 수가 없어서 질문을 했다.

"뭐가 흐름이 바뀌어요? 사주는 정해진 대로 가지 않아요? 점도 아니고 공식대로 가는 거니까요."

이서경이 공책을 손으로 토닥거리며 대답했다.

"그렇지 않아요. 사주라는 게 큰 흐름은 그대로라도 사람이 생각하는 것에 따라 얼마든지 바뀔 수가 있어요. 그 틀 안에서 벗어나지 못하는 사람들이 대부분이지만."

성진이 공책을 자기 앞으로 돌려서 다시 한번 보았다.

"워싱턴에 갔을 때, 안 갔을 때를 비교했더니 극과 극의 상황이 됩니다. 갔을 때 우리가 뭔가를 얻을 수 있다는 것도 보이고요."

"나와 같군요. 그러니까 반드시 가야지요. 얻는 게 우리가 원하는 단지든 정보든 가야 해요. 우리가 만약 천지의 기운을 획득하면 즉시 열어 날려 버리고 그 단지만 가지고 귀국하면 됩니다. 귀국 후에는 그 단지에 우리의 기운을 봉해야지요."

"기운 봉하는 방법은 이 의원님과 저만 알고 있으니, 오시지 않은 두 분과 무영 군에게는 가르쳐 드려야겠네요. 무영 군은 오늘 알려 줄 게요."

성진이 공책에 순서를 매겨 가며 적어 내려갔다.

잠시 후, 한 장 가득 적은 종이를 북 소리 나게 찢어 무영이에게 내밀었다.

"이걸 암기해 두세요. 뭐 당장 그럴 일은 없겠지만 무영 군이 만약 단지를 받게 된다면 기를 불어넣은 다음, 누구도 발견하지 못할 장소에 묻어두면 돼요. 절대 누가 봐서도 안 되고…… 이 땅 어디든지 발견할 수 없도록 깊은 곳에 깊이깊이 묻어 두란 말이에요."

무영이 종이를 건네받아 위에서부터 아래까지 단번에 읽어 내려갔다.

이서경이 무영의 종이를 넘겨 보더니 성진에게 말했다.

"서 선생도 현지로 가시니까 단단히 일러두세요."

"예! 알았습니다. 모레쯤 오실 것입니다요."

무영이 질문했다.

"왜 안에 있던 기운을 날려 보내고 우리의 기운을 넣는 거지요? 그 안에 있던 기운 자체가 천지의 기운 아니었나요?"

성진이 대답했다.

"그 말도 맞는 말이에요. 하지만 그 천지의 기운을 담는 단지 자체가 사람의 피로 빚어져 있고 그 시대 사람들의 한과 고통이 고스란히 담겨 있지요. 이건 전해 들은 건데요. 한창 잘나가던 알렉산더 대왕 시절이었어요. 주술사들이 마케도니아가 알렉산더 대왕 시절의 영광을 오래도록 누리려면 세상의 기운을 하나로 모아 봉해 놓아야 한다고 대왕을 꾄 거요. 한참 세력을 확장 중이던 대왕은 후세까지 마케도니아의 영광이 계속된다면 나쁠 게 없으니 허락했죠. 주술사들은 살아 있는 포로들의 살을 베어 피를 받았는데 그 수가 무려 33명이나 되었지요. 그 피를 굳혀서 단지를 만들었고 대왕에게 바쳐졌어요. 대왕은 그것을 침전 어딘가에 숨겨 두고 인도 원정을 떠나게 되었죠. 아시다시피 대왕은 인도 원정에서 병을 얻어 귀국 후에 서른세 살의 나이로 사망했어요. 모기에게 물려 말라리아에 걸려서 말이죠.

그 항아리는 영국으로 건너갔다가 일루미나티에 의해 미국으로 넘어갔어요. 그 안에 봉인된 기가 누구의 기인지는 모르지만, 그동안 영국도 미국도 전쟁으로 성장을 했으니까 좋은 기만 채워진 건 아니라고 봐요. 그러니 그 기를 날리고 우리의 기를 봉하자는 거요."

이서경이 나섰다.

"최소한 그 기운을 빼내야 미국이든 일루미나티든 잘난 척하는 꼴을 안 볼 거고, 거기에 우리의 기가 봉해져 우리 강산에 머문다면, 그래서 대한민국이 일본이든 중국이든 외세의 침략을 받지 않고 오히려 그들 위에 서서 군림할 수 있다면 더 바랄 것이 없겠어요."

이서경이 목이 메는 듯 말을 멈췄다.

무영이 두 사람을 번갈아 보며 말했다.

"저도 가겠습니다."

"안 돼!"

이서경과 성진이 동시에 외쳤다.

"저를 여기 남겨 두시려면 아예 이 모임에 끼워 주지 마셨어야지요."

이서경이 당황하며 말했다.

"아냐. 그게 아닐세. 무영 군은 여기에 남아서 천지의 기운을 담당해 달라는 거요. 그게 얼마나 중요한 일인지 잘 알잖는가?"

성진도 다급하게 말을 이었다.

"학생이 학기 중에 장기간 결석하면 안 되지요. 가져오는 일은 우리에게 맡기고 국내에서의 후속 처리를 같이합시다."

"제가 가야 일이 수월하게 풀리지 않을까요?"

무영이 자신의 의지를 굽히지 않자, 이서경이 고개를 세차게 흔들었다.

"이 일은 우리에게 맡기라니까…… 윤 이사와 서 여사도 계시니까요."

"우리의 능력을 무시하지 말아요. 무영 군!"

"아니…… 그런 게 아니라 저도 뭔가를 해야지요. 다들 고생하시는데 저만 가만히 있는 게 좀 그래서요."

"괜찮아요. 나중에 더 큰 일을 해야 하니까 그런 거예요."

성진이 적극적으로 무영을 말렸다.

"제 생각에는 그 천지의 기운 단지를 손에 넣는 것이 가장 중요한데 한 사람이라도 더 있어야 확률이 높잖아요. 제 신변을 걱정하셔서 하시는 말씀인 거 잘 알아요. 걱정 마시고 저도 이 땅에 빚진 게 있으니 갚아야 하지 않겠어요?"

"그래도 안 돼요."

이서경이 단호하게 말했다.

"우리가 만약 다행히 그 물건을 손에 넣는다면 우리 목숨은 다한 거나 다름없어요. 그런 상황이 닥친다면 우리 모두 다 죽게 된다고 하더라도 최후에 무영 군이라도 남아서 물건을 지켜야지요."

"물건이 안전하게 이 땅 어딘가에 정착이 되려면 우리 손에 들어오는 게 우선이에요."

무영의 반론에 성진이 심각한 표정으로 말했다.

"여보시오. 그래도 선인 네 명이요. 무려 네 명의 선인이 목숨을 걸고 하는 일이요. 우리 중에서 무영 군이 가장 젊으니 뒷일을 책임지라는 의미에서 남으라는 것이지 빠지라는 얘기가 아니요."

"그럼, 빠지는 게 아니라 오히려 가장 나중까지 책임지라고 하는 거요. 알았어요?"

"네! 그럼, 미리 가지는 않고요. 나사 견학만큼은 예정대로 가겠습니다."

"아참, 견학 간다고 했었지? 행사 당일에 견학이 돼요?"

"신원이 확실하면 신청 가능해요."

무영은 더 이상 얘기해 봤자 이들의 미국행에 동행시켜 주지 않을 것을 알고 수긍하는 대답을 했다. 일단 대답은 했지만, 무영은 서금화와 워싱턴에 가서 만날 계획을 이미 세워 놓고 있었다. 변수가 생긴 것은 엄마도 같이 가겠다고 나선 것이다.

미국에 있는 큰아들도 볼 겸 나사 견학을 간다고 하니 월차, 연차까지 다 내어 무영과 동행하겠다고 비행기표까지 예매해 놓은 상황이었다.

서금화는 5월이 시작되자 워싱턴으로 가서 윤검군을 만났다.

윤검군은 처음에 워싱턴으로 와서 비교적 저렴한 호텔에 한 달간 투숙하면서 눈만 뜨면 나가서 지리를 익히고 눈에 보이는 동양인마다 말을 붙였다. 그중에 한국 사람을 만나면 좀 더 친근하게 대했고 워싱턴에 두세 달 묵을 방이 있는지를 탐색했다. 하지만 그런 기회는 좀처럼 오지 않았고 급기야 인터넷을 뒤져 한국 교민 모임방에 들어가 방 하나를 구한다는 메시지를 띄웠다.

그러자 즉각 답이 왔다.

대학 근처의 이층집이었는데 국회 의사당도 멀지 않았고 나사까지는 좀 멀었지만, 충분히 걸어갈 수 있는 거리였다.

'어차피 시간도 많은데 좀 걷지, 뭐.'

집주인은 한국의 액세서리를 가져다가 미국과 중남미에 공급하는 무역상이었고 대법원 근처의 빌딩에 따로 가게가 번듯하게 있었다. 부부가 함께 운영하면서 두 아이와 함께 살고 있었는데 부인이 장사 수완이 좋아서 사업이 번창하고 있다고 했다. 방 다섯 개 중에서 1층과 2층의 방까지 세 개를 가족이 쓰고 이층에 있는 방 한 개를 내어 준 것이다. 방은 깨끗하고 한국식으로 꾸며져 있어 아늑한 느낌을 주었다.

윤검군은 자전거를 샀다. 걷는 것보다 훨씬 기동력이 뛰어났고 운동도 되었기 때문이다.

미국에 온 서금화를 데리고 하숙집에 나타나자 하숙집 부인은 서금화를 부인으로 생각하는 것 같았다.

"어머, 부인이 미인이세요."

"하하하…… 아니에요. 아이구, 아주 절친한 친구예요. 수십 년 된 절친이죠."

서금화가 웃으며 인사하자 하숙집 부인이 사과하며 너스레를 떨었다.

"아, 미안해요. 친구분이신 줄 모르고…… 실례했어요. 근데 정말 세련되셨어요. 스타일이 멋지세요. 옷 색깔 매치도 정말 잘 되셨고 무엇보다 피부가 하얗고 이목구비가 예쁘세요."

"고마워요. 부인도 품위 있고 아름다우세요."

하숙집 부인은 서금화의 말대로 기품이 있어 보였다. 화장을 한 듯 안 한 듯 자연스럽게 한데다 옷도 단순한 디자인에 색깔만 위아래로 맞춰 입어서 정갈하면서 소박한 느낌마저 주었다.

"윤 이사님이 여기 풍경을 찍어 보내 주어서 낯이 익네요. 정말 예쁜 곳이에요. 윤 이사님 잘 보살펴 주셔서 고마워요."

정원이 잘 가꾸어진 마당을 둘러보고 도로 맞은편 너머로 보이는 널찍한 집들에 시선을 주며 서금화가 인사치레로 말하자 하숙집 부인이 활짝 웃었다.

"이사님으로 부르시는군요. 이사님이 직접 세탁도 하시고 식사도 대부분 챙겨 드세요. 심지어 아래층 청소까지 해 주세요. 제가 따로 해 드리는 게 없어서 죄송할 정도예요."

가만히 듣고만 있던 윤검군이 나섰다.

"부인은 바쁜 분이고, 이 집 가족들 다 바쁜데 나는 할 일이 없는 사람이니 당연히 내가 해야지요. 그런 것쯤 한국에서도 했다고요."

서금화가 깔깔대며 윤검군의 등을 다독거렸다.

"좋은 자세예요. 백수라는 게 나쁘지만은 않군요."

"뭐…… 적응하면서 사는 거지요. 허허허……."

서금화가 하숙집 부인에게 물었다.

"저도 여기 하숙 좀 할 수 있을까요? 이분과 같은 조건으로요. 이 달만요."

하숙집 부인이 대답했다.

"한 달이요. 네! 1층에 방은 있는데 치워야 할 거예요. 거의 창고 수 준으로 이것저것 들여놔서요."

"치우고 정리하면 되지요."

"그럼 치워 드릴 테니 쉬다 가세요."

서금화가 고마워하며 인사를 꾸벅했다.

"아유! 정말 감사합니다. 감사해요. 방 치우는 건 저도 같이할게요."

하숙집 부인이 환하게 웃으며 말했다.

"같이 치우면 금방 치울 거예요. 밖에 창고가 따로 있으니까 그쪽 으로 옮기면 되거든요. 이사님도 5월까지라고 하셨는데 같이 가시려 고요?"

"네, 관광도 좀 하고 그사이에 박람회 같은 이벤트 있으면 구경도 하고요. 그런 거 있을까요?"

"이벤트라면 나사에서 하는 세계 음식 박람회 이벤트가 있어요. 이 달 20일이지요."

서금화가 던진 말에 하숙집 부인이 정보를 술술 주고 있었다. 속으 로 놀란 마음을 다스리며 서금화가 시치미를 뚝 떼고 물었다.

"나사요? 거기 민간인도 들어갈 수 있어요?"

"아! 그럼요. 저도 그 음식 이벤트에 참여하거든요. 우리 교포 몇 사 람과 뭉쳐서 이번에 한국 대표로 참여할 거예요. 뭐 조촐하겠지만요."

"어머, 거기 참여하면 다른 나라 음식도 먹어 보고 그러겠군요. 그렇죠?"

"아마 그렇겠죠. 수십 개국이 참여하니까요."

"사람들이 많이 오겠네요. 저도 참여하면 안 될까요? 저도 한 요리 솜씨하는데 제가 도움이 된다면 도와드릴게요."

하숙집 부인이 반가워했다.

"아유, 그럼 고맙고 저야 좋지요. 그렇잖아도 은근히 걱정하고 있었거든요. 바빠서 그날 하루 빼는 것도 쉽지 않은데 음식을 사전에 좀 해 보고 해야 하는데 그러지 못하고 있어서요."

부인은 바쁜 와중에 한국 문화도 알릴 겸 나사에서 주최하는 행사에 참여하는 것이 일생의 추억거리가 될 것 같아 신청했다고 한다.

서금화가 말했다.

"내가 음식 솜씨가 있으니 최선을 다해 돕겠습니다. 부인! 나오면 다 애국자가 된다더니 나라 밖을 나오니 바로 한식이 그립고 된장찌개, 김치찌개가 먹고 싶네요. 메뉴는 뭘 할 건가요?"

부인이 말했다.

"한국 하면 제일 인지도가 높은 게 불고기에요. 불고기하고 떡볶이하고 잡채, 김치를 하려고 하고요. 저 혼자 하는 건 아니고요. 교민분들 열 분 정도가 같이 준비할 거예요. 그 중의 교민 한 분이 한과를 만들어 가지고 온다고 했어요."

"그래요. 전에는 어떤 메뉴로 했대요?"

"전에도 비슷했는데 평들이 좋았다고 하더라고요."

"이게 몇 년 만에 열리는 거예요?"

"아마 4년 만에 열릴걸요. 대부분 학생들 대상으로 하는 행사가 많다 보니 일반인들 대상으로 하는 프로그램은 어쩌다 있는 편이에요."

"아, 네. 그렇군요. 이런 뜻깊은 행사를 도울 수 있어서 정말 기뻐요."

서금화와 윤검군은 서로 무언의 시선을 주고받았다.

1층으로 안내받은 방은 정말 창고처럼 온갖 잡다한 것이 쌓여 있고 먼지를 잔뜩 덮어쓰고 있었다.

하숙집 주인과 서금화가 물건을 들어내면 윤검군이 밖의 창고로 옮겨 날랐다. 그렇게 십여 차례에 걸쳐 물건을 나르고 쌓인 먼지를 털어내고 걸레질을 했다. 그리고 밖에 있던 창고에서 낡은 침대 하나를 들어다 놓고 의자 하나와 탁자 한 개를 창가에 놓으니 어느 정도 기거할 수 있는 모양새가 되었다.

여장을 풀고 서금화는 이층에 있는 윤검군을 불러내어 산책길에 나섰다. 주변도 둘러볼 겸 이야기도 하기 위해서였다.

"무영 군이 행사 날짜에 맞춰 견학 신청을 했는데 나도 같이 신청해 뒀더라고요. 의원님과 스님은 모르시는 것 같은데요. 우리는 이벤트 행사 인원으로 들어가고 차라리 스님이 무영 군과 함께 견학을 하는 게 낫지 않을까요? 스님이 허락하실지, 나사 견학에 스님이 해당되는지 그것도 모르지만요."

"허허…… 참, 무영 군은 대담한 면이 있다니까요. 우리는 나이를 먹어서 그런지 생각이 고루한데, 무영 군은 생각에 막힘이 없어요. 능력 면에서는 더 대단하지요. 참 대단해요."

무영의 얘기가 나오자 윤검군이 무영을 칭찬하느라 침이 튈 지경이었다.

"집중력이 남달라요. 오기 전에 무영 군을 만났는데 신이 더 커져 있더라고요. 이미 우리들 능력을 한창 뛰어넘고 있어요. 앞으로 점점 더 차이가 날 거요."

서금화의 말에 윤검군이 탄식을 내뱉었다.

"아!!! 나는 세상 헛살았어. 돈과 명예만 좇다가 내가 누군지도 모르고 알려고 하지도 않고 세월만 보냈으니……. 육십이 넘으니 무영 군이 마냥 부럽고, 그 나이에 옆도 돌아보지 않고 집중할 수 있다는 것도 부럽소."

"윤 이사님만 그런 게 아니고 대부분 그렇게 살지요. 또 그렇게 사는 게 맞아요. 전생을 현생에 잇는 것은 어찌 보면 부질없는 짓이에요. 현생에 충실하게 살아야지요. 우리야 하는 일이 정해져 있어서 이렇게 전생, 현생을 이어서 사는 거지요. 지금 늦게나마 잘하고 계시잖아요."

"에휴! 못난 사람인 걸 깨우쳐 주는 서 선생이라도 옆에 있어 다행이요."

"스님 견학이 허락된다면 저랑 바꾸는 것도 나쁘지 않을 거예요. 스님이 나사에 들어올 수 있는 기회이기도 하고 내부를 둘러보고 지도와 비교해 보면서 눈대중이라도 어디쯤 있는지 가늠해 볼 수 있잖아요. 우리는 우리대로 화장실 가는 것처럼 해서 틈틈이 둘러보면 되고요."

"하숙집 주인은 친구 중에 나사에 근무하는 사람이 있어서 친구를 따라서 내부를 둘러본 적이 있답디다. 우리는 그렇게 들어가고 싶어도 못 들어가서 안달인데 친구가 데리고 들어가는 건 얼마든지 되나 봐요."

"정말요? 오! 맙소사."

"진작 이곳에 와서 나사에 근무하는 사람을 사귀어 놨으면 좀 더 수월할 걸 그랬어요."

"정말…… 진작 윤 이사님이 이곳에 계셨어야 했어요. 그러니까 좀 지내보니까 뭔가 길이 보이는 것 같아요. 그죠?"

"그러는 것 같소만 나 혼자 이렇게 덩그러니 있다가 서 선생도 같이 있으니까 한결 낫군요."

"이번에 일이 어떻게 돌아가는지 보고요. 무영 군의 말도 그렇고 나도 스님도 이번에 어떤 좋은 일이 생길 거라는 느낌을 받았거든요. 어쩌면 우리가 원하는 귀중한 정보를 얻을 수 있을지도 모르겠어요."

"나도 그렇게 됐으면 간절히 바라고 있지만, 만약 5월에 아무런 일이 일어나지 않는다면 서 선생도 여기 남으시오. 내가 오늘 서 선생하고 이곳을 걸으니까 서울에 있는 것처럼 마음이 푸근해서 그래요."

"적적하셨나 보네요. 그러니까 일단 5월이 지나 보고요."

집으로 돌아온 서금화는 서울에 있는 무영에게 전화했다.

"무영 군! 나사에서 5월 20일에 세계 음식 박람회가 있잖아요. 나와 윤 이사님은 여기 교민들과 함께 세계 음식 박람회 이벤트에 묻어 들어가게 되었어요. 그러니 나사 견학은 스님과 함께하는 게 어떻겠어요?"

"예? 정말요? 잘 됐어요. 스님도 기뻐하실 거예요."

"먼저 스님 의향을 타진하고 나사에 스님도 견학이 가능한지 물어봐서 나 대신 스님으로 명단을 바꾸어 주세요."

"네, 선생님!"

곧바로 무영은 성진과 통화했다. 서금화에게서 들은 이야기를 전하며 서금화 대신 성진을 견학 명단에 넣겠다는 말을 전하자 자신이 나사 안에 들어갈 수 있는 방법이 생겼다며 기뻐했다. 무영은 즉시 컴퓨터에 포털사이트로 들어가 나사에 접속해서 견학 신청자 명단을 수정했다.

워싱턴을 같이 가기는 하지만 무영과 엄마의 목적은 달랐다.

엄마의 목적은 워싱턴이 세계 정치의 중심이 되고 있는 것을 보여주며 무영이 워싱턴이 됐든 큰아들 대영이 있는 LA가 됐든 미국의 유명 대학에 들어가서 박사 학위를 받는 것이었다. 맏이인 대영에게 그다지 기대하지 않고 있어서인지 아직도 미국의 유명 대학은 무영에게 엄마의 공략 대상이었다.

무영의 엄마는 5월 셋째 주를 통째로 휴가를 냈다. 토요일, 일요일을 끼고 총 열흘이었는데 5월 16일에 가서 5월 23일에 돌아오는 일정이었다. 이 기간 내에 워싱턴에 있는 대학을 돌아보고 무영이 유학할 마음이 들게 하는 게 목적이었다. 무영의 현재 상황을 전혀 모르는 엄마는 무영의 나사 견학을 매우 기뻐했다. 모자의 워싱턴 방문 목적은 전혀 달랐고 서로 목적에 대해서도 말하지 않았다.

행사 5일을 앞두고 성진은 홀로 미국으로 향했다.

미연방대법원이 보이는 작은 호텔에 자리를 잡고 윤검군, 서금화와 연락을 해서 만났다. 딱히 특별한 방법이 나오지는 않았지만, 이번에는 무언가 성과가 있을 것 같다는 느낌에 모두들 긴장감이 도는 모습이 역력했다.

"딱히 계획도, 대책도 없는데 긴장돼요."

서금화의 말에 성진이 공감했다.

"정말 기대 반, 두려움 반. 우리, 모험 속에 들어온 소년, 소녀 같아요. 그래도 기분은 정말 좋습니다."

"소년, 소녀 같다니…… 어, 이거 갑자기 왕창 젊어진 느낌이요."

윤검군의 말에 서금화가 다시 차분하게 물었다.

"무영 군은 이틀 후에 어머님과 온다고 했으니, 의원님만 빼고 다 오시는 거네요."

"의원님도 전날이나 당일 오전에 최대한 맞춰서 온다고 하셨는데 그렇게 되면 이번에 모두 워싱턴에 모이는 거예요."

성진의 대답에 윤검군이 크게 숨을 들이쉬었다가 뱉으며 말했다.

"지금으로선 전혀 보이는 것 없이 막막한데 정말 성과가 있을지……."

서금화가 윤검군의 말을 막았다.

"아무런 성과가 없진 않을 거예요. 적어도 우린 안을 살펴볼 기회가 있으니까 어디 어느 건물에 있는 것쯤 파악하고 올 수 있어요. 최소한 그 정도까지는 할 수 있잖아요. 만약 이번에 그렇게라도 눈에 익혀 놓으면 다음엔 그 건물 내부만 파악하면 되잖아요. 그다음에 올 때는 한 번 직접 도전해 보는 거지요. 뭐 죽기밖에 더 하겠어요?"

윤검군이 껄껄 웃었다.

"서 여사 간이 배 밖으로 나왔구먼. 껄껄껄……."

"그러게요. 서 여사의 배포가 갈수록 커져서 감당하기 버겁습니다. 하하하……."

서울에서 헤어지고 다시 만나기까지 두 달이 넘었지만 마치 어제 헤어진 벗처럼 친근했다.

행사 3일 전에 무영이 엄마와 함께 워싱턴에 도착해서 성진과 같은 호텔에 여장을 풀었다. 호텔 로비에서 스님과 반갑게 인사하는 것을 보고 엄마가 의아해했으나 같은 한국 사람을 만나서 그러는 줄로만 알았다.

"엄마, 이분이 나사 견학 같이 들어갈 분이에요."

"아! 안녕하세요. 우리 무영이 잘 부탁드립니다, 스님."

"예~ 반갑습니다. 무영 군 같은 천재 아드님을 두셔서 든든하시겠습니다."

"아, 예! 무영이가 좀 똑똑하긴 하지요.…… 아! 그런데 무영이가 똑똑한 건 어떻게 아세요? 전부터 우리 무영이와 아는 사이였나요?"

성진이 무영을 한 번 쳐다보고는 웃었다.

"아닙니다. 나사 견학 일정이 같다 보니 인터넷상으로 채팅을 좀 했지요. 다른 학생들과 달리 해박한 지식이 있어서 놀랐거든요. 게다가 열여섯 살밖에 안 됐는데 대학생이라고 해서 또 놀랐고요. 대단한 아드님이세요."

"아! 그러셨구나. 예, 어쨌든 우리 무영이 잘 부탁드립니다."

"제가 무영 군에게 부탁해야 할 지경입니다. 걱정 마세요."

엄마가 손으로 입을 가린 채 무영에게 귓속말로 속삭였다.

"넌, 엄마가 교회에 다니는데 스님을 만나고 다녀야겠니?"

무영을 나무랐지만, 가족에게 종교를 막무가내로 믿으라고 할 만큼 속 좁은 여자는 아니었다. 성진의 말을 그대로 믿은 엄마에게는 그게 중요한 게 아니었다. 무영의 엄마는 무영의 유학 문제가 머리에 꽉 차 있었다.

"무영이는 나사 견학을 왔지만 저는 무영이가 좋다면 이곳에 좋은 대학이 많으니까 이곳 대학을 보내고 싶어요. 그래서 좀 둘러보려고요."

엄마가 일어서서 성진에게 인사를 하자 무영도 따라 일어섰다. 성진이 손으로 엄마를 따라가라는 신호를 보냈기 때문이다. 무영도 성진에게 인사를 하고 엄마를 따라 밖으로 나갔다.

화창한 봄 날씨가 겉옷을 벗어 팔에 걸치게 만들었다.

"어디로 갈 건데요?"

"이곳에 있는 대학을 검색해 봤는데 이름있는 대학은 이곳과 좀 떨어져 있더라."

"엄마 유학하려고요?"

"응? 아니, 너…… 한국과는 차원이 다른 캠퍼스니까 한 번 구경해 보고 마음에 들면 이곳에 와서 공부해 보는 것도 좋지 않겠니?"

"공부하는 사람이 중요하고 가르치는 사람이 중요하지, 캠퍼스가 뭐 중요해요. 엄마, 난 괜찮다니까."

"무영아! 장사를 하는 데에 뭐가 중요한지 아니?"

"나 장사할 거 아닌데요."

"그러니까 장사를 하려면 사람들이 뭐 보고 들어오겠니?"

"간판!"

길을 가다가 멈춰서서 모자는 마주 보고 논쟁을 벌이고 있었다.

"그래, 간판을 보고 뭐 하는 집인지 알고 간판의 모양이나 색깔, 이런 것들이 사람들의 구매 충동을 일으켜서 방문하는 거야. 방문한다고 다 사는 것은 아니지만 적어도 확률상 많이 방문하면 그만큼 많이 팔수 있는 거지. 간판이 그래서 중요한 거야."

"그러니까 나한테 유명 대학 간판을 따라는 거잖아요. 지금도 우리나라에선 나름 유명 대학인데…… 난 욕심 없어…… 괜히 욕심부리다 탈 날까 봐."

"다른 애들에겐 욕심일지 몰라도 너한텐 이게 욕심이 아니야. 넌 네가 얼마나 뛰어난 머리를 가졌는지 과소평가하고 있거든. 다들 인정하고 있는데 너만 부정하고 있어서 안타까워서 그래. 제발 눈 크게 뜨고 세상 넓은 것 좀 보렴. 그리고 큰물에서 놀아야 큰 물고기가 될 수 있어. 작은 개울에는 피라미밖에 살 수 없잖니."

"엄마는 우리나라를 과소평가하고 있네. 내가 엄마의 그 이론을 뒤집어 줄게요. 반드시 우리나라에서 공부해서 우리나라가 세계에서 가장 우수하고 가장 강력한 나라가 되어 모든 나라, 모든 사람들이 부러워하는 나라가 되도록 만들어 볼게요. 엄마가 바라는 게 이런 나라에 사는 거잖아. 그렇죠?"

"그렇긴 한데…… 그게 말로 한다고 되는 게 아니잖니? 그래서 좀 더 좋은 곳에서 배워야 하는 거고."

"되도록 만들 거예요. 우리나라에는 과거 실수를 거듭하면서 보완하고 보완하면서 이미 그런 인프라가 갖춰져 있고 미래에 세계를 이끌 수 있는 인재들이 여기저기서 자라고 있는 중이거든요. 물론 엄마의 아들 나를 포함해서."

오랫동안 이어져 온 해묵은 논쟁거리였지만 엄마는 작심하고 미국의 대학 규모를 무영에게 보여 주고 싶어 했고, 무영은 이번 기회에 그 쟁점에 종지부를 찍고 싶었다. 그래서 양보 없는 팽팽한 신경전이 더 해졌지만 이곳에는 중재해 주는 아빠가 없었다.

"무영아! 잘 들어봐. 이상과 현실은 다른 거야. 우리나라 지도층을 보면 유명 대학 유학을 다녀온 사람들이 많아. 그 사람들이 우리나라를 이끌면서 우리나라 많이 발전했잖니. 그러니 너도…….”

"그래서 하나라도 더 공부하려고 나사 견학까지 왔잖아요. 엄마가 생각하는 것만큼 저 어린아이 아니고 생각 많이 해요. 아들 걱정해 주셔서 항상 고마워요. 하지만 저도 제 갈 길에 대해서 많이 생각하고 노력하고 있으니까, 엄마도 아들 좀 믿어 봐. 엄마가 자꾸 그러니까 아들을 못 믿는 것 같아서 좀 그러네.”

"못 믿어서가 아니라 인생을 좀 더 산 연륜의 지혜라고 받아 주면 안 되겠니? 어른 말씀 잘 들으면 자다가도 떡이 생긴다는 말이 있잖니. 너처럼 어려서 유학을 안 갔던 사람이 사회생활 하다가 벽에 부딪혀 나중에 서른 넘고 마흔 넘어서 뒤늦게 유학 가는 사람들 간혹 있거든. 너는 그렇게 되지 말라고. 정상 코스를 밟아서 사회생활 하는 게 좋을 것 같아. 그래야 나중에 후회하지 않으니까. 그게 나만의 생각이 아니고 너를 아는 주변의 많은 어른들의 생각이기도 해. 그러니까…….”

"그런 일은 없을 거예요. 장담해요, 엄마!”

엄마는 답답한 와중에도 화를 내지 않고 인내하며 대화를 이어갔다.

"세상에 장담했다가 후회하고 뒤집어지는 경우 많더라. 그럼, 멀리 가지 말고 일단 워싱턴에 있는 대학들 탐방이나 해 보자. 그건 할 수 있지?”

"캠퍼스 투어는 할 수 있지요. 별 의미가 없을 테지만…… 차라리 박물관이나 다른 일정으로 가는 게 더 나을 텐데요."

"아!!! 물론 박물관도 가고 워싱턴의 주요 관광지는 다 돌아볼 거야. 거기에 대학 탐방을 사이사이에 하는 거지. 일주일은 기니까."

"에이, 박물관, 기념관만 다녀도 일주일이 부족할 텐데…… 하루는 나사 견학도 가야 하고…… 일정이 너무 빡빡한 거 아냐?"

링컨기념관에 가기 위해 줄지어 있는 상점가들을 걷고 있는데 어디서 나타났는지 성진이 다가왔다.

"안녕하십니까, 보살님! 무영 군. 저도 산책 나왔는데 같이 가도 될까요?"

성진이 무영에게 인사말을 건네고 엄마에게 인사했다.

"아…… 네! 호텔에서 뵈었던 스님이시군요. 관광 나오셨나 봐요?"

"예! 처음이라 길이 영 서툽니다. 무영 군을 만나니 정말 반갑군요. 어디 정하고 가시는 겁니까?"

이미 워싱턴을 네 번이나 다녀간 적이 있던 성진은 모자 사이에 끼기 위해 자연스럽게 거짓말을 하고 있었다.

"아, 예! 링컨기념관에 가려고요."

"정말 잘됐습니다. 저도 그쪽으로 가려고 나왔거든요."

무영이 반색을 했다.

"그럼 오늘 하루 우리랑 같이 다녀요, 스님!"

"그럴까요?"

성진이 대답하고 엄마의 얼굴을 살폈다.

"그러세요. 스님 때문에 우리가 주목을 좀 받겠는걸요."

"아이구, 폐 끼치지 않도록 조심하겠습니다. 보살님!"

성진의 말에 엄마가 제동을 걸었다.

"스님. 전 교회에 다니거든요. 보살님이라는 단어는 빼고 말씀해주세요. 듣기 거북해요."

"아, 그렇군요. 그렇게 하겠습니다. 아…… 그럼 여사님으로 부르면 되겠네요."

"아줌마라고 부르셔도 되니까 보살이라는 말씀만 안 하시면 돼요."

무영이 옆에서 낄낄대고 웃었다.

"어디에 있는 절에서 오셨어요?"

"예! 절은 남양주에 있어요."

"그렇군요. 우리 무영이와는 아는 사이처럼 인사를 하던데 혹시 예전부터 아는 사이인지요? 아무래도 아까 처음 만난 것 같지는 않아 보였거든요. 왜냐하면 나사 견학을 한 날에 신청했다고 해도 인터넷상으로 각각 신청했을 테니까 견학하는 당일에 현지에서 만나기 전까지 얼굴을 몰라야 하는 게 맞는 것 같은데 아까 제가 본 바로는 이미 알고 있는 사이였단 말이에요."

무영이 대답했다.

"엄마, 내가 한자 자격증 가지고 있잖아. 대학 들어가서 한자 동아리에 들어갔는데요. 그 한자 동아리를 거친 분들 중에 각계각층에 정말 많은 분들이 계시더라고요. 스님도 그 동아리 회원이세요."

성진이 추가적인 대답을 했다.

"예! 회사 중역도 계시고 학원강사도 있고 정말 다양한 분들이 계시지요. 국회의원도 계시고요."

"아! 그래요? 국회의원님도 계세요?…… 특별한 동아리 같네요. 높으신 분들의 모임 같아 보여요."

엄마가 호기심을 가지고 다음 말을 기다렸다.

"특별하지요. 무영 군의 한문 실력이 대단하더군요. 국내에 열 손가락 안에 꼽을 정도의 실력을 가지고 있어서 한문을 하는 동아리에 초대를 한 적이 있어서 그때 안면이 좀 있습니다. 그렇지요, 무영 군?"

무영이 싱긋 웃으며 대답했다.

"네!"

"아~ 그렇구나. 내가 모르는 무영이 영역이 있구나. 하긴 유치원 때나 엄마 품속이지 이후엔 자기 세계가 따로 있을 나이지요. 하물며 지금은 대학생인데……."

"무영 군이 동아리에서 제일 어립니다. 장래가 촉망되는 인재로 주목받고 있지요."

"아! 그래요. 아직 어려서…… 그렇게 큰 모임에 속해 있는 줄은 몰랐어요."

엄마는 유명한 어른들의 모임에 들어가 있는 무영을 대견해하면서 자신도 모르게 말투가 상냥하게 변하고 있었다.

이야기를 하며 그들은 동상이 줄줄이 서 있는 공원에 다다랐다.

"6·25전쟁 기념 공원이에요."

성진의 말에 무영 엄마가 성진을 쳐다봤다.

"어머, 여기가 6·25 공원인 건 어떻게 아세요? 처음이라면서요?"

"생각해 보니까 전에 온 적이 있었네요. 너무 오랜만이라 잠시 초행길 같았나 봐요."

성진의 말에 엄마는 성진을 다시 보았다.

"스님의 지인이 미국에 많은가 봐요."

"어쩌다 보니 그렇게 됐습니다. 이런 곳에 한국전쟁을 기념하기 위한 공간이 있다는 것은 정말 의미가 있지요."

성진이 말머리를 공원 이야기로 돌리자 무영이 말을 받았다.

"분위기가 무겁지만, 한국인이라면 생각해야 하는 장소에요."

"저기 카페가 있는데 들어가서 다리 좀 쉬고 가시지요. 저 집 차 맛이 괜찮습니다, 여사님!"

"네, 저런 곳에 찻집이 있군요."

그 카페는 무영도 이서경과 2월에 두꺼운 파카를 입고 들렀던 카페였다.

낯익은 실내에 들어서자 무영은 무의식중에 2월에 앉았던 자리를 찾았다. 다행히 자리는 비어 있었고 무영이 빠른 걸음으로 자리에 가서 앉았다.

엄마가 뒤따라오며 무영에게 말했다.

"너 꼭 여기 잘 아는 사람처럼 와서 앉는다. 마치 여러 번 와 본 사람처럼."

"헤헤헤…… 그럴 리가……. 여기는 처음인걸."

무영도 성진처럼 얼떨결에 거짓말을 하자 웃음이 나왔다.

성진이 천천히 와서 무영의 옆자리에 앉았다.

차 주문을 하고 나자, 무영 엄마가 성진에게 물었다.

"아까 한문학 모임이라고 했나요? 무영이와 많은 어른들이 가입해 있다고 한…… 그 모임에 대해서 더 얘기해 주실 수 있나요?"

무영 엄마는 아들이 어떤 모임에 속해 있는지 알고 싶어 했다.

"한문학을 하는 사람들의 모임인데요. 무영 학생이 어린 나이에 한문 쪽으로 대단한 실력을 보이고 있다고 소문이 났어요. 무영 학생이 다니는 대학에 한문 동아리가 있는데 마침 무영 학생이 들어왔어요. 그 한문 동아리를 거쳐서 사회에 진출한 유명 인사들이 여럿 계십니다. 대학 동아리를 거치면 사회에 나와서도 인터넷상으로 동아리 활동을 하면서 대화를 꾸준히 할 수 있도록 모임이 활성화 되어 있어요. 한문학에 대한 연구와 소통을 할 수 있는 창구지요. 무영 학생이 막내고 회원님들은 모두 훌륭하신 분들입니다."

"그래요. 점잖으신 스님을 보니 염려는 안 해도 되겠습니다만 아직은 무영이 어리기도 하고 느닷없이 나사 견학을 가겠다고 하고, 그것도 형이 있는 LA 쪽이 아니라 생뚱맞게 워싱턴이라고 해서 놀랐거든요. 나사 견학이라니…… 아무래도 무영이 밤하늘을 보면서 별자리를 본다던가 우주에 대해 관심을 가진 걸 한 번도 들어 본 적이 없거든요. 솔직히 말씀드리자면 이번 워싱턴 여행에 의문을 가지고 있어요. 단순히 여행이라면 다른 곳도 있을 텐데…… 왜 굳이 워싱턴인지. 어떤 이유가 있는지 묻고 싶어요."

사십 대 후반 엄마의 촉에 뭐가 걸렸는지 예리한 질문이 앞에 앉은 두 사람에게로 날아왔다. 성진이 대답하려는데 무영이 주머니에서 수첩과 볼펜을 꺼내 뭔가를 적더니 무릎 위로 내밀었다.

'뒤에 아랍인들이 있는데 대화가 이상해요. 돌아보지 말고 가만히 들어 보세요.'

성진이 한 번 읽고 무영을 쳐다보자, 무영이 수첩을 바로 주머니에 집어넣었다.

성진 일행이 앉았을 때 잠시 대화를 멈추고 있던 그들은 자신들이 아랍어를 못 알아들을 줄 알고 다시 작은 소리로 대화하고 있었다.

성진과 무영은 자신들의 수호신을 통해 외국어도 다 알아들을 수 있었다.

"그놈들이 어디로 들어오겠다는 건지, 여기에서도 블랙리스트 명단은 확보되어 있어서 정문 통과는 꿈도 못 꿀 텐데…… 어떻게 들어오겠다는 거지?"

"그거야 놈들이 한다면 어떤 식으로든 하는 놈들이니까 할 거야."

"그래! 놈들의 특기가 테러잖아."

"그들이 말한 북쪽에 경비원들의 수가 좀 적긴 해."

"북쪽이 담장과 가깝기도 하고…… 설마 담을 넘어 들어오는 거 아냐? 지금까지처럼 무식하게 들어와서 휘젓고 다니다 붙잡히거나 사살되고……. 음, 생각하기도 싫다."

"그럴 수도 있겠다. 아니……. 그럴 가능성이 높네. 북쪽이라고 했으니까 어쨌든 이목을 끌어주면 경비원들이 그쪽으로 몰려갈 거야. 그 틈을 놓치지 말아야지."

이때였다. 무영 엄마의 화난 목소리가 두 사람의 집중력을 깨뜨렸다.

"스님이 말씀을 안 하시니, 무영아! 네가 말 좀 해 봐. 어떻게 된 건지."

무영이 퍼뜩 정신이 들어 엄마를 바라봤다. 미간을 찌푸리고 몸을 앞으로 쑥 내민 채 성진에게 답변을 씹혀 기분이 상한 엄마가 무영에게 다그치고 있었다.

"아! 아…… 그러니까 엄마, 미안한데 엄마가 무슨 질문을 했었지?

스님께 한 질문이라 내가 귀담아듣질 않아서…… 죄송한데 어떤 질문이었어요?"

성진이 난처한 표정을 지으며 손가락으로 무영의 무릎을 쿡쿡 찌르고 뒤를 가리켰다. 뒷사람들의 얘기를 계속 들으라는 뜻이었다.

"죄송합니다, 여사님! 무영 군이 뭔가 질문을 적어 주는 바람에 그걸 생각하느라 결례를…… 죄송합니다. 이건 사전에 약속을 한 게 아니고요. 회원님 중의 한 분이 이곳 나사에서 하는 행사에 참여하세요. 저는 그 행사 응원차 왔고요. 내친김에 나사 견학도 할 겸, 워싱턴 구경도 할 겸 겸사겸사해서 온 겁니다. 무영 군은 나름 생각이 있어서 왔을 거고요."

"그 행사가 언제인가요?"

"5월 20일입니다. 이틀 후에요."

"이틀 후면 무영이가 나사 견학을 신청해 놓은 날이군요. 스님도 그날이고요?"

"네, 그 주에 일반인들 견학 날짜가 그날밖에 없었거든요."

"그럼, 우연인가요?"

"무영 군이 나사 견학 신청한 건 인터넷으로 올려서 알았고요. 어차피 워싱턴 갈 거 나사 견학도 나쁘지 않을 거 같아서 소승도 신청한 거예요. 별 뜻 없어요."

"아!!! 나사에서 행사를 자주 하나요?"

"일반인을 불러들인 행사가 자주 있지는 않지만 4년에 한두 번 정도는 있다고 하더군요."

"그래요. 저는 우리 아들이 이곳 대학에 관심 좀 가져 달라고 캠퍼스 투어를 계획하고 왔는데 아무래도 제 희망사항인 것 같네요. 완전 헛다리 짚은 것 같아요."

엄마가 자포자기한 심정을 내비쳤다.

"무영 군은 지금도 훌륭하고 이미 일반 사람들은 따라갈 수 없는 수준입니다. 여사님은 아들 걱정은 마십시오."

"이곳에 클린턴 대통령이 나온 조지타운대학도 있고 해서 조금은 기대를 하고 왔는데…… 좀 아쉽지만, 아들의 판단을 믿겠습니다."

"예! 믿으십시오. 어디를 둘러봐도 이만한 인물, 능력을 가진 젊은 이 없습니다. 제가 장담하지요."

무영의 엄마는 최근 2~3년 사이 변화한 아들에 대해서 모르고 있었다.

성진이 엄마를 상대하는 동안 무영은 뒤에 앉은 사람들의 대화에 집중했다.

"하산이 이번 작전을 잘 성공시켜 주면 좋겠어."

"능력이 있고 부하들 다룰 줄 아는 인물이니 잘해 낼 거야. 나는 믿어, 그 친구를."

"문제는 행사 중에 어색한 티를 내지 말아야 하는데 그게 더 걱정이라고. 그 친구 눈빛이 좀 차가운가."

그 말에 고개를 숙이고 킥킥대고 웃는 모양이었다.

"요전에 놈들이 들이닥쳐 지도를 꺼내 들고 얘기하는 통에 매우 놀랐어. 지도가 없는 사람이 없네."

"그래! 하지만 그 지도를 믿는 사람들이 많아서 정말 다행이야. 나사 놈들, 아니 일루미나티들이 속임수로 지도에 별표를 해 둔 걸 우리 말고 누가 알까!"

"그러게, 교활한 일루미나티!"

"진짜 별표를 해 둔 건 한 장밖에 없다며?"

"그건 우리 손에 없어."

무영도, 잠시 무영 엄마와 대화를 중단한 틈을 타 소리에 집중하던 성진도 깜짝 놀랐다. 별 표시가 된 지도가 가짜라니. 자신들은 이 지도도 몇십 년 만에 그야말로 우연찮게 손에 넣었는데 가짜라고 말하고 있었다. 그리고 또 하나의 별표가 된 진짜 지도가 있다고 했다.

뜻밖에 새로 알게 된 소식에 머릿속이 복잡해진 성진이 머리에 손을 얹고 팔꿈치로 탁자를 짚었다. 무영의 엄마가 놀라서 눈을 동그랗게 뜨고 성진을 바라보자, 성진은 괜찮다며 손을 흔들었다.

무영도 심각한 표정으로 등 뒤의 사람들 대화에 집중하다가 이내 안도하는 표정으로 돌아왔다.

무영이 성진에게 작은 소리로 말했다.

"스님, 우리 것이 진짜예요."

무영의 한마디에 성진의 얼굴에도 이내 평화가 찾아왔다.

월초부터 국회가 한창 열리고 있는 와중에 개인 사비로 이서경도 5월 19일 오후에 도착했다. 2박 3일의 짧은 일정으로 역시 성진과 무영 모자가 묵고 있는 호텔로 방을 정했다. 5월 20일을 하루 앞두고 워싱턴에 다 모인 셈이었다.

호텔 로비에서 이서경, 성진, 김무영, 세 명이 모였다. 무영의 엄마는 이서경을 보고 인사한 다음 자리를 비켜 달라는 아들의 부탁에 먼저 객실로 올라갔다.

"뒤따라온 사람은 없나요, 의원님?"

"나 혼자 왔어요. 이런 사적인 일에 보좌관을 동행할 수 없지요."

"그렇군요. 내일 저는 무영 군과 견학을 갑니다. 그런데 문제가 생겼습니다, 의원님!"

"뭐가요?"

"어제 들은 첩보에 의하면 우리가 가진 지도가 원본이고 또 다른 복사본이 다른 누군가의 손에 있다고요. 일루미나티에서 뿌린 지도에는 다른 건물에 별표가 되어 있답니다. 가짜지요. 일반인들은 알지도 못하지만 그나마 일루미나티가 혼선을 주기 위해 엉뚱한 별표를 그려 넣었다는군요."

"뭐요?"

"2월에 의원님과 링컨기념관 몰을 걷다가 추워서 카페에 들어간 적 있잖아요. 거기서 어떤 아랍인들 다섯 명이 말하는 걸 들었어요. 스님도 같이요."

무영이 성진과 함께 들었다는 것을 강조하며 말했다.

"그러면……."

이서경도 성진과 무영이 처음 이 소리를 접했을 때처럼 충격을 받은 것 같았다.

"의원님이 가지고 오신 그 지도가 원본이었던 거지요. 나중에라도 혹시 일루미나티에서 미행을 붙일지 모르니 조심하십시오."

성진이 이서경에게 당부하자 이서경이 피식 웃었다.

"이미 왔다 갔어요. 그 지도도 찾아갔고요."

"아! 그랬지요."

"이틀 만에 찾아갔으니까 엄청 빠르죠."

"일단 하숙집에 계시는 두 분께 인사는 하셔야지요. 저희가 연락을 안 드려서 두 분은 아직 모르고 계시거든요. 전화나 문자는 안 하는 게 좋을 것 같아서 아직 어제 들은 얘기는 모르고 계세요."

"그래요. 잘하셨습니다. 내가 다녀오지요. 행사가 내일인데 하숙집에서 행사 음식을 한다면서요. 하숙집 주인 격려도 할 겸해서 가 보죠. 그대들은 그 집을 드나들 명분이 없지만 나야 신분을 빙자한 명분이 있으니 이럴 때 좋군요. 하하하⋯⋯."

이서경이 즐겁게 웃으며 자리에서 일어났다.

오후 5시쯤, 하숙집에 나타난 이서경을 보고 윤검군과 서금화는 물론이고 하숙집 주인이 매우 반가워했다.

"고생들 하십니다. 아이구, 여러분이 모이셨네요."

거기에는 대사관 여직원 2명과 교민 여러 명이 와서 요리를 돕고 있었다. 10여 명이 북적거리며 완성된 메뉴를 맛보면서 미리 품평회를 하는 중이었다.

"이런 작은 행사에 국회의원님까지 오시다니 정말 영광이에요."

하숙집 여주인이 잡채를 접시에 덜어 이서경에게 내밀었다.

"맛 좀 보세요. 그리고 이 떡볶이도요."

이서경이 잡채를 소리 나게 흡입하며 물었다.

"메뉴가 몇 가지예요? 맛있어요."

대사관 여직원이 대답했다.

"잡채하고 떡볶이, 비빔밥이 있고요. 요즘 인기 좋은 호떡도 메뉴에 추가했어요. 김치에다가 튀밥강정이 있는데 강정은 다른 곳에서 교민이 만들어서 내일 합류할 거예요."

"메뉴가 많군요. 비빔밥에는 고명이 많아서 손이 많이 갈 텐데······ 정말 수고하셨습니다. 음료는 따로 있나요?"

하숙집 여주인이 대답했다.

"어묵탕을 하려고 했는데 한국이 아니라서 어묵 구하기가 쉽지 않아서요. 둥글레차로 대신하기로 했어요. 구수해서 숭늉하고 맛이 비슷하고 한국적인 맛이 나거든요. 다른 음식 맛과도 어울리고요."

"아!! 둥글레차······ 좋네요. 나라 밖에서 사는 것도 힘드신데 나라를 위해 이렇게 애써 주시니 공무원으로서 감사할 따름입니다."

하숙집 주인을 비롯한 대사관 직원과 교민들은 이서경의 속내를 모른 채 행사 준비에 느닷없이 찾아와 격려해 준 국회의원에게 고마운 마음을 숨기지 않았다.

"저희가 감사하지요. 국회 회기 중이라는데 이렇게 찾아와 주시다니요. 정말 고맙습니다. 내일 행사 잘 치를 수 있을 것 같습니다."

교민들이 인사치레를 하자 반가워하면서도 걱정스럽게 윤검군이 물었다.

"정기 국회가 열리는 시기에 빠지시면 여당 의원들이 트집 잡지 않습니까?"

"그렇게 떠드는 자기네들은 더 자주 외유를 다녀요. 회기 중에도 비일비재하지요. 그것보다 무영 군까지 이곳에 와 있어요."

윤검군도 서금화도 이미 알고 있어서 표정 변화가 없었다.

"알고 있습니다. 스님과 나사 견학을 한다고 온 거잖아요."

"자주 와 보는 것도 괜찮죠."

무영과 처음 나사 견학을 신청한 것은 서금화였고 서금화가 음식 행사 일정에 참여하게 되면서 나사 견학을 서금화에서 성진으로 바꾸었기 때문에 이서경만 모르고 다른 사람은 이미 알고 있었다.

이서경은 대사관 직원을 붙잡고 내일 행사에 자기도 들어갈 수 있는지를 물었다.

"미리 신청을 해서 임시 출입증을 발급받은 사람만 들어갈 수 있어요. 이미 명단까지 확정되어 올라가서 변경은 어렵습니다, 의원님!"

한 직원이 사흘 전에 출입증 발급이 마무리됐다고 하자 다른 직원이 나섰다.

"우리나라의 의원님인데 우리 거 대신 양보해 드려도 되지 않을까요? 이름만 바꿔 달라고 하면 되잖아요."

"너무 늦었어. 이미 5시가 넘었고 행정을 담당하는 사람들은 다 퇴근했을 거야. 여기 사람들 다 칼퇴근하잖아."

"그렇긴 하네. 어떡하죠, 의원님! 도와드릴 수가 없어요."

마음씨 착한 여직원이 미안해하며 안절부절못했다.

"어이구 이런, 내가 큰 실수 했네. 이러려고 말 꺼낸 게 아닌데……. 미안해요, 안 들어가도 되니까 부담 갖지 말아요. 혹시나 해서 던져 본 말이에요. 허허허……."

이서경은 여직원이 민망하지 않게 재빨리 농담처럼 얼버무렸다.

하숙집 주인이 거실에 차린 저녁 먹고 내일 아침에 다시 모일 기약을 하며 모두 돌아갔다. 하숙집 주인과 인사를 하고 문을 나선 이서경을 배웅하려고 서금화와 윤검군이 따라나섰다.

"택시를 부를까요?"

윤검군의 말에 이서경이 하늘과 나무들을 가리켰다.

"날도 좋은데 좀 걸읍시다."

"여기 해 저물면 사람이 안 다녀서 무서워요."

서금화의 말에 이서경이 대뜸 본론을 꺼냈다.

"아까 도착하자마자 무영 군과 스님을 만났는데 그들에게서 들은 말이요. 아마 내일 행사 시간에 어느 집단인지 모르지만, 여러 곳에서 그것을 탈취하려고 오는 무리가 있을 것이라 하오. 그 점 참작하셔서 움직이시오. 만약 그들과 동선이 겹쳐서 잡히기라도 하면 매우 난감한 처지가 될 것이오."

서금화가 깜짝 놀랐다.

"어머나, 그래요?"

서금화의 목소리가 커지자, 이서경이 주위를 환기시켰다. 정신을 차린 서금화의 소리가 낮게 깔리면서 다시 물었다.

"무슨 소린지 자세히 말씀해 주세요."

"나도 들은 게 별로 없어서요. 우리가 가지고 있는 지도가 진본이고, 다른 건물에 별표 표시된 가짜 지도가 또 있다고 하는군요. 그리고 우리와 같은 목적을 가진 자들이 내일 나사에 침입한다고 했어요. 거기까지요. 어디서, 어떤 방법으로 침입하는지는 몰라요. 다른 소린 더 듣지 못했어요."

옆에서 같이 걷던 윤검군의 복잡한 표정에서 그들이 내일의 일정에서 모종의 계획을 세웠던 것임을 짐작할 수 있었다.

"그럼, 내일 침입하는 그들은 누굴까요?"

"지도는 일루미나티가 그랬다는군요. 이 지도가 무슨 지도인지를 알아보는 사람들 헷갈리라고……. 그 정보를 발설한 아랍인들이 내일 행사장에서 뭔 일을 벌일 것 같다는 소리도 했대요. 그들이 찾는 게 우리가 찾는 것과 같다면 내일 동선이 겹치지 않아야 하고 그들 때문에 나사 안을 돌아다니면 곤란에 처할 수도 있다는 거요."

서금화가 길게 한숨을 내쉬었다.

"결국 우리는 내일 화약고 안에서 움직여야 하는 거군요."

이서경이 물었다.

"행사 중에 무슨 계획이라도 세웠어요?"

"예, 지도를 마르고 닳도록 봤기 때문에 들어가면서 건물의 위치를 파악해서 화장실 가는 시간을 틈타 그 건물로 가 보려고 했거든요. 들어갈 수 있는지 없는지는 모르겠고 일단 그 앞까지 가는 것만 계획을 세웠어요. 근데 만약 침입자들과 그 시간대에 우리와 동선이 겹친다면 어려워질 수도 있겠어요."

윤검군이 단호하게 말했다.

"이번 기회를 놓칠 수 없어요. 위험해질 수도 있다는 가정만으로 계획을 변경하고 싶지 않습니다. 나는 내 생각대로 하겠어요. 서 선생은 빠지시오. 위험하니까."

"흥, 윤 이사님만 화장실이 필요하겠어요? 나도 화장실은 가야 한다고요."

"그럼, 서 선생은 화장실만 다녀가시오. 나는 화장실보다 좀 더 멀리 갈 것이니."

"이 양반이 정말 왜 이러시나. 매사 조심해서 나쁠 게 없잖아요. 이번에는 이 의원님도 계시고 교민들도 함께 있으니 그분들께 피해가 가면 안 된다고요."

"그건 서 선생 말씀이 맞소. 교민들께 절대 해가 돼선 안 됩니다. 그것도 목적을 이루지 못한 상황에서는 더욱 그렇소."

서금화를 두둔하는 이서경의 말에 윤검군의 목소리에 기운이 빠졌다.

"이번에는 조금 기대를 했었는데 아쉽네. 아득히 먼 곳의 별을 바라다보는 기분이요."

윤검군이 탄식하자 이서경이 윤검군의 어깨를 토닥였다.

"기운 내세요. 아직 내일은 오지 않았고, 내일 혹시 좋은 일이 생기지 않는다고 해도 지금까지 그랬던 것처럼 기다리다 보면 또 기회는 올 거요."

말은 그렇게 했지만, 그 기회란 것이 오기나 할지 이서경 자신도 막막하기는 마찬가지였다.

서금화가 두 사람을 바라보며 분위기를 환기시켰다.

"모두의 신이 이번에 좋은 일이 있을 거라고 말하고 있어요. 아마 그렇게 될 거예요. 무영 군도 그렇게 말했고요."

"아! 맞다. 그랬었지요."

5월 20일, CNN 뉴스대로 하늘은 맑고 기온도 춥지도 덥지도 않은 적당한 날씨였다. 평상시에는 정문 양쪽에 네 명의 경비원이 무기를 휴대하고 지키고 있었지만, 오늘은 대폭 증원된 경비원들이 북적이고 있었다.

9시부터 도착하기 시작한 차들이 줄지어 서 있다가 9시 30분부터 행사장으로 들어가는 차들이 신분증 확인을 하고 줄줄이 안으로 들어갔다.

윤검군과 서금화는 하숙집 가족과 교민들 사이에 섞여 미리 발급받은 통행증으로 통과하였다. 차로 3~4분 안으로 들어가니 빨간색, 파란색, 흰색 천막이 줄지어 늘어선 것이 보였고 천막에는 각 나라의 이름이 알파벳 순으로 쓰여 있었다.

A가 오른쪽에서 시작해 왼쪽을 향해 줄지어 있었는데, 주최국인 미국이 커다랗게 첫 번째에, 다음에 호주…… 이렇게 죽 오다 일본 옆에 카자흐스탄, 한국의 자리가 있었다.

한국의 왼쪽으로는 라오스와 룩셈부르크가 막 도착해서 판을 벌이고 있고, 룩셈부르크가 맞은편으로 꺾여져 자리를 잡고 옆에 멕시코…… 이렇게 다시 오른쪽으로 쭉 이어졌다.

주차장에 주차한 차의 트렁크를 열고 행사에 필요한 식기와 음식들을 나르느라 저마다 분주해진 모습이 영락없는 장터의 개장 전 모습이었다.

나사에 처음 들어온 서금화와 윤검군은 손수레에 잔뜩 음식물이 담긴 용기를 싣고 지정된 장소를 찾아가며 주변을 살폈다. 머릿속에 입력된 지도를 떠올리며 지금 걷고 있는 곳이 어디쯤인지 파악하느라 열심히 곁눈질을 했다. 오늘을 위하여 그동안 수백 번을 보고 보았던 지도여서 건물과 주차장 위치만으로도 자신들이 어느 위치에 있는지 짐작이 갔다. 행사장과 별표가 된 건물과는 거리가 족히 200m는 될 것 같았다. 그 사이에는 십여 동의 건물이 있고, 그 사이마다 광장처럼 널

찍한 길도 있었다. 게다가 한국의 천막은 행사장 바깥쪽 끝부분이었다.

넓다 못해 광활한 느낌으로 다가오자 윤검군이 고개를 저었다.

"어이구, 근처에 가 보는 것조차 힘들겠군."

"그러게요. 이 자체로 하나의 도시네요. 뭐가 이렇게 넓어."

서금화도 낙담하여 목소리에 힘이 빠졌다.

"그래도 근처까지는 가 봅시다. 어렵게 찾아온 기횐데 그냥 흘려보낼 수는 없지 않소. 뭐라도 진전이 있어야지."

"하는 데까지 시도는 해 봐야지요. 여기까지 왔는데."

시무룩한 얼굴로 그릇의 위치와 음식을 차례로 놓으며 다른 교민과 합세해 음식물들을 정리했다. 불고기비빔밥 위에 올라가는 고명을 널찍한 그릇에 나물 종류별로 담아 놓고, 따뜻하게 온도를 유지해야 하는 불고기와 떡볶이를 위하여 전선을 연결하여 인덕션을 설치했다.

한과와 둥글레차를 만들어 온 교민도 도착해서 인사를 주고받았다. 주위는 마치 장터처럼 시끌벅적했다. 양쪽 옆의 천막들에도 사람들이 북적대며 음식을 데우고 지지고 볶는 바람에 코를 자극하는 냄새가 여기저기서 풍기고 있었다.

커다란 비닐봉지에 담긴 한과를 대바구니에 반 정도를 쏟아 정리를 하고 둥글레차를 가장 안쪽에 올려놓았다. 대바구니에 담긴 강정을 하나 꺼내어 여러 조각으로 나누어 맛보더니 하숙집 여주인이 만족한 미소를 지었다.

"완벽해요!"

"정말 다 맛있어서 음식이 빨리 동나겠는데요."

"떡볶이는 재료 넣고 지금부터 좀 하고요. 호떡 반죽은 한 번 주물러서 이따 11시 넘어서부터 굽기 시작하면 될 거 같아요. 호떡은 제가 전담할게요."

하숙집 여주인이 자신이 할 일과 각자 할 일을 배정해 주면서 푸드 천막을 지배하고 있었다. 서금화는 떡볶이를, 교민 여성 두 명은 불고기비빔밥과 잡채를, 윤검군과 하숙집 주인은 주문과 잡다한 일을 돕기로 했다.

"불고기비빔밥이 손이 많이 가니까 하시다가 바쁘시면 옆에서 도울 거니까 너무 부담 갖지 마시고요. 오늘 하루 즐겁게 한국을 위해 맛있게 일해 봅시다."

각자 맡은 일을 분주히 하고 있는 가운데 양옆의 천막도 사람들로 북적였고 오가는 사람들도 점점 늘어났다. 10시 30분이 넘어가자 거의 모든 천막들의 주인들이 자리를 잡고 활발하게 천막의 푸드코트를 채워가기 시작했다.

천막 위에 '코리안 푸드'라고 써진 아래에 누군가가 손으로 쓴 메뉴판까지 만들어 와서 앞에다 놓자, 하숙집 주인이 깔깔대며 웃었다.

"일일 음식점 준비 끝이야. 완벽해요."

11시가 가까워지자 대충 준비가 끝났다. 윤검군이 하숙집 주인에게 다른 나라 음식 구경 좀 하고 오겠다며 양해를 구한 뒤 서금화와 함께 우측의 즐비한 천막을 향해 나아갔다. 양쪽을 돌아보는 둥 마는 둥 하다가 거의 끝부분에 다다르자, 진행요원에게 화장실을 물어본 뒤 가까운 건물로 향했다.

푸드 행사장 트럭과 승용차들이 대부분 들어간 10시 30분, 나사 정문 앞에 성진과 무영이 신분증을 내밀며 견학 예약을 확인하고 다른 예약자들과 같이 움직여야 한다는 안내에 따라 정문 앞에 서서 기다렸다. 11시가 다가오자 예약자들이 속속 도착하여 총 13명이 되었다. 성진과 무영만 동양인이고 모두 서양인이었는데 대부분 젊은 학생들이었다. 스님을 처음 본 젊은이들이 성진의 승복 차림에 강한 호기심을 보였다.

"헤이! 스님도 우주에 관심이 있나 봐요?"

"불교에서 우주는 어떤 의미인가요?"

기다리는 도중에 영어로 많은 질문이 쏟아졌지만 성진은 못 알아듣는 척 그저 웃기만 했다.

11시가 되자 13명을 태울 작은 버스가 왔다. 13명을 태운 소형 버스가 푸드 행사장과 반대편으로 한 블록을 가다 안쪽으로 방향을 틀어서 몇 블록을 갔다. 성진과 무영은 행사장과 주변 건물을 보며 머릿속으로 지도와 대조해 보고 있었다.

커다란 건물 앞에서 견학을 온 13명의 사람들이 내렸다.

안내원의 안내에 따라 무리 지어 건물로 들어간 두 사람은 별표가 된 건물과 불과 세 블록밖에 떨어지지 않았다는 걸 알았다.

'지척에 있으니 가 보기라도 했으면 좋으련만, 어떻게 생겼는지 보기라도 했으면 좋겠다. 그 전에 딱 걸리겠지만.'

천지의 기운 단지

11시 30분이 되자 정문 앞에 '세계 음식 박람회'에 초대된 많은 차량들이 길게 늘어서서 신분증과 초대장을 경비원에게 보이며 입장하기 시작했다. 각국의 외교관과 가족들, 그에 종사하는 사무원들이 세계 음식 박람회에 참가하기 위해 주차장을 거쳐 행사장으로 모여들었다.

11시 50분 차량들이 반 이상 들어갔을 무렵, 검정 밴이 나사 정문을 향해 전속력으로 달려왔다. 사람들이 차를 발견했을 때는 이미 줄서 있던 두 대의 승용차를 들이받고 충격을 받은 차들이 연쇄적으로 추돌하여 아수라장이 되었다. 그래도 검정 밴은 앞 범퍼가 찌그러진 차의 방향을 틀어 또다시 다른 차를 향해 달려들었다. 경비원들이 총을 뽑아 들고 검정 밴을 향해 총격을 가하며 뛰어왔다. 검정 밴은 경비원들이 쏜 총에 앞 유리가 박살 나고 총알을 차량에 줄줄이 박은 채 도로로 차를 빼더니 차선을 바꿔 타고 전속력으로 달아나기 시작했다. 경비원들이 휴대전화로 경찰과 통화를 하며 검정 밴이 간 방향을 일러주고, 한편으로는 비명과 아우성으로 가득 찬 정문 앞 수습에 나섰다. 안에 있던 경비원들도 사태 수습을 위해 대거 정문으로 모여들었다.

차량이 돌진한 시각과 맞추어 북쪽의 담장으로 또 다른 검정 밴 한 대가 섰다. 문이 열림과 동시에 경비원 옷차림을 한 한 무리의 건장한 남자들이 나왔다. 일반 경비원 옷차림과 다르게 팔뚝에는 노란색 완장을 차고 있고 군화를 신고 있었다. 나름대로 자신들만의 구별법이었다. 그들은 조금의 망설임도 없이 차에서 꺼낸 사다리를 놓고 담장을 차례로 넘어갔다. 배낭을 어깨에 메고 권총을 손에 쥔 채 다섯 명의 괴한들은 눈에 보이는 대로 경비원들에게 총질을 해 대며 빠르게 뛰어갔다.

비명을 지르며 도망가는 일반 근로자까지 총을 난사하며 서너 블록을 지나 어느 건물 앞으로 갔다. 입구에 서 있던 한 명과 앉아 있던 한 명의 경비원을 총으로 쓰러뜨리고 건물에 진입하자 경보 벨이 건물 전체에 울렸다. 두 명이 입구를 지키고 세 명은 엘리베이터를 타고 곧장 12층으로 갔다.

가짜 지도를 가지고 침입한 이들은 경비원들의 눈을 자신들에게 쏠리게 하는 임무를 맡고 있었다. 군데군데 쓰러져서 부상 당한 경비원들의 비상 호출로 북쪽으로도 무장 경비원들이 달려왔다.

세계 음식 박람회 행사장에는 정문의 사건이 전해져서 사람들이 정문 방향을 바라보며 웅성거렸다. 그러다 반대 방향 멀리서 총소리가 여러 차례 들려왔다.

멀리서 총소리가 들려오자 아랍권 천막에서 국자를 들고 있던 한 명이 슬며시 국자를 내려놓았다. 밑에 놓인 작은 가방을 챙겨 끈으로 묶고 허리 아래에 두른 다음 앞치마로 덮었다. 옆에 있던 또 한 명도 앞치마 주머니에 무언가를 넣고 밑에서 작은 검은 가방을 꺼내 옆의 남자처럼 허리에 두르고 푸른 천으로 둘둘 말린 길쭉한 것을 허리춤에 꽂고 앞치마로 덮었다. 그리고 둘은 조용히 행사장을 빠져나갔다. 그 뒤를 이어 옆의 천막에서도 앞치마를 두른 두 명의 아랍인이 옆 사람에게 잠깐 화장실을 다녀오겠다며 앞서간 아랍인들을 뒤따라갔다.

먼저 간 아랍인 2명이 윤검군, 서금화가 들어갔던 건물로 들어가 반대편으로 빠져나갔고 뒤이어 간 아랍인 2명도 뒤따라갔다. 그들은 내부 구조를 잘 알고 있는 것처럼 거침없이 앞을 향해 가다가 높으면서 제법 큰 건물 앞에 섰다. 건물은 대리석으로 견고하게 지어졌고 다른 곳에서와 달리 이곳은 임시 통행증을 보여 줘도 들어갈 수 없는 '일반인 출입 통제구역'이었다.

그곳은 나사 전체를 한눈에 볼 수 있는 컨트롤 타워였다.

무장 경비원 두 명이 아랍인 두 명을 막아섰다.

"잠깐만요. 여긴 행사장과 무관한 곳이요. 저쪽 건물까지 화장실 이용 가능합니다. 돌아가세요."

30대의 젊은 흑인 경비원이 좋은 말로 그들에게 온 길로 돌아가라고 말하고 있었다.

"급합니다. 길을 잘못 들어서 그런 것이니 1분만요. 제발……."

아랍인 한 명이 배를 움켜쥐고 얼굴을 잔뜩 일그러뜨린 채 경비원에게 다가갔다.

"저쪽으로 가란 말이오. 이곳은 출입 통제구역이요."

턱에 짧게 수염을 기른 백인 경비원이 신경질적으로 말했다.

"저 친구 배탈이 나서 그럽니다. 아침에 찬 우유를 먹고 계속 배가 아프다고 했었거든요. 제발 1분만…… 급한 거라도 쏟고 나오게 해 주세요."

"당신네 사정 봐주다가는 우리가 경을 치니 이럴 시간에 한 걸음이라도 저쪽으로 가는 게 좋을 거요. 이 건물은 관계자 외 접근 금지요."

흑인 경비원이 다시 말했다.

한 명이 배를 잡고 앓는 소리를 내며 흑인 남자 앞에서 무릎을 꿇었다. 뒤에 있던 또 한 명이 재빨리 부축하는 척, 팔을 잡다가 앞치마 밑에서 칼을 꺼내 빠르게 돌아서면서 흑인 남자의 가슴을 찔렀다. 그와 동시에 배가 아프다고 무릎을 꿇었던 한 명도 벌떡 일어서면서 백인 남자에게 달려들어 허리춤에 숨겨 뒀던 흉기로 목을 그었다. 백인 남자는 그 자리에서 절명했고 흑인 남자는 목을 두 번 더 찔리고 피를 뿜어내며 쓰러졌다.

두 경비원을 건물 안쪽에 있는 경비실로 끌고 들어가자 뒤따라오던 두 명의 아랍인도 합류했다. 두 경비원의 총을 먼저 온 두 명이 챙기고 죽은 경비원의 옷을 벗겨 뒤에 온 두 명이 입었다.

"피 때문에 축축해."

먼저 온 두 명의 이름은 하산과 이맘, 뒤에 온 두 사람의 이름은 아흐메드와 무사였다.

출입 카드를 찾아든 하산이 말했다.

"CCTV가 있을 거야. 그래도 지금 정문과 북쪽에 도움 조들이 휘젓고 다녀서 무장 경비원들이 그쪽으로 많이 몰려갔다. CCTV도 그쪽을 중점적으로 보고 있을 테니 최대한 빠른 시간 내에 처리한다. 들키는 건 시간문제다. 움직이자."

하산과 이맘이 허리에 둘렀던 가방 안에서 적외선 고글을 꺼내 썼다. 고글이 두 개밖에 없어서 뒤에 온 두 명은 적외선 고글을 쓴 사람이 각자 한 명씩 손을 잡았다. 하산은 아흐메드의 손을 잡고, 이맘은 무사의 손을 잡고 비상구 계단을 통해 지하로 내려갔다. 지하 2층까지 내려가자 양쪽에 복도가 있고 양쪽 옆 사무실마다 폐컴퓨터와 폐복사기 등 사무실 자재들이 쌓여 있었다.

"저쪽이다."

이맘이 가리키는 쪽을 보니 아래로 내려가는 비상구가 있었다. 네 명은 비상구로 가서 계단을 따라 지하 3층 입구에 내려와 입구에 붙인 쪽지를 보았다.

'출입 금지'

하산이 쪽지를 떼어 내고 문을 밀자 잠겼는지 열리지 않았다. 빼앗은 직원용 카드를 대 보았으나 허사였다. 하산이 이맘에게 손짓하자 이맘이 앞치마 주머니에서 두툼한 모양의 소음방지 장치기를 꺼냈다.

"이게 이 총에 맞으려나 모르겠네."

"얘네들 총에 맞추어 가져온 것이니까 맞을 거야. 끼워서 박살 내."

"잘 맞네. 장비는 철저하게 준비했군."

이맘이 소음기를 총에 끼워 돌리더니 바로 문에 대고 쏘았다. 문의 잠금장치가 풀렸는지 조금 틈이 생기자 하산이 발로 차서 열어젖혔다. 무사가 먼저 안으로 들어가 라이트를 비췄다.

복도가 짧게 있고 사무실이 두 개 있어서 먼저 앞에 있는 사무실로 들어갔다. 사무집기가 한쪽에 쌓여 있고 먼지가 수북이 위를 덮고 있었다. 몇 년을 안 들어왔는지 걸을 때마다 먼지 바닥 위에 발자국이 생겨나고 있었다. 무사가 벽을 돌아가면서 비추자 한쪽 벽에 철제 캐비닛이 세 개가 나란히 있었다. 하산이 나지막이 소리쳤다.

"저거 열어 봐."

이맘이 첫 번째 캐비닛의 손잡이를 돌리자 잠겨서 돌아가지 않았다. 두 번째 것도, 세 번째 것도 역시 모두 잠겨 있었다.

"다 잠겨 있다. 하산!"

"총으로 부숴!"

이맘이 소음기가 부착된 총을 옆에서 조준하여 정확히 사격했다. 자신들이 원하는 물건이 안에 있을 경우 물건이 다치면 안 되니 옆에서 비껴서 사격했다.

첫 번째 캐비닛을 연 하산이 욕설을 내뱉었다.

"놈들, 아무것도 넣어 두지 않고 왜 문은 잠가 놓은 거야."

두 번째 캐비닛도 아무것도 없었다. 세 번째 문은 이맘이 열었다.

"여기 뭔가 있는데……. 이게……."

세 번째 캐비닛 속에서 또 다른 작은 캐비닛이 발견된 것이다.

하산이 옆으로 와서 보더니 이맘의 손을 잡았다.

"잠깐, 이건 총을 쏘면 안 돼! 너희 둘, 이리 와서 전문가답게 빨리 열어 봐."

하산이 아흐메드와 무사 앞에 작은 캐비닛을 놓았다. 이맘과 하산이 캐비닛에서 물러나며 아흐메드와 무사에게 캐비닛 앞자리를 넘겼다.

지금까지 어둠 속에서 하산과 이맘의 손에 이끌려 다녔던 아흐메드와 무사가 라이트를 켰다. 커다란 캐비닛 안에 들어 있던 거라 먼지도 별로 없었고 무겁지도 않았다. 무사가 라이트를 입에 물고 양손으로 번호를 맞추기 시작했다. 칠흑 같은 어둠 속에 두 개의 빛이 작은 캐비닛을 집중적으로 비추고 있었다.

그 사이 벽을 더듬거리며 CCTV 탐지기를 들고 다니던 이맘이 작게 외쳤다.

"여기 CCTV가 작동하고 있어. 서둘러!"

"이맘! 부숴 버려!"

하산의 말이 끝나자마자 이맘의 손에 CCTV가 박살 났다.

"거기 있으면 우측으로도 있을 거다. 찾아서 박살 내."

하산의 말대로 벽을 짚고 게걸음으로 10m쯤 가자 CCTV가 있었다. 이맘은 가차 없이 CCTV를 부숴 버렸다.

컨트롤 타워의 5층에는 1천여 개의 CCTV 모니터가 총 삼면에 걸쳐 설치되어 있었다.

우측에는 정문과 후문, 행사장 근처의 건물들 모니터가 있었고, 모니터 요원들은 정문의 사건 때문에 CCTV를 보며 관련기관과 공조하는 통화를 계속하고 있었다. 좌측에는 서북쪽의 CCTV 모니터였는데 북쪽의 침입자 때문에 그쪽에도 모니터 요원들이 많이 몰려 있었다.

그리고 중앙의 정면은 가운데 30개 동의 핵심 건물에 대한 CCTV였는데 컨트롤 타워 CCTV는 그중에서도 한복판에 있었다. 중앙의 모니터 요원들이 양쪽에 사고가 터지는 쪽에 양분되어 있어서 중앙 모니터 쪽은 텅 비어 있었다.

그러나 중앙 모니터 담당자 중 한 명이 자신의 자리로 커피를 가지러 왔다가 중앙의 모니터를 무심코 보게 되었다. 그러다 평상시에는 늘 까맣게 있던 두 개의 모니터에 뭔가 변화가 있음을 발견했다. 가까이 다가가 확인을 하려는데 먼저 하나의 모니터가 나가면서 지지직거렸다.

놀란 담당자가 소리쳤다.

"이것 봐. 여기 모니터가 갑자기 나갔어."

좌측, 우측에 몰려 있던 일부 사람들이 돌아보았다.

"뭐야? 왜 그래?"

"여기와 여기는 원래 까맸었잖아. 지금도 까만데 뭐가 달라?"

중앙 모니터 요원들이 서둘러 양쪽에서 제자리로 돌아와 담당자가 가리키는 모니터를 보았다. 순간 담당자가 가리켰던 모니터도 작은 소리를 남기며 나가고 화면은 가로줄만 지지직거렸다.

"까만 건 맞는데 방금 뭔가 작은 불빛 같은 게 보였어…… 이 건물 지하 3층이야. 평상시는 언제나 까맸었잖아. 불 켤 일이 없으니까……. 거기는 출입통제 구역이야."

담당자가 흥분해서 다가온 팀장에게 모니터를 가리키며 큰소리로 보고했다.

"나도 봤어. 요거 하나만. 보자마자 나가버리긴 했지만……."

배불뚝이 남자가 손에 들고 있던 음료수를 들어 올리며 말했다.

"불빛이 몇 개였어?"

팀장이 신중하게 담당자에게 묻자 또박또박 대답했다.

"두 개였고 앞에 뭔가가 있었어. 사람 얼굴은 보이지 않고 불빛에 손만 언뜻 보였거든. 전깃불을 켜지 않고 오직 라이트만 두 개였어."

"나도 봤어, 쬐그만 불빛이었고 두 개였지. 지금은 안 보이지만. CCTV가 왜 망가졌지? 침입자가 있나?"

배불뚝이 남자가 음료수를 한 모금 빨고 담당자를 흉내 내듯 말했다.

"그래, 그렇다면 여기 바로 우리 발밑에 누군가가 들어와 있다는 거다. 낸시! 어서 무장 경비원에게 연락해서 출동하라고 하고 각 층에 입구 봉쇄하라고 해, 어서! 그리고 각자 자리에 앉아서 담당하는 모니터에 이상이 없는지 다시 체크하고……. 여기 CCTV 조금 전의 상황 재생해 봐."

중앙 모니터 요원들이 모두 제자리에 앉아 업무를 시작했다.

머리가 벗겨진 팀장이 연달아 팀원들에게 지시했다.

"여기도 들어오는 문 봉쇄해! 밖에서 침입한 범인들이 다 잡히기 전에 열리지 않도록 이 건물의 모든 문을 닫아! 새끼들이 오늘 날을 잡아서 날뛰는군."

그 시각 지하 3층에서는 무사가 캐비닛을 여는 데 몰두하고 있었다.

하산이 무사와 아흐메드 뒤에 서 있고 이맘이 입구에서 밖의 소리에 온 신경을 곤두세우고 있었다. 오로지 빛은 무사의 입에 문 라이트와 아흐메드의 손에 든 라이트뿐이었고 그것은 캐비닛 문에 고정되어 있어 온통 캄캄한 어둠 속이라 옆에 있는 사람의 얼굴조차 보이지 않았다. 무사의 이마에 땀이 맺히기 시작할 무렵, 딸깍! 잠금장치가 풀리는 소리가 들렸다.

"됐다."

무사가 입에서 손으로 라이트를 옮겨 쥐며 한 손으로 얼굴에 흐르는 땀을 닦으며 뒤로 물러났다. 하산이 캐비닛 문을 잡고 돌리자 아흐메드가 라이트를 비췄다. 거기에는 아담한 상자가 놓여 있었다. 이때 어둠 속에서 문을 지키고 있던 이맘이 달려왔다.

"밖에 놈들이 왔다. 발소리가 들리니 상자를 꺼내고 불을 꺼!"

하산이 상자를 꺼내자 아흐메드와 무사가 라이트를 껐다.

"아흐메드와 무사! 앞장서. 너희는 지금부터 경비원이고 우리의 인질이 되는 연극을 시작한다. 그리고 이건 목숨을 던져서라도 지키고 만약 지키지 못할 것 같으면 뚜껑을 열든가 박살내 버려. 알았나?"

하산이 어둠 속에서 말을 마치고 몸집이 큰 무사의 허리에 앞치마로 상자를 싸서 매달고 상의로 덮었다. 살집이 있는 무사였지만 배는 나오지 않았는데 갑자기 배불뚝이가 되어 버렸다. 하산이 손으로 만져 각진 부분을 앞치마로 말아 넣어 최대한 둥글게 만들었다.

"이맘과 내가 싸우는 동안 너희는 저놈들에게 슬쩍 섞여서 밖으로 빠져나가면 된다. 우리와 싸우다 도망친 것처럼 해라. 무사는 다치면 안 된다. 조금이라도 다쳐서 병원에 실려 가면 바로 들통날 거다."

"옷에 피가 묻어 있는데."

아흐메드의 말에 하산이 대답했다.

"이곳을 빠져나가면 화장실로 가서 경비원 옷을 벗고 푸드 행사장으로 가. 그리고 자연스럽게 이곳을 빠져나가는 거다."

하산이 아흐메드와 무사에게 최대한 작은 소리로 말하고 둘의 손을 잡고 문 쪽으로 이동했다. 네 사람이 안쪽 문 뒤에 서자 위에서 라이트 불빛이 조심스럽게 내려오는 게 보였다.

어둠 속에서 숨을 죽이고 불빛의 방향을 주시하는 네 사람은 오로지 눈동자만 움직이고 있었다. 여러 개의 불빛이 계단을 타고 양쪽 구석구석을 비추며 내려오고 있었다. 언뜻언뜻 라이트가 창문을 통해 안을 비추고 지나갔다.

하산이 마음속으로 내려오고 있는 무장 경비원들의 수를 세었다.

'하나, 둘, 셋, 넷, 다섯, 여섯…… 일곱…… 젠장! 여덟.'

내려오는 경비원들만 있는 건지 나가면 더 있는지 알 수가 없다. 하지만 지금 당장 상대해야 하는 숫자는 눈에 보이는 여덟이었고 총을 가진 사람은 이맘과 하산뿐이었다.

이맘이 조용히 소음기가 달린 총을 들고 겨누었다. 사무실 안은 어두워서 불빛에 노출이 되지 않는 이상 발각되지 않을 것이고 경비원들은 한 손에는 총, 한 손에는 라이트를 들고 있어서 자신들의 위치를 고스란히 드러내고 있었다. 숫자는 적지만 어둠을 방패로 삼은 쪽이 유리한 고지를 점한 셈이다. 세 명은 복도를 가로질러 사무실 바로 앞까지 와서 조금 열린 문 사이로 안을 비추었다. 뒤에서 내려오던 경비원이 앞사람에게 물었다.

"뭐가 보여?"

"아직…… 이쪽이 아닌가? 저쪽에도 사무실이 있지?"

"아냐. 저쪽에 있는 게 아니라 이쪽 CCTV 모니터랬어. 이쪽이 맞아."

문 앞에 있던 남자들이 한 마디씩하고 한 사람은 계단 끝을 비추며 무언가를 찾고 있었다.

"젠장, 어디다가 붙여 놓은 거야."

"조심해라. 침입자의 발자국이 그 사무실로 들어갔다. 옆에 붙어서 전기 스위치를 찾을 때까지 대기해라."

'전기 스위치!'

하산의 귀에 전기 스위치 소리가 들리자 바로 이맘에게 사격하라고 옆구리를 건드렸다. 전기가 들어오면 자신들의 위치가 드러나고 게임은 끝이라고 생각되었기 때문이다.

맨 뒤에서 내려오던 여덟 번째 남자가 조용히 말하자 라이트로 문 안을 비추던 남자가 물러서려고 한 발 뒤로 빼면서 휘청했다. 쓰러지는 동료 경비원을 보며 옆의 경비원이 바로 밑으로 몸을 낮췄고 뒤따라오던 경비원들도 몸을 낮추고 공격 태세를 갖추었다.

뒤에 있던 남자가 명령했다.

"문에서 떨어져라. 어차피 놈들은 독 안에 든 쥐다."

순간 또 한 명의 경비원이 쓰러졌다.

"라이트를 꺼! 불빛이 우리를 표적으로 만든다."

그 소리가 끝나기도 전에 또 한 명이 쓰러졌고 여기저기서 라이트를 끄고 지하 3층은 어둠에 휩싸였다. 조용한 가운데 여덟 번째 남자의 목소리가 들렸다.

"여기 컨트롤 타워 지하 3층이다. 역시 침입자가 있고 이미 세 명이 당했다. 어두워서 적의 동태 파악이 어려우니 적외선 고글이 필요하고 추가 증원을 요청한다. 그리고 컨트롤 타워 모든 입구를 봉쇄해 달라."

"알았다, 오버."

무전기 소리가 어둠 속에서 또렷하게 모두의 귓속에 파고들었다.

소리 없이 사무실을 빠져나온 하산과 이맘이 나와 쓰러진 경비원의 손에 쥐어진 총을 빼내어 아흐메드와 무사의 손에 쥐어 주었다. 그리고 하산이 아흐메드의 손을, 이맘이 무사의 손을 잡고 어둠 속에서 당황하며 서 있는 경비원들을 하나씩 제거해 나갔다.

"찾았다."

전기 스위치를 찾아 막 올리려던 경비원이 이맘의 소음기 총에 맞아 주저앉았고 뒤이어 다시 한 발이 머리를 관통했다. 여기저기서

"억!" 하는 비명 소리가 들렸지만, 칠흑 같은 어둠 속에서 벌어지는 일이라 속수무책으로 당할 수밖에 없었다. 사태의 심각성을 감지한 여덟 번째 남자가 라이트를 켰다. 자신을 제외한 경비원 모두가 쓰러진 가운데 고글을 쓴 두 남자가 각각 경비원 한 명씩을 붙들고 있는 것을 보았다. 순간 그의 가슴이 뜨끔하며 뜨뜻하고 비릿한 피 냄새가 흘러나오는 것을 느끼며 총 든 손을 들려고 노력했으나 그대로 고꾸라졌다. 동료 경비원 옆으로 쓰러진 그는, 가슴과 머리에서 흐르는 피가 바닥에 번지고 그 위로 남자들이 넘어가 계단으로 올라가는 것을 흐릿한 눈으로 지켜보았다.

하산이 허리를 굽히더니 켜진 라이트를 끄고 주변은 다시 어둠과 고요 속에 잠겼다. 이맘이 쓰러진 경비원의 총에서 총알을 빼내 자신의 총에 장전하고 다른 총들을 수거해서 여기저기에 꽂았다. 하산도 경비원의 총 하나를 허리춤에 꿰차고 바깥으로 향했다.

"입구가 봉쇄되기 전에 나가야 한다. 서둘러라."

아까 무전을 쳤으니 바깥에는 무장 경비원들이 몰려와 있을 것이고 총격전은 피할 수 없다. 최악의 경우 입구가 막혀 있을지도 모른다.

지하 2층에 올라오자, 위로부터 빛이 들어오기 시작했다.

"두 사람 먼저 뛰어 올라가. 어서."

하산이 아흐메드와 무사에게 말하자 두 사람이 1층을 향해 뛰어 올라갔다. 1층 건물을 봉쇄하는 문이 위에서 이미 반쯤 내려오고 있었다. 막 도착한 경비원 차량 뒤에서 총구를 건물 입구 쪽으로 들이대고 주시하던 무장 경비원 중 한 명이 외쳤다.

"쏘지 마라."

아흐메드와 무사가 헐레벌떡 숨을 몰아쉬며 기어서 문을 통과하여 경비원들 틈으로 섞여 들어갔다.

팀장인 듯한 경비원이 다가와 물었다.

"안의 사정이 어떤가?"

"헉헉……. 죽는 줄 알았어요. 앞에 분이 대신 총에 맞아서 그사이 저는 도망칠 수 있었어요. 그분을 잠시 부축하느라 저도 피 좀 묻었고요."

아흐메드가 말하자 경비원 팀장이 다시 물었다.

"총소리가 나지 않았는데 총을 쐈다고?"

"네. 그놈들 소음기 총을 가지고 있어요. 그래서 맨 앞에 가던 경비원이 쓰러지는 것도 좀 지나서 알아챘다니까요."

아흐메드가 말하자 경비원 팀장이 또 물었다.

"몇 명이지?"

"그게……겨우 두 명입니다. 근데 굉장히 훈련받은 군인처럼 보였어요. 조심해야 합니다."

"겨우 두 명? 같이 들어간 팀장은 어떻게 됐나?"

"문 앞에 전기 스위치를 찾아 올리다가 놈들에게 당했어요."

그 말을 하는 사이 건물 안에서 총알이 난사되어 날아왔다. 차량 뒤에 있던 무장 경비원들이 즉각 응사하며 몸을 움츠렸다. 순간 하산과 이맘이 거의 내려와 있는 건물 입구의 문으로 몸을 날려 구르며 통과했다. 총알이 두 사람에게로 쏟아졌다. 하산은 배에, 이맘은 허벅지에 총상을 입은 채 일어나 달렸다. 하산은 동쪽으로 이맘은 서쪽으로 벽과 구조물 사이를 뒤도 안 돌아보고 달려갔다. 경비원들이 차를 타고 동쪽, 서쪽으로 나뉘어 쫓기 시작했다. 동쪽으로 간 차량에는 무사가 탔고, 서쪽으로 간 차량에는 아흐메드가 타고 있었다.

경비원들의 차량이 따라가면서 건물로 진입하려는 하산을 쏘았다. 다리에 두 발의 총상을 입고 하산은 넘어졌고 넘어진 하산이 몸을 돌리자, 세 발의 총알이 가슴과 배에 박혔다. 하산이 바닥으로 무너져 내리자, 경비원들이 차에서 내려 총을 들이댄 채 하산의 주검을 확인하기 위해 다가갔다.

그들과 같이 차를 탔던 무사도 같이 차에서 내렸으나 무사의 방향은 그들과 달랐다. 반대편 건물로 소리 없이 다가가 입구에 출입 카드를 찍고 안으로 숨어들었다. 후문을 통해 다음 건물로 이동하려 했으나 경비원 두 명이 10m 앞에서 걸어오고 있었다. 무사는 비상구를 통해 유달리 긴 계단을 올라갔다.

이맘도 경비원의 차에 따라잡혀 총을 맞았다. 허리와 가슴에 총을 맞았으나 쓰러진 채 대응 사격을 하다 쏟아지는 총알에 절명했다. 경비원들이 차에서 내리자 아흐메드도 같이 내려 탈출의 기회를 노렸으나 옆의 경비원 남자가 계속 말을 시키는 통에 좀처럼 기회를 잡지 못하고 있었다. 이맘의 시체가 수습되어 차에 실리고 철수하던 중 아흐메드의 가슴을 보던 한 경비원이 팀장에게 귓속말로 속삭이는 것이 보였다.

이내 팀장이 고개를 끄덕이며 아흐메드에게 총을 겨누었다.

"손 들고 이름과 소속을 말하라."

"아? 갑자기 왜 이래요?"

다른 경비원들이 양쪽에서 다가오고 팀장이 다시 말했다.

"손 들어. 경비원이 아니고, 침입자다. 가슴에 컨트롤 타워의 경비원 이름을 달고 있다."

아흐메드는 들켰다고 생각하고 총을 뽑기 위해 허리춤으로 손을 뻗었다. 그 순간 팀장의 총이 발사되며 정확하게 왼쪽 가슴 한복판을 꿰뚫었다.

무사는 들어간 곳이 어떤 건물인지 생각할 겨를도 없었기에 우선 가까운 화장실로 들어가서 생각을 정리하기로 했다. 이층으로 올라가 복도를 보니 아이들이 몇몇 눈에 띄었다. 가장자리를 빙 둘러 난간이 있고 가운데는 뻥 뚫려 있어 건물 안이라면 어디서든 가운데에 설치된 것을 구경할 수 있도록 한 구조였다. 난간에 갈 필요도 없이 거대한 모형들이 눈앞에 펼쳐져 있었다.

'우주선 모형 전시관?'

멀리서 안내원이 아이들에게 주의를 주고 있었다.

"지금 밖에 침입자들이 있어서 나가면 위험합니다. 저쪽만 관람하면 끝이지만 여러분들은 밖의 소동이 가라앉을 때까지 나가면 안 됩니다. 나가도 좋다는 연락이 오면 계속 진행할 거니까 잠깐 기다려 주세요. 자! 따라오세요."

한 무리의 청소년들과 스님 하나가 안내원을 따라 난간 반대쪽에 있는 문으로 줄줄이 들어갔다.

무사가 그들을 바라보다 화장실을 찾아 들어갔다. 밖을 내다볼 수 있는 끝 쪽 벽의 화장실로 들어가 문을 잠그고 밖을 내다보았다. 경비원이 쫙 깔린 밖을 보고 변기에 걸터앉아 머리를 뒤로 젖히고 어떻게 여기를 빠져나갈 것인지 생각해 보았다.

손목시계는 11시 55분을 가리키고 있었다.

'아마 하산과 이맘은 죽었을 거야. 아흐메드는 어떻게 됐나? 발각되지 않았으면 나처럼 건물 어딘가에 숨어 들어가 다시 행사장으로 돌아가는 길을 모색하고 있을 것인데……. 여기는?…… 아까 컨트롤 타워에서 두 블록하고 건물 하나 지나서 있으니까…… 우주선 모형 전시관이 맞아! 아까 봤던 것도 예전에 발사됐던 우주선 모양이었으니까.'

배를 만져 보았다. 모든 것은 이것 때문이었다. 만약에 잡힐 것 같으면 뚜껑을 열어 버리거나 부숴 버리라고 했었다. 불룩 튀어나온 경비원 옷을 걷어 올리니 앞치마로 감싼 가짜 배가 드러났다. 앞치마를 풀고 바닥에 쪼그리고 앉아 조심스럽게 풀어헤쳤다. 가로 30cm, 세로 50cm 정도 되는 짙은 갈색의 상자가 나타났다. 상자의 뚜껑을 열어 보았다. 충격에도 견딜 수 있도록 작은 나뭇조각 알갱이가 바깥을 감싸고 안에는 솜으로 꼭꼭 채워져 있었다. 꼭꼭 눌러서 빼곡하게 채워져 있는 것을 걷어 내니 뚜껑이 달린 조그만 병이 나왔다. 높이 20cm, 가로 15cm 정도 되는 작은 검은색 병이었다. 병을 들어 올리자 햇빛이 닿은 부분이 언뜻 붉은색으로 비치기도 했다. 뒤엉켜 흔들어 놓은 듯하면서도 뭔가 문양을 이루고 있었는데 무사는 그 문양을 알아볼 수 없었다. 아니 알고 싶지도 않았다. 자신의 사명은 이것을 바깥으로 옮기는 것이었다. 이것 때문에 그동안 수많은 사람들이 소리소문없이 죽어 간 것을 생각하니 깨 버리고 싶은 생각도 들었다.

여러 가지 생각을 하다가 상자는 구석에 밀어 놓고 앞치마에 둥근 병만 쌌다. 그리고 언제든지 뚜껑을 열 수 있도록 병 입구를 오른쪽으로 돌려 두고 뚜껑이 보이게 한 다음 다시 허리에 매었다. 경비원 옷으로 덮으니 부자연스럽게 볼록 튀어나와 보여 상자에 있던 솜을 모두 꺼냈다. 솜보다는 나뭇조각 알갱이가 더 많아서 솜에다 나뭇조각 알갱이를 감싸서 볼록 나온 옆으로 채워 넣었다. 몇 번을 반복해서 두루뭉술하게 만드는 작업을 꽤 오랜 시간 공들여 하고 나니 진짜 운동 안 해서 배만 나온 사람처럼 되었다.

'앞으로 고꾸라지면 깨지겠는걸. 조심해야겠다.'

배를 두루뭉술하게 만들고 잠시 생각에 잠겨 있던 무사가 일어나서 창밖을 내다보았다. 2층이었지만 전체가 전시실이어서 다른 건물보다 한 층의 높이가 두 배는 되었다. 하산의 주검이 차에 실린 채 경비원 몇 명이 서서 주변을 서성거리고 있는 것이 보였다.

'왜 안 가고 저기 있는 거지?'

무사는 변복도 했고 영어도 완벽하게 했기 때문에 자신의 존재를 전혀 눈치채지 못하고 있을 거라고 생각했다. 하지만 이제 막 이곳 상황을 상관에게 보고하고 난 팀장에게 콧수염이 난 백인 경비원이 말을 건네고 있었다.

"팀장님! 아까 저기서부터 제 옆에 같이 타고 왔던 사람이 안 보입니다."

"뭐, 누가 옆에 타고 있었는데."

"처음 보는 사람이었어요. 아랍인 같았는데 경비원 옷을 입고 있어서 동료인 줄 알았거든요. 저놈 쫓는 데 정신을 팔고 있어서 생각 못 했는데 지금 생각하니 좀 이상하기도 했고요."

백인 경비원이 하산의 주검을 가리키며 인상을 찡그렸다.

"처음 보는 사람이었다고? 아랍인? 우리 경비대에 아랍인은 없어."

"정말요?"

"일반 직원 중에 몇 명 있고 경비원 중에는 없지. 자네 신참이지?"

"네! 3개월 됐습니다."

"어떻게 이상했나? 아랍인 확실한가?"

"우리 모두 저놈에게 총을 쏘고 있었잖아요. 그런데 그놈은 겨누고만 있었지 쏘지는 않았거든요. 단 한 발도요."

"그래? 쏘기 불편한 좌석이어서가 아니었을까?"

"그게 아니래도요. 이쪽이었으니까 저보다 좋은 위치였어요."

"젠장 할……. 어이! 다들 모여 봐."

팀장이 하산을 쫓아 순찰차 5대에 타고 온 경비원을 모두 집합시켰다. 팀장까지 모두 11명이었다.

"이 중에 같이 타고 왔던 사람이 있나 다시 한번 훑어보게."

"없습니다. 그 사람은 코가 굽었고 눈이 깊고 눈썹이 매우 짙었어요. 까맣지도 하얗지도 않은 오리지널 아랍인이었다니까요, 팀장님!"

"그래! 없군…… 젠장. 그렇다면 이 건물은 저놈 때문에 우리가 계속 지켜보고 있었으니, 놈이 만약 우리 눈을 피해 몸을 숨길 수 있는 가장 빠른 곳은 우리가 있는 뒤 건물 '우주선 모형 전시관'이다. 지금부터 여기 있는 인원은 두 번째 작전을 시작한다. 이쪽 다섯 명은 후문으로 가서 아무도 빠져나가지 못하게 하고 나머지 다섯 명은 여기 앞문을 지킨다. 만약 놈을 발견하면 다리를 쏘아 달아나지 못하게 하고 반항하면 어쩔 수 없으니 사살한다. 이상!"

팀장의 말이 끝나자 다섯 명의 경비원들이 우르르 '우주선 모형 전시관'의 후문을 향해 달려갔다. 다섯 명은 순찰차를 바리게이트 삼아 편한 자세로 '우주선 모형 전시관' 건물의 정문을 향해 총구를 겨누었다.

그리고 팀장은 상관에게 추가 침입자의 사실을 알리고 증원을 요청하는 한편 건물의 봉쇄를 요청했다. 혹시라도 발이 빨라서 다른 건물로 건너뛰어 숨어들었을 경우를 대비해 주변의 건물 수색도 요청했다. 1분도 지나지 않아 양쪽에서 10여 대의 순찰차가 몰려와 '우주선 모형 전시관'을 에워쌌다.

2층 화장실 창으로 경비원들이 몰려오는 것을 무사는 착잡한 마음으로 지켜보았다. 그들이 말하는 게 들리지는 않았지만, 자신이 이 건물에 있는 것을 확신하고 있는 것 같았다. 그렇다면 이 건물을 이 잡듯 뒤지는 건 시간문제다.

갑자기 문 여는 소리에 머리털이 곤두서며 긴장감이 엄습했다.

'벌써 왔나?'

화장실 문고리를 잡고 총을 다시 고쳐 잡았다.

"빨리 나와요. 괴한이 이 건물에 들어온 것 같다니까 안전지대에 있어야 해요."

안내원이 볼 일을 빨리 보고 나오라며 문을 닫자 무사의 귀에 생전 들어 본 적이 없는 언어가 들렸다.

"이 건물에도 침입자가 있어서 저쪽 방 다 못 봤는데 안전지대로 가야 한다며 그만 봐야 한다는 거잖아요."

"그게 중요한 게 아니지요. 괴한이 우리가 예상하는 그 사람들 같은데 한 번 봤으면 좋겠어요. 물어보고 싶은 것도 많고 말이죠."

"마음대로 만나지는 것도 아니고 위험하잖아요."

"위험하지 않으면 어떻게 접근할 수 있겠어요. 우리는 아니지만 그

것 때문에 이미 많은 사람들이 희생되고 있는데…….”

“뭘 물어보고 싶은데요?”

“무영 군은 물어보고 싶은 거 없어요?”

“있지요.”

“아마 같은 생각일 거요. 언제·어떻게 만들어졌는지, 어떤 경로로 나사에 와 있는지, 왜 그런 힘을 갖게 됐는지, 왜 그 그릇만이 기운을 담을 수 있는지…….”

무사는 화장실 안에서 말소리의 주인공들을 보려고 문틈에 눈을 갖다 댔지만, 끝에 있는 화장실이어서 중간쯤에서 볼일 보는 사람들이 보이지 않았다. 남자 화장실이어서 칸막이 있는 화장실은 세 개였고 소변기가 열두 개 있었다. 사람이 한두 명이면 인질로 잡을 수도 있다고 생각한 무사는 화장실 안에 있는 사람이 몇 명인지 파악하려고 애썼다.

문 여는 소리가 들렸고 닫히는 소리가 들렸다.

무영이 화장실의 마지막 칸을 손으로 가리켰다.

“저기 창문이 있는데 바깥 좀 내다볼까요? 누가 마지막 칸에 있네요.”

“뭐 볼 게 있을까요? 우리가 짐작하는 그 인물이면 위험한데.”

알아들을 수 없는 말이 계속 들리는 것을 보니 두 사람은 그대로 있는 것 같다. 그러는 사이 말소리가 들리며 또 문이 열리고 닫히는 소리가 들렸다. 갑자기 누군가가 무사가 있는 화장실 칸 앞으로 다가왔다.

“와, 경비원 차가 많이 와 있네요. 여기 뭐가 있긴 있나 봐요.”

“몇 대나 되길래……?”

"한…… 이십 대 가까이 돼요."

"아이구, 엄청나군요. 어디 보자."

성진이 무영 쪽을 보다가 무영의 바로 옆 화장실 칸에서 어른거리는 그림자를 보았다. 잔뜩 긴장하여 경계하며 창가로 와서 아래를 내려다보니 이십 대 가까이 되는 순찰차에 총 든 경비원들이 자신들이 있는 이 건물을 겨누고 있었다.

"야~ 이거 뭐 거의 전쟁통이군요. 한 이십 대는 되겠는걸. 경비원들이 다 여기로 모인 것 같아요."

성진이 무영의 팔을 붙들고 나가자고 손짓했다.

무영과 성진은 자신들이 찾고 있는 물건이 바로 옆에 있음을 신들이 알려 주고 있었고 위험하다는 것을 말해 주었다. 그럼에도 그들은 옆을 떠나지 않고 망설이고 있었다.

"이러다 우리 둘 다 죽는 거 아니에요?"

무사는 정확히 두 사람을 향해 총을 겨누고 있었고 화장실 문을 박차고 나와 두 사람을 인질로 잡을 생각을 하고 있었다. 팔에 힘을 주며 화장실 손잡이로 손을 뻗으려는 순간이었다.

이때 화장실 바깥문이 열리며 안내원이 소리쳤다.

"어서 나와요. 우리 이동해야 돼요."

"아! 네! 나갑니다."

성진이 큰소리로 대답하며 무영의 팔을 잡은 채 재빨리 화장실을 빠져나갔다.

"안내원이 문 열 걸 아셨나 봐요."

무영이 말하자 성진이 고개를 저었다.

"그게 아니라 아까 창가 옆에 있던 화장실 칸에 누가 있었어요. 갑자기 괴한이 총을 겨누고 있었던 것 같아서 소름이 돋았어요. 여기서 찾는 사람이 그 칸에 있었을 거예요."

"위험해도 만났으면 좋겠다면서요."

"그건 생각일 뿐이죠. 난 예전에도 겁쟁이였어요."

"맞아요. 마지막 칸에 있었어요. 우리를 인질로 해서 바깥으로 나가려고 했던 것 같은데……. 다시 물건에서 멀어졌어요."

안내원이 관람객 일동을 데리고 커다란 휴게실로 데리고 들어갔다. 모두 안으로 들어가자 유리문이 잠기는 소리가 들렸다. 사람들이 술렁거리자 안내원이 진정시키기 위해 큰 소리로 말했다.

"아까도 말씀드렸다시피 괴한이 이 건물에 침입한 것 같다고 해서 정문과 후문을 일시적으로 닫았습니다. 모든 공간을 수색하고 나서 문을 연다고 하니까 여기서 잠시 음료수 드시면서 기다려 주시기 바랍니다. 커피, 콜라, 우유가 있으니 취향껏 드시면 됩니다."

화장실 끝 안쪽에 있던 무사는 바깥에서 아무 소리도 나지 않자 문을 조금 열어 아무도 없는 것을 확인하고 살며시 나와 창밖을 내다봤다. 경비원들이 점점 많이 모여들고 있었고 이곳을 빠져나가는 건 불가능해 보였다.

'할 수 없다.'

무사는 다시 화장실 안으로 들어가 문을 잠갔다. 배에 매고 있던 것을 풀고 바닥 구석에 밀어 놨던 상자에 주섬주섬 다시 작은 나무 조각과 솜을 채워 넣었다.

'알라신의 가호가 있기를…….'

무사는 병뚜껑을 열기로 했다. 수백 년을 안 열어서인지 뚜껑은 아무리 힘을 주어도 열리지 않았다. 병뚜껑 주위에 침을 바르기도 하고, 변기에 고여 있는 물을 묻혀 수십 번의 시도 끝에 마침내 열 수 있었다. '펑!' 소리가 나며 뚜껑을 열자 엷은 하얀 연기가 잠시 나더니 이내 사라졌다.

'병이 제 기능을 못 할 테니 이로써 1차 임무는 완수되었다.'

배에 다시 상자를 둘러맨 무사는 웃옷을 내리며 눈을 질끈 감고 알라신에게 기도했다.

'나의 목숨을 알라신에게로.'

화장실을 나와 바깥문을 과감하게 열고 눈으로 한 바퀴 둘러보았다. 계단 가까운 곳부터 경비원들이 사무실마다 뒤지고 다니는 것이 보였다. 긴장한 무사가 마른침을 삼키며 정상적인 걸음으로 비상구로 다가가 계단으로 내려가기 시작했다.

아래쪽에서 다섯 명의 경비원이 와글와글 올라오고 있었다. 무사가 어설프게 웃으며 올라오는 경비원들에게 인사를 했다. 같은 경비원 옷을 입은 무사를 그냥 동료라고 생각했는지 그들은 아무런 반응을 보이지 않고 무사를 지나치는가 싶었다.

"너, 멈추고 손들어!"

갑자기 마지막 다섯 번째 경비원이 몸을 돌려 총구를 무사의 머리에 겨눴다. 무사는 고개를 돌리지 않고 그냥 못 들은 척 두어 걸음 내려갔다.

"내려가는 놈, 그 자리에 서라. 손들고!"

무사가 걸음을 멈추고 돌아봤다.

"나…… 말인가?"

"그래, 너. 손, 머리 위로 들라고 했다. 조금이라도 허튼짓하면 대갈통 날아갈 줄 알아. 저놈 제압해!"

앞서 올라가던 경비원들이 우르르 내려와 무사의 두 손을 뒤로 꺾고 뒤에서 무릎을 차서 꿇게 했다.

"우리 경비원 옷을 입어서 하마터면 그냥 지나칠 뻔했다. 이놈 아랍인이잖아. 아까 밖에서 말한 인상착의와 비슷하다."

"비슷한 게 아니라 똑같네. 교활한 놈."

돌아가며 한마디씩 하는 중에 경비원 하나가 발로 차서 무사를 쓰러뜨렸다.

"이놈 때문에 여기 오십 명 정도 경비원이 몰려 있을 거야. 이놈 때문에."

쓰러진 무사의 허리춤에서 총을 빼앗으며 배에 딱딱한 것이 만져지자, 겉옷을 들췄다.

"뭐야, 이게?"

무사의 배를 만지던 경비원이 배에 둘려 있던 앞치마를 풀고 그 속에 있던 것을 꺼내 들었다.

"이게 무슨 상자냐?"

무사가 대답을 안 하자 경비원이 또 배를 걷어찼다.

"무전기로 대장에게 보고해, 우리가 잡았다고. 웬 상자까지 확보했는데 자폭용 폭탄인지 아닌지 모르겠다고……."

무전기를 들고 있던 경비원이 상황을 보고하는 사이 두 손을 뒤로 한 채 수갑을 채운 무사를 두 명의 경비원이 양쪽에서 겨드랑이를 끼고 계단을 내려갔다.

1층에 내려오니 경비원 팀장이 무사의 인상착의를 무사의 옆자리에 앉았던 경비원을 불러 확인했다. 또 다른 경비원이 들고 온 상자를 보더니 폭발 감식반에 보내야 한다며 아무도 열지 못하게 했다.

"그런데 선도 없고 자폭용 폭탄이라기엔 좀 이상하지 않아?"

"원격으로 조종하는 폭탄도 있어요. 손대지 마세요."

"그럼, 모두 떨어져 있어야 하잖아."

상자를 놓고 팀장과 경비원들이 옥신각신하며 각자의 주장을 펼치고 있었다.

"그래도 옮기기는 해야 하는데 어디다 옮기지. 젠장, 오늘은 사람도 많은데 왜 하필 이런 때 이런 놈이 재수 없게 들어온 거야."

"언제 폭발할지 모르니까 서둘러서 빈 창고부터 확보해야 합니다."

"안 쓰는 창고를 확보해서 감식반이 올 때까지 그곳에 보관해."

경비원 팀장은 상부에 상황종료를 보고하고 상자는 감식반이 올 때까지 열지 않고 한적한 창고에 보관하겠다고 보고했다.

"문을 열고 이 건물의 봉쇄를 푼다."

우주선 모형 전시관의 정문과 후문이 서서히 열리는 동안, 건물 안 안내방송을 통해 괴한이 잡혔다는 소식이 전해졌다. 휴게실의 문도 열리고 관람객들도 구경을 위해 나섰다.

성진이 무영이에게 말했다.

"아까 그 화장실에 숨었다가 잡힌 걸까요?"

"다시 한번 가 봐야 할 것 같아요. 배탈이 난 것 같다고 하고. 신들이 다시 가 봐야 한다고 하는데요."

성진이 잠시 생각하다 엄지와 검지손가락을 붙여 동그라미를 만들었다.

"그래요. 괴한이 잡혀서 위험요소는 없어졌으니까 맘 편하게 소변 보고 옵시다."

"겁쟁이 스님!"

무영이 긴장감을 누그러뜨리고자 농담을 하자, 성진이 미소를 지었다.

"내가 반 천 년을 겁쟁이로 살았는데 새삼스럽게 놀림을 당하는구면."

"그건 저도 마찬가지예요. 지금 이렇게 용기를 낼 수 있는 건 저 혼자가 아니기 때문이에요. 그런 면에서 여러분께 정말 감사하고 있는걸요."

"그건 나도 똑같소."

무영이 즐겁게 웃었다. 그리고 곧바로 인상을 찌푸리며 안내원을 불러 세웠다.

"잠깐, 배가 아파서 화장실 한 번만 더 다녀올게요. 미안합니다."

"데리고 다녀오겠습니다. 미안합니다."

두 사람은 아무도 없는 화장실에 들어와 곧장 창가에 붙은 마지막 칸으로 갔다. 문을 열자 화장실 안에는 시커먼 작은 나뭇조각 알갱이들이 어지럽게 흩어져 있었고 물이 흥건했다. 이런 모양이 만들어진 상황을 짐작하면서 꼼꼼히 살피던 무영이 변기 뒤에서 무언가를 발견했다. 무영이 성진을 불렀다.

"이것 봐요, 스님! 뭔가 있어요."

무영은 조심스럽게 변기 뒤에 있던 시커먼 물건을 끄집어냈다. 작고 검은색 둥근 병이었는데 뚜껑은 열려서 끊어진 줄을 늘어뜨리고 옆에 나뒹굴었다.

"혹시요. 이게 그거 같은데요? 여기 변기 뒤에 있었어요."

"글쎄, 정말 그걸까요? 정말 흔하게 생겼는데."

"흔한 병이 왜 변기 뒤에 숨겨져 있을까요? 오늘같이 시끄러운 이 와중에……."

"좀 이상하긴 하군요. 일단 그 병 이리 줘 봐요."

성진이 병을 들어 눈높이만큼 치켜올렸다. 햇빛에 반사된 검은색이 붉은색을 띠기도 하고 알 수 없는 문양이 그려져 있었다.

"이건 우리가 찾는 그 물건이 맞아요. 밖으로 갖고 나가기 힘들 것 같으니까, 뚜껑을 열어 기운을 빼고 이곳에 두고 간 거 같아요. 스님!"

"그런 것 같군요. 지금 이걸 자세히 볼 시간은 안 되니까 나중에 보기로 하고 일단 소매에 넣어야겠어요. 워낙 넓어서 이 정도쯤은 몇 개라도 들어가니까요."

"소매가 넓으니까 이럴 때 좋군요."

"아까 여기에 있던 사람이 문제의 그 괴한이었다면 말이요. 자신이 잡힐 걸 예상했다면 어차피 못 가져갈 바엔 이렇게 뚜껑을 열어 기(氣)를 뺀 거예요. 일루미나티의 힘이 빠지는 거니까 최소한의 목적을 달성한 거지요. 우리가 아는 대로라면 말이죠."

"설득력이 있네요. 화장실에 CCTV는 없겠지요. 개인 인권을 중시하는 나라니까……. 이제 가요."

"만약 이게 진짜라면 이번 여행의 엄청난 소득이요."

"신들이 진짜라고 하네요."

전설

　윤검군과 서금화가 나란히 의자에 앉아 손을 뒤로 묶인 채 눈을 감고 있었다.

　세계 음식 박람회 행사장 앞 건물 화장실을 이용하지 않고 그냥 통과하는 것을 수상하게 지켜보던 경비원이 뒤를 밟고 있는 것을 전혀 눈치채지 못했다. 두 사람은 화장실을 통과해서 멀리 떨어져 있는 건물, 컨트롤 타워를 쳐다보고 있었다. 컨트롤 타워에 괴한이 침입하고 뒤이어 경비원들이 그 건물을 에워싸고 총격전이 벌어지는 것을 정신없이 바라보았었다.

　하지만 여러 명의 사상자가 발생하고 무전기로 시시각각 들려오는 사태가 심각해지자 두 명을 지켜보고 있던 경비원이 조용히 동료 경비원을 불렀다. 그리고 뒤에서 덮쳐서 잡아들였다. 침입자들과 한 패거리라고 생각한 것이다.

　사무실 같기도 하고 창고 같기도 한 곳에 갇혀 한동안 망연자실하게 앉아 있었다. 자신들이 음식 박람회 행사에 참여한 사람들이라고 경비원들에게 계속 말하고 또 말했다. 경비원들은 두 사람의 말을 귓등으로도 듣지 않았고 오히려 험상궂은 얼굴을 들이대며 윤검군에게 조용히 하라고 소리를 빽 질렀다.

"우리 경비실 감옥에 갇힌 것 같아요. 바깥 사정 때문에 지금 이 사람들 예민한 것 같으니 더 자극하지 말아요. 괜히 저 무지막지한 주먹으로 한 대라도 맞으면 손해니까요."

서금화의 말에 윤검군은 입을 다물었다. 서금화의 말은 전적으로 일리가 있었다.

한국처럼 경찰이 민중의 지팡이가 되어 주고 살갑게 구는 경찰을 기대하기엔 미국의 공권력은 차갑고 이기적이었다. 총기 소지가 자유로운 미국에서 일반 시민들도 경찰에게 총질을 해 대는 경우가 종종 있기 때문에 경찰은 자신을 보호하기 위해서라도 시민들의 사정을 봐 주지 않았다. 경비원이라고 하지만 이들도 미국 공권력의 일부였다.

그렇게 막막한 시간이 한참 흘렀다.

바깥쪽 문 열리는 소리가 들리더니 귀에 익은 소리가 들려왔다.

"우리 천막에서 같이 행사 중이었던 분이 여기 억류되어 있다고 해서 왔는데요."

하숙집 여주인이었다.

"신원도 확실하고 뭘 잘못하실 분들도 아니에요. 화장실에 가셨다가 소란을 보고 구경하는 중이었을 거예요."

두 사람이 경비실에 잡혀 있다는 통보를 듣고 하숙집 여주인이 행사 중에 달려온 것이다.

행사장과 경비실은 가까이 있었고 외부의 소란과 상관없이 행사장은 음식 접시를 들고 시식하는 사람들로 북적거렸다. 윤검군과 서금화가 없어도 교포 네 명이 음식을 퍼 주고 사람들에게 설명하는 데 무리가 없었기에 한 시간이 지나도록 오지 않는 두 사람을 찾지도 않았었다. 어디 구경하느라 정신이 팔려서 늦는 걸로 생각한 것이다. 그런데, 1시가 넘어서 한창 바쁠 때 두 명의 경비원이 와서 한국 천막 이름표를 달고 행사에 참가한 두 사람을 억류하고 있다고 통보하고 조사를 하기 위해 왔었다.

깜짝 놀란 네 사람은 가장 똑똑하고 말 수완이 좋은 하숙집 여주인에게 두 사람을 만나 보고 어떻게 된 일인지 알아 오도록 했다. 신원 확인을 해 주고 나이 먹은 분들이니 안심시켜 주려고 온 것이다.

문이 열리고 경비원이 들어와 두 사람이 앉아 있는 철창문을 열고 의자 뒤로 묶인 손을 풀어 주었다. 미안함과 민망함을 얼굴에 가득 담고 두 사람이 하숙집 여주인 앞에 섰다. 하숙집 여주인이 눈을 동그랗게 뜨며 놀란 표정을 지었다.

"아이고…… 세상에! 이게 뭔 일이래요."

서금화가 아픈 손목을 어루만지며 힘없이 대답했다. 불과 두 시간 만에 서금화는 폭삭 늙은 것 같았다.

"그러게요. 길을 잃고 두리번거리는데 멀리 앞에 있던 건물에 웬 남자들이 총을 쏘며 들어가더라고요. 뒤이어 경비원들이 쫓아와서 총격전이 벌어지길래…… 생전 처음 보는 구경이라 정신없이 보고 있었는데 뒤에서 경비원이 다짜고짜 수갑을 채우고 여기다 가뒀어요. 수상하다면서요."

서금화가 간략하게 잡힌 이유를 말하자 하숙집 여주인이 신중하게 말했다.

"오늘 사건이 여럿 있었대요. 그중에 하나를 목격하셨나 봐요. 선

생님들은 연루가 된 게 아니고 구경만 하셨으니 금방 나갈 거예요. 대
사관에도 연락해서 최대한 빨리 나가실 수 있도록 도울게요. 걱정 마
세요."

"이거 참, 미안해서…… 정말 미안합니다. 폐를 끼치네요. 행사가
한창일 텐데……."

윤검군이 진심으로 미안해하며 사과했다.

"아닙니다. 그런 말씀 마시고 몸 상하지 않도록 조심하세요. 여기
경찰이 좀 거칠거든요."

"호기심이 죄로군요. 여사님! 죄송합니다."

서금화도 머리 숙여 사과했다.

"잘못한 것도 없으신데 이러지 마세요. 옆에서 구경할 일 생기면
저라도 그럴 거예요."

"그래도 조심했어야 했는데, 부주의했어요."

서금화가 자책하자 하숙집 여주인이 웃으며 일어났다.

"잘못하신 게 없으니 걱정하지 마시고요. 행사가 아직 진행 중이라
이따 행사 끝나면 다시 찾아올게요."

하숙집 여주인이 윤검군과 서금화의 신원을 보증한다며 수상한 사
람이 아니라고 경비원들에게 조목조목 얘기했지만, 상부에서 오늘 사
건이 많이 터져 수상한 사람이 보이면 다 잡아들이라는 명령이 있어서
안 된다는 말만 했다. 그래도 하숙집 여주인이 노력한 덕에 두 사람의
수갑은 풀리고 다시 철창 안으로 들어갔다.

두 사람이 한숨을 팍팍 쉬고 있는데 얼마 지나지 않아 피투성이가
된 경비원 남자가 끌려와 옆 철창에 내던져졌다. 양손을 뒤로 한 채 수

갑이 채워졌고 맞아서 입술이 터지고 코피가 나고 있었다.

"경비원끼리 싸웠나 봐."

"동료들끼리 참 살벌하게 싸웠네요. 저게 뭐람."

"남 걱정할 때가 아니요. 남의 나라에 와서 수상하다고 잡혀 와 있으니 우리가 밉게 보이면 별로 좋을 거 없어요. 경비원에게 잘 보입시다."

"그러지요. 참, 우리만 아는 이런 사명감, 이렇게 노력하는데 아무것도 잡히지 않으니 답답하네요."

"이번에도 허탕이면 언제 또다시 기회가 올까?"

옆 철창 안에 꼼짝없이 엎어져 있던 경비원이 꿈틀거렸다.

두 사람은 대화를 멈추고 옆 철창의 남자를 보았다. 손이 뒤로 묶여 있어 일어나기 힘든지 조금 움직이다가 옆으로 돌아누웠다. 피투성이가 된 경비원 남자의 눈이 두 사람을 쳐다보았다.

"얼굴이 아랍인 같은데요. 그렇지요, 서 선생?"

"네! 피떡이 되긴 했어도 피부색이나 윤곽이 서아시아 쪽이네요. 왜 다쳤는지 물어볼까요?"

"심사가 틀어져 있을 텐데…… 놔두시오. 괜한 불똥 맞지 말고요."

"오늘 소란을 일으킨 사람들도 서아시아 사람일 거예요. 경비원 복장을 하고 있지만 왠지 아랍인 같은 생각이 들어요."

서금화가 망설이다가 빤히 쳐다보고 있는 남자에게 영어로 물었다.

"우린 한국에서 왔어요. 아까 총싸움 구경하다 잡혀 들어왔어요. 영화에서나 볼 법한 상황이 눈앞에서 벌어지니까 신기해서 정신없이 보다가 경비원이 수상하다며 잡아 와서…… 여기 이러고 있네요."

"한국!"

피투성이 경비원복의 남자가 입 속으로 뇌까렸다.

"네! 당신은 왜 다쳤나요? 경비원끼리도 싸워요?"

서금화가 피가 말라붙고 있는 남자의 얼굴 하관을 보며 물었다.

"북쪽이요, 남쪽이요?"

"남쪽 코리아지요."

서금화는 피투성이 경비원 남자가 의외로 순순히 말을 받아 주면서 남쪽 출신인지 북쪽 출신인지를 묻는 것에 속으로 놀라고 있었다.

"그렇군요. 난 경비원이 아니요."

"경비원이 아닌데 왜 경비원 옷을 입고 있어요?"

서금화의 질문에 남자가 다리를 가슴까지 구부렸다가 펴는 탄력으로 일어나 앉더니 철창에 기대어 앉았다.

"아까 총싸움이라고 했는데 어디 총싸움이었어요?"

"당신은 그 총격전에 연루되어 있나요? 경비원이 아니라면서요."

"총소리가 난 곳의 상황은 어땠나요? 잡혀 와서 여기 경비원들이 하는 소리를 들었는데 오늘 사고는 다 진압된 것 같다고 하던데요."

피투성이 남자는 서금화의 질문에 대답보다는 자신이 듣고 싶은 말이 우선인 것 같았다.

"아!!! 예! 그렇군요. 그럴 거예요. 아까 이후로 총성이 나질 않고 있으니까요."

"무슨 총싸움인지 몰라도 일반인들이 다치지 않은 게 천만다행이에요. 우리가 여기 잡혀 온 것 빼고는요."

윤검군이 슬며시 끼어들었다.

"좀 전에 경비원이 아니라고 했는데 뭐 하는 분이시오?"

남자는 대답하지 않았다.

서금화가 윤검군에게 말했다.

"다치신 분에게 너무 피곤하게 하는 거 아닐까요? 다쳐서 컨디션도 안 좋을 거예요. 그냥 쉬도록 놔두세요."

"알았소. 입 다물고 있으리다."

피투성이 남자가 몸을 뒤척이며 좀 더 편한 자세를 잡기 위해 애쓰더니 긴 한숨을 내쉬었다.

"나는 이집트 사람. 이름은 무사라고 하오. 당신들의 언어를 조금 전에 우주선 모형 전시관이 있는 건물에서 들었어요. 거기도 두 사람이 대화하고 있었는데 그게 한국말인지 당신들이 말하는 걸 듣고 알았어요."

"응? 우주선 모형 전시관이요?"

윤검군과 서금화가 마주 보았다. 거기라면 성진과 무영이 견학하기 위해 그 시간에 있었을 것이다.

"그래서요? 어디서 두 사람을 봤어요?"

서금화가 확인하려고 물었다.

"나는 칸막이 화장실 안에 있었고 그들은 창가에 서서 바깥을 보며 이야기하고 있어서 얼굴은 못 봤어요."

"아!"

두 사람이 동시에 탄식했다.

"화장실에 있었는데 왜 싸워서 다친 거예요?"

무사는 또 대답이 없었다.

"미안해요. 괜한 걸 물었나 봐요. 미안합니다."

서금화의 사과에 무사가 입꼬리를 살짝 들어 올렸다.

"당신들은 정말 착한 사람들인 것 같군요. 한국에 대해서 아는 게 없지만 좋은 나라가 분명합니다. 내가 조금 다친 걸 그렇게 안타까워 하다니……."

"우리가 착하긴 하지요. 일본 등쌀에 시달려, 중국에 시달려, 미국에 치여서, 과거부터 지금까지 그렇게 당하고 살았거든요. 작은 나라의 비애랄까요."

무사가 뒤로 고개를 젖힌 채 눈을 감고 말했다.

"난 당신들이 총싸움을 구경했던 그 패거리와 같이 왔어요. 아마도 살아남은 사람은 나밖에 없는 거 같군요. 난 내일 죽을 거예요."

"예?"

두 사람이 놀라서 허리를 쭉 펴고 무사를 뚫어지게 바라보았다.

"아까 자살이라도 했어야 했는데 기회를 놓쳤어요. 지금은 총도 없고 품에 넣어 뒀던 것도 다 빼앗겨서 어떻게 해야 할지 모르겠어요."

"어머, 세상에…… 그러지 말아요. 아직 젊은데 살아야지요. 살아야 뭘 하든지 말든지 하지. 목숨이 몇 개 있는 것도 아닌데."

서금화가 안타까워하며 말하는 것을 무사는 고맙게 받아들였다.

"난 전설을 확인하러 왔어요. 아주 먼 옛날부터 내려오던 전설이지요."

"전설? 그게 목숨을 걸 만큼 가치가 있나요?"

서금화는 전설이라는 소리에 귀가 번쩍 뜨였지만 내색하지 않고 계속 무심한 척 질문했다. 윤검군도 눈을 크게 뜨고 철창으로 몸을 더 기울었다.

두 사람이 있는 곳은 의자가 있었지만, 무사가 있는 곳은 의자가 없어서 맨바닥에 앉아 있었다. 무사가 머리를 돌려 두 사람을 보면서 말했다.

"전설이지만 단순한 전설이 아니라서 목숨을 걸 만한 가치는 충분히 있어요."

"어떤 전설인데요?"

"아주 옛날에 알렉산드로스라는 왕이 있었어요. 부왕이 피살되는 바람에 스무 살이라는 아주 젊은 나이에 왕이 되었지요. 왕자 시절부터 남달리 영특했던 그를 부왕은 특별히 아끼고 공부도 당대에 최고라 할 수 있는 학자에게 배우게 했어요."

"잠깐, 알렉산드로스라고? 혹시 우리가 알렉산더 대왕으로 알고 있는 그 왕인가?"

윤검군이 조금 틀린 발음에서 동일 인물인지를 확인하려고 물었다.

"맞아요. 알렉산더 대왕! 더 들어 보도록 하죠."

서금화가 윤검군에게 고개를 끄덕이며 다시 무사를 쳐다봤다.

"왕이 된 알렉산드로스는 부왕이 이루고자 했던 그리스와 페르시아 제국을 정벌하고 이집트와 인도까지 평정했지요. 불과 십이삼 년 간에 이뤄낸 엄청난 업적이었어요. 서른 살쯤에, 한 번은 승전 후 돌아가다가 신전을 지나가게 되었는데요. 그 신전의 주술사 무녀가 왕에게 안 좋은 소리를 한 거예요. '하늘을 두려워하고 사람을 두려워하라'고요. 승승장구하던 왕에게 충고를 한 것이지요. 왕은 무녀에게 자신의 세상이 길게 갈 수 있는 방법을 물었어요. 어느 왕이나 자신의 권력이 정점에 이르면 그것이 지속되길 바라니까요. 무녀가 대답했지요. '전쟁터를 자주 나가시니 전쟁터에서 적군의 살아 있는 피를 되도록 많이 받아 오세요. 그 피로 그릇을 빚어 영원히 살아 있는 하나의 새를 조각하여 왕의 기(氣)나 신통한 사람의 기를 넣어 봉한 다음 아무도 모르게, 아무도 찾을 수 없도록 땅속에 묻으세요. 그것이 왕의 땅을 떠나지 않으면 왕의 땅은 오래토록 발전할 것입니다. 왕이 죽은 다음에도 나라는 계속 번성할 것이에요. 하지만, 그것이 다른 곳으로 간다면 옮겨 간 그곳이 세상을 지배할 것입니다. 명심하세요'라고요."

"그래서 그렇게 했나요?"

서금화가 마른침을 꿀꺽 삼키며 진지하게 물었다. 그동안 그토록 알고 싶어 했던 비밀이 낯선 이방인의 입에서 줄줄 흘러나오고 있었다.

"무녀의 말대로 하긴 했지요. 그런데 만들어 온 단지의 모양이 왕의 마음에 안 들었는지 연회에서 술에 만취한 왕이 옆의 로마인 귀족에게 단지에 대해 얘기해 버렸죠. 삼십 대에 접어든 왕은 술을 간혹 마셨고 술에 취하면 자기 자랑을 했다고 하는데 그때 한 것 같아요. 잘은 모르겠지만. 왕이 인도와 한판 전쟁을 치르고 귀국했을 때 다시 주술사 무녀가 찾아왔답니다. 그때 왕이 병이 들어 몸이 안 좋았었는데요. 무녀가 물었대요. 자기 말대로 했냐고…… 왕이 그대로 했다고 하자 몇 명의 피로 그릇을 만들었냐고 무녀가 다시 물었죠. 왕이 33명의 피를 받아서 그릇을 만들었다고 대답하자 무녀가 깜짝 놀랐대요. 그때가 왕의 나이 서른세 살이었거든요. 무녀가 좀 더 많은 사람의 피를 받지 그랬냐고 짜증을 내며 가 버렸답니다. 그런데 왕이 서른세 살에 죽었어요. 단지는 왕의 기(氣)도 봉하지 못했고 뚜껑이 열린 채 방치되었지요. 왕이 죽자, 술자리에서 왕의 얘기를 들었던 로마인이 그 단지를 훔쳐 로마로 가져갔어요. 그리고 어떤 기(氣)를 봉했는지 모르겠지만…… 그래서인지 로마제국이 한동안 세계를 제패하게 되었어요."

무사가 잠시 말을 끊고 한숨을 쉬었다.

"전설에 사실 같은 역사 속 인물이 들어가니 재미있네요. 동화 같아요."

서금화가 무사의 말을 재미있게 경청하자 무사가 의아한 눈으로 쳐다봤다.

"재미있어요?"

무사가 표정 없이 서금화를 쳐다봤다.

"재미있어요. 감방에 갇혀서 조마조마하게 시간 보내고 있었는데 동화 같은 이야기를 들려주니 시간 가는 줄 모르겠네요. 긴장감도 완화되고요."

"나도 다 주워들은 이야기인데 기분전환이 되었다니…… 다행이요."

"그래서 나사에 전설을 확인하러 왔다는 게 그 단지가 여기 있다는 건가요?"

무사는 대답을 안 했다.

윤검군이 무사의 표정을 살피더니 서금화를 만류했다.

"당신이 궁금한 건 알지만 내일 죽겠다는 이에게 너무 그러지 말아요. 몹시 피곤해 보이는구먼."

무사가 배시시 웃었다.

"괜찮습니다. 피곤하지 않아요. 그 단지 이야기는 알렉산드로스 왕이 술에 취해서 여러 번 떠벌리는 바람에 당시에 많은 사람이 알았던 모양이에요. 로마로 간 이후에 전설처럼 여겨졌는데 로마군의 유럽 북부 원정 때 전설의 내용이 영국군에게 흘러 들어간 거에요. 영국은 은밀히 여러 사람을 보내 단지의 전설이 사실인지 어디에 있는지를 알아보도록 했어요. 그 결과 로마군의 고위층으로부터 단지에 대한 정보를 듣게 되죠. 여러 번의 시도 끝에 단지는 영국으로 은밀히 옮겨졌고 세계의 패권(霸權)은 영국으로 흘러갑니다. 영국이 한참 세계에 힘을 떨치고 있을 때 영국에 석공(메이슨) 조합인 프리메이슨이 생겨났어요. 작은 조직이 모여 큰 조직을 이루는 방식이었는데 금방 전 영국에 퍼지고 유럽으로 확산되었죠. 개인주의, 박애주의, 준법을 강조하다 보니 종교적인 색채를 띠고 있어서 가톨릭교회로부터 탄압을 받게 되죠. 그래서 그들은 지하단체가 되었어요. 이래선 안 되겠다 싶었는지 프리메이슨의 간부 중 하나가 일루미나티라는 새로운 단체를 결성합니다. 혹시 두 단체에 대해 들어 보셨나요?"

윤검군과 서금화가 마주 보고 눈치를 살피더니 다시 무사를 보고 동시에 대답했다.

"예!"

서금화가 덧붙였다.

"요즘 인터넷을 많이 접하다 보니 컴퓨터에 떠다니는 것들을 봤어요. 우리와는 별로 상관이 없는 이야기들이라 그냥 한 번 보고 말았죠. 이름만 알아요."

"일루미나티 역시 프리메이슨하고 비슷하기는 한데요…… 좀 달라요. 여러분이 모르신다고 하니 그냥 프리메이슨에서 일루미나티가 떨어져 나왔다고 생각하셔도 돼요. 실제로 프리메이슨의 고위 간부들이 일루미나티로 자리를 옮겼으니까요. 영국의 팽창주의가 한창일 때 미국으로 건너간 영국인 중에는 고위급 일루미나티들이 있었어요. 미국이 건국하고 자리를 잡을 무렵 일루미나티들은 영국에 있던 단지를 빼내어 미국으로 옮겨 갔어요. 가지고 간 사람이 자신의 집 지하에 묻었다가 다시 백악관 내부에 보관되었어요. 그런데 일루미나티가 아닌 사람이 대통령이 되면서 그 단지는 다시 자리를 옮기게 되죠. 당시 나사의 최고 수장이 일루미나티여서 그 단지를 자신이 일하고 있는 건물의 지하 캐비닛에 이중삼중의 잠금장치를 해 두고 지키고 있었던 거지요. 저는 지금까지의 전설을 확인하러 동료하고 온 것이고 오늘 그 단지를 본 것 같아요. 아쉽게 놈들에게 다시 빼앗기고 말았지만……."

"동료들과 오셨다고요? 그럼, 아까 그 총격전은 그래서 있었던 거군요."

서금화의 질문에 무사가 힘없이 고개를 조금 끄덕였다.

윤검군이 몸을 돌려 철창을 잡으며 흥분해서 물었다.

"잠깐, 그게 무슨 소리예요? 본 것 같고 다시 빼앗겼다고요?"

"어머, 정말…… 전설이 사실이라고요?"

서금화가 시치미를 뚝 떼고 되묻자, 무사가 대답했다.

"우리가 그 지하까지 들어가서 잠금장치를 풀었거든요. 밖에서 소동을 일으켜 준 틈을 타서 준비해 간 장비로 어렵게 할 수 있었는데 그럼에도 들켰어요. 나오면서 다른 동료들은 다 죽고 나만 남은 것 같아요. 제가 단지를 가지고 있어서 저를 보호하려고 다 희생했는데 부끄럽게도 제가 그만 잡혔어요."

"아!!! 아까의 총성이 그래서 있었던 거군요. 허…… 멋진 전설인데요. 영화로 만들어도 되겠다."

윤검군이 짐짓 모른 척하며 감탄을 하자 무사가 고개를 떨궜다.

"그런데 그 단지가 그 전설 속의 그 단지가 맞아요?"

서금화의 질문에 무사가 확신에 차서 대답했다.

"지금까지 정황으로 봐서 저는 그 단지가 알렉산더의 단지라고 확신해요."

서금화가 가슴이 방망이질 치는 것을 억누르며 물었다.

"그래요? 대단하다. 이런 내용은 나사에 근무해도 99.9%가 모를 거예요. 위에 소수 서너 명만 알고 있을 거예요. 그죠?"

"그렇겠죠."

무사가 덤덤하게 대답했다.

"저들이 그냥 단순한 침입자라면 굳이 총기까지 사용하진 않을 건데요."

서금화의 말에 무사가 말했다.

"침입한 사례는 다 보고가 들어갈 겁니다. 그리고 그런 사례였던 경우 다시 밖으로 나간 사람은 없었던 걸로 압니다."

"어머나…… 세상에!!! 그럼, 우리 어떡해."

서금화가 과장된 놀라움을 표현하자 무사가 다시 말을 이었다.

"밖의 상황을 보니 잡힐 것 같아서 상자 안에 있던 단지를 빼내 화장실에 두고 상자만 배에 두르고 나와서 바로 잡혔거든요. 놈들 눈들이 좋기도 하지. 경비원 복장으로 나왔는데도 바로 잡혔어요."

"그럼, 그 단지가 화장실에 있다는 거예요?"

"아마 놈들이 찾아냈을 거예요. 워낙 많은 놈들이 깔려 있었으니까."

윤검군이 눈을 반짝이며 물었다.

"남자 화장실이잖아요? 그럼 소변기만 있는 게 아니라 변기가 있는 칸막이 화장실도 있잖아요."

"그렇죠. 바로 그런 칸막이 화장실 안에다 두고 나왔어요."

"그럼, 찾지 못했을 수도 있겠네요. 남자들이 대부분 소변보러 들어가지. 큰 거 보러 들어가진 않잖아요. 그리고 들어가도 칸막이 화장실이 몇 칸은 되잖아요. 들어갔어도 반드시 단지가 있는 칸으로 들어가지 않을 수도 있어요."

윤검군의 말에 무사가 체념한 듯 말했다.

"그럴 수 있겠죠."

"전설의 단지라니까 구경 한번 해 보고 싶다. 그러다가 우리 목도 떨어지려나?"

윤검군이 말하자 서금화가 말렸다.

"전설은 전설일 뿐 호기심 갖지 말아요. 이야깃거리로는 정말 좋으네요."

속마음을 숨기며 서금화가 윤검군을 말리는 척했다.

무사가 인상을 살짝 찌푸렸다.

"전설이라고……. 지금까지 내가 했던 말이 거짓말 같은 거요? 당신 글 쓰는 사람인가요?"

서금화가 정색을 했다.

"아뇨. 난 당신이 거짓말을 했다고 생각하지 않아요. 난 작가도 아니고요. 하지만 입장을 바꿔 놓고 생각해 보세요. 우리처럼 처음 듣는 사람들 입장에선 동화나 설화에 나올 법한 이야기잖아요. 그래서 그렇게 말한 것이니 너무 기분 나쁘게 생각하지 마세요."

"그려, 나이가 들면 호기심도 생기고 하니까 그 전설이 사실이라면 매우 흥미진진한 얘기요. 난 정말 한번 보고 싶다니까. 낮에 총싸움도 실제로 처음 봤는데."

윤검군이 다시 호기심을 섞은 집착을 드러내자, 무사가 피식 웃었다.

"여기서 나가면 가 보시오. 혹시 있을지도 모르지만 없을 거요. 이 놈들이 어떤 놈들인데……."

서금화가 입장을 바꿨다.

"그렇겠지요. 전설을 들어 보니 한 번 구경해 보고 싶어졌는데……. 호호호…… 그 호기심 때문에 여기에 있으면서 내가 아직 정신을 못 차렸나 봐요."

서금화가 한발 물러서자 윤검군이 바로 뇌까렸다.

"아까 우주선 모형 전시관 건물이라고 했지…… 아마."

무사가 다시 한번 말해 주었다.

"네, 우주선 모형 전시관 2층, 비상구 계단 옆의 화장실이에요. 변기통 뒤에 두고 나왔는데 제발 놈들 말고 다른 사람들이 발견해서 깨트려 줬으면 좋겠어요."

"당신들이 그렇게 목숨을 버리면서까지 빼내려던 것인데 깨트리길 바라요?"

"우린 일루미나티나 미국만 아니면 돼요."

"일루미나티나 미국을 미워하는 이유가 있어요?"

"그건…… 정당하지 못한 방법으로 세계를 지배하고 있기 때문이지요. 당신들은 미국에 호감을 가지고 있지요? 미국과 한국은 동맹국이니까?"

이 질문에 윤검군도 서금화도 말문이 막혔다.

"그것 봐요. 당신들의 지성은 깨어 있어서 누군가 세계의 질서를 인위적으로 조작하고 있는 것을 알아채고 있는 거예요."

"일루미나티가 미국에만 있나요? 영국에도 있을 거예요. 영국에서 생겨났으니까……."

서금화가 겨우 한 마디 꺼냈다.

"전 세계에 있다고 보면 되죠. 그들이 대부분 지도층에 있다 보니 그들이 결정하는 것에 따라 정치, 경제 흐름이 순식간에 바뀌기도 하지요. 하지만 지금 세계를 주무르는 건 역시 미국이고 일루미나티의 주 무대 역시 미국이거든요."

"그렇군요."

서금화가 수긍했다.

"잘 모른다고 했으니, 여기서 나가면 일루미나티에 대해서 알아보세요. 그들이 어떤 집단인지…… 우리가 왜 이렇게 해서라도 전설에 집착할 수밖에 없었는지 이해할 겁니다."

"알았어요. 우리가 나간다면 알아보도록 하지요."

"휴대폰을 돌려받으면 바로 검색해 볼 수 있는데…… 빼앗긴 휴대폰은 언제 돌려주려나?"

윤검군이 손을 쥐었다 펴면서 빼앗긴 휴대폰을 아쉬워하였다.

오후 두 시쯤 행사장에 와 있던 대사관 직원들이 찾아왔다. 두 사람을 면회한 직원들은 왜 잡혀 있는지를 묻고 경비원들과 한바탕 논쟁을 벌였다.

"구경한다고 사람을 잡아들이는 법이 어디 있습니까?"

"총성이 나기도 전에 화장실을 통과하여 반대쪽으로 갔다니까요."

경비원들의 대답은 퉁명스럽고 불친절했다.

"이곳에 처음 오신 분들이니 여기저기 뭐가 있는지 궁금하기도 했을 것이고 화장실 반대편으로 나가서 멍때리다가 총소리가 나니까 호기심에 거기 잠시 있었는데 그게 구금의 이유가 됩니까? 세계 음식 박람회장에 참여하신 분이라고 복장만 봐도 알 수 있잖아요."

대사관 직원이 조목조목 따지고 들자, 경비원이 짜증스럽게 대답했다.

"오늘 사건이 많았어요. 정문에서 괴한들이 차량으로 들이받아서 차량 여러 대가 파손됐고 사람도 다쳤고요. 여러분은 모르시겠지만, 이곳 행사장과 좀 떨어진 곳에서 한 무리의 괴한들이 침입해서 경비원 여럿이 죽었단 말이요. 평상시 같으면 당신 말대로 이 사람들 구금할 정도는 아니지만 오늘 상황이 매우 안 좋은 상태라 상부에 모든 상황이 보고되고 있어서 모든 조사가 끝날 때까지 풀어 줄 수 없소."

"이렇게 혐의점이 없는데도요? 인권침해 아니요?"

"몇 번을 말해야 알아들을 거요. 우리도 바빠 죽겠으니까 당신 말대로 혐의가 없으면 조사가 끝나는 대로 내보낼 거니까 작작 좀 하시오. 짜증 나니까."

"말씀이 지나치군요. 외교상 결례요. 정당한 요구를 하고 있는데 짜증이라니요?"

경비원은 드디어 인내의 한계점에 도달한 것 같았다.

"빌어먹을……. 이 작자들 잡아 온 놈 어디 간 거야. 당장 그놈 찾아와!"

경비원은 다른 경비원에게 소리쳤다. 젊은 한국 대사관 직원들도 참고 있기는 마찬가지였다. 서로 벽에다 대고 얘기하는 것처럼 말이 통하지 않았던 것이다.

대사관 직원 두 사람과 윤검군, 서금화를 앞에 앉히고 경비원이 나가버리자 다른 경비원이 이들 앞으로 와서 앉았다.

"어떤 말을 해도 오늘 벌어진 사건에 대해 조사가 끝나고 확실히 관련이 없다고 해야만 풀어 줄 수 있습니다. 오늘 벌어진 일이 심각해서요. 경비원이 열 명이나 죽었고 다친 경비원도 여럿이요. 그들이 내부에서 뭔가를 훔친 모양이요. 우리도 예민한 상황이니 당신들도 이해하고 이쯤에서 돌아가 주시오."

경비원의 으름장에 서금화가 대사관 직원들을 보며 말했다.

"더 얘기해 봐야 소용없을 것 같아요. 괜히 화를 더 돋우면 여기 있는 동안 불편해지니 그만 돌아가셔서 외교적으로 해결해 주세요."

두 대사관 직원이 한숨을 쉬며 일어났다.

"융통성이라는 게 안 통하는 답답이들 같으니……."

"바로 대사님께 말씀드려 빠른 대처를 하도록 하겠습니다. 좀 고생스러우셔도 마음 편히 하시고 참아 주세요. 그래도 경찰이 아니고 경비원들이라 좀 순한 편이네요."

대사관 직원들이 돌아가고 두 사람은 다시 철창 안으로 들어왔다.

조금 지나서 두 명의 경비원이 들어와서 옆 칸에 있는 무사를 양쪽에서 팔을 겨드랑이에 끼고 데리고 나갔다.

한참 만에 다시 돌아온 무사는 얼굴뿐만이 아니라 몸까지 여기저기 얻어맞아 웃옷과 바지에도 피가 묻어 있었다. 두 사람이 불러도 안타깝게 바닥에 널브러진 무사는 한동안 꼼짝도 하지 않았다.

서울로

　성진과 김무영은 나사에서 나오자마자 곧장 이서경이 있는 카페로
갔다. 머리를 맞대고 나사 안에서 있었던 사건과 화장실에서 주운 병
에 대한 이야기를 하자 이서경은 매우 놀라워했다. 소매에 들어 있는
단지는 여전히 그대로 있었고 다들 보고 싶은 마음을 누른 채 들뜬 마
음으로 서둘러 호텔로 향했다.

　이들은 윤검군과 서금화가 나사의 경비원실에 감금되어 있음을 까
맣게 모르고 있었다.

　"지금쯤이면 행사도 다 끝났을 거예요. 뒷정리하고 호텔로 오시겠
지요."

　곧장 호텔로 간 세 사람은 성진의 방으로 모였다. 창의 커튼을 치
고 카펫이 깔린 바닥에 세 명이 빙 둘러앉았다. 카펫 위에 이서경의 윗
옷을 깔고 바닥을 고른 다음 성진에게 손짓했다. 성진이 늘어진 소매
안에서 검은 병을 꺼냈다.

　"뚜껑이 열려 있네요."

　이서경이 말하자 성진이 대답했다.

　"발견했을 때부터 열려 있었어요. 줄이 삭아서…… 이미 끊어져 있

었습니다요."

"못 가지고 나갈 걸 알고 기운을 뺀 거 아닐까요? 깨지지 않은 것만 해도 다행이요. 그나저나 생각보다 볼품은 없군요."

"햇빛에 비추니까 무슨 무늬 같은 것도 있고 약간 붉은빛도 돌아요."

무영이 말하자 이서경이 조심스럽게 단지를 들어 올렸다.

"색깔이 검은색인데 빛이 닿아야지만 붉은빛이 언뜻언뜻 보이는군요. 피를 굳혀서 만든 단지라니…… 새삼스럽게 소름이 돋아요."

이서경의 손에서 단지가 조심스럽게 천천히 회전하였다.

"어, 잠깐만요. 뭔가 모양이 있어요."

"아, 저도 봤어요."

무영과 성진이 동시에 말했다.

"여기에서부터…… 그러니까 새의 형상이네요. 날개 끝과 발이 불 모양을 하고 있어요.

무영의 말에 이서경이 엷은 미소를 지으며 대답했다.

"잠깐 일단 한 바퀴 돌리면서 봅시다."

밑은 둥그렇고 주둥이는 좁고 짧은 데다 병 자체가 20cm 정도밖에 안 되고 뚜껑까지 덮으면 23cm 정도가 되었다. 아무리 봐도 귀하게 보이는 구석은 전혀 없었다. 전체적으로 검은색을 띠고 있지만 빛에 드러나는 검붉은색은 병 전체를 휘감으며 특정 모양을 만들고 있었다. 그것은 병 주둥이 쪽에 부리와 눈을 가지고 있는 새였다. 옆모습을 한 새가 온통 검붉은색으로 병을 덮고 있고 아래쪽에 날카로운 발톱이 나와 있는 발이 있었다. 발 밑에는 검은색을 띤 작은 점들이 무수히 있고 날개 사이의 또 다른 무수한 점들은 선명한 검붉은색 불꽃으로 채워져 있었다.

"새군요."

성진의 말에 이서경이 보탰다.

"불사조 같은데요. 영원히 한 마리밖에 없는 새, 죽을 때 스스로 불태워 죽은 뒤 그 재 속에서 다시 태어난다는 전설의 새, 피닉스!"

"그럼, 밑에 있는 동그란 검은 점들은 뭘까요?"

"모래일 수도 있고 물방울일 수도 있겠지요. 페니키아가 사막도 있고 지중해 연안이니까요."

"왜 병에다 불사조 문양을 넣었을까요?"

"아마 이걸 만든 이가 어떤 사람인지에 따라 추측해 볼 수가 있지 않을까요? 언제, 누가, 무엇 때문에 만들었는지 알아야 이 불사조 문양도 추측이 가능한데⋯⋯. 알렉산더 대왕 때 만들어졌고, 영국으로 갔다가 미국으로 온 것밖에⋯⋯. 우리가 아무것도 아는 게 없으니 답답하군요. 물론, 이게 진짜라는 건 신들이 알려 주어서 확실하지만요."

"아까 뚜껑이 열려 있었기 때문에 마개를 주워 왔어요. 여기요. 원래는 끈이 이어져 있었는데 오랜 세월에 삭아서 끊어진 것 같아요. 얇은 금속인데 다 삭았어요."

성진이 뚜껑을 병 옆에 놓았다. 뚜껑도 단지와 같은 검은색으로 되어 있어서 특이한 점은 발견되지 않았다.

"뚜껑까지 다 조합해도 별로 이쁘지는 않군요."

성진이 허공을 가리키며 웃었다.

"꽃이라도 꽂으면 좀 나을 거예요."

이서경이 고개를 끄덕이고 무영을 봤다.

"네, 이게 오래 기다린 진짜치고는 정말 볼품없네요."

무영의 말에 이서경이 웃었다.

"무영 군이 가장 적게 기다렸어요. 허허허……."

성진이 두 손을 모으고 합장하고 고개를 숙였다.

"나무 관세음보살……. 이제 한 고개를 넘었으니 이 물건을 어떻게 한국으로 옮긴답니까? 의원님!"

"유난을 떨면 더 이상할 거요. 자연스럽게 다른 물건과 함께 묻어 나가야지요."

"예! 수십 년간 오매불망하던 것이 이렇게 손쉽게 우리 손에 들어 와서 얼떨떨하군요. 이걸 놓친 아랍권에서 가만있을까요?"

무영이 말했다.

"우린 화장실에 버려져 있던 걸 가져온 거예요. 누가 버렸는데 주 워 온 거라고요. 그러니 아랍권 사람들이 우리가 주워 간 걸 알 리가 없어요. 오히려 폐쇄회로 같은 걸 분석해 본다면 나사 측이 우리를 쫓 을 가능성이 있다고 봐요. 오늘 침입했던 아랍 사람들은 사망했거나 잡혔더라도 앞으로 죽을 거예요. 살아남는 사람이 없으니 신경 쓰지 않아도 된다는 겁니다. 우리가 신경 써야 할 상대는 나사예요."

이서경이 고개를 끄덕였다.

"스님, 이 단지를 스님의 캐리어에 넣으세요. 내일 새벽에 떠납시 다. 서둘러야 하니 윤 이사님과 서 선생과 연락이 닿는 대로 간단하게 이곳에서의 볼 일은 다 봤다고 말해 주고 우리 셋 내일 모두 한국으로 갑니다. 무영 군, 어머니께 말씀드리고 양해 좀 구하세요."

"네, 알았습니다."

성진이 아무 말 없이 단지를 들어 자신의 캐리어에 옷으로 둘둘 말
아 넣다가 다시 꺼냈다.

"캐리어를 거칠게 다루면 깨질 수 있으니 옷가지로 둘둘 말아 바랑
에 넣고 앞으로 매어 품에 안고 가는 게 더 안전할 것 같습니다."

"그러세요. 여기 내 내복이 푹신하고 가벼운 소재로 되어 있어서 쿠
션 역할을 해 줄 거예요. 이걸 안에서 감싸고 겉을 승복으로 하세요."

성진은 캐리어에서 여벌로 가져온 승복을 펼치고 이서경의 내복을
펼친 위에 단지를 놓고 둘둘 말았다. 바랑에 넣자 제법 불룩해졌다.

한쪽에서는 이서경이 윤검군에게 계속 전화를 하고 있었다.

"이상하네. 왜 전화를 꺼 놨지? 서 선생도."

"두 분이 전화를 안 받으시나요?"

무영이 이서경의 어두운 안색을 살피며 물었다.

"그러니까 행사는 이미 끝났을 텐데……. 다섯 시나 됐는데…… 뭘
하시길래 두 사람 다 전화기를 꺼 놨을까요? 이 중차대한 시기에."

무영이 어두운 표정으로 자신의 신들에게서 들은 이야기를 전했다.

"아무래도 오해가 있었나 봅니다. 두 분이서 화장실 가시다 총격전
이 나는 곳을 구경하다가 연루자가 아닌가 해서 잡혔다고 하네요."

이서경도 성진도 화들짝 놀랐다.

"어, 저런……. 그럼, 어쩌지?"

생각지 않은 변수에 이서경이 적잖이 당황한 모습이었다.

잠시 침묵이 흐르고 성진이 무겁게 말을 꺼냈다.

"우리는 우리의 일을 해야 합니다. 그분들을 기다리고 있을 수만은
없어요."

"언제 풀려날 것 같은가요?"

이서경의 질문에 무영이 대답했다.

"한국 대사가 그곳에 가 있어요. 내일이면 풀려날 겁니다. 그렇지만 성진 스님 말씀대로 우리 먼저 출발하는 게 좋겠네요. 우르르 몰려다니는 것은 이목을 끌 수 있으니 오늘 저녁에라도 두 분 먼저 출발하시고, 제가 내일 오전에 출발하고요. 윤 이사님과 서 선생님은 내일 풀려나고 통화되는 즉시 출발하시도록 하면 됩니다. 한국에 도착해서의 일정은 두 분이 비행기에서 생각하시고요."

이서경이 성진을 보면서 말했다.

"무영 군의 말대로 지금 즉시 우리 두 사람은 출발하는 게 좋겠어요. 그럼, 무영 군은 두 사람이 풀려나는 걸 보아 통화하고 나서 출발하도록 해요."

"예! 하지만 통화하고 떠나면 제가 늦을 것 같으니 저 먼저 갈 겁니다. 한국에서 뵙겠습니다. 의원님! 그리고 스님! 저 가 볼게요. 한국에서 봬요."

무영은 두 사람에게 인사하고 엄마가 있는 객실로 갔지만 엄마는 이제 막 관광을 마치고 돌아오는 중이었다.

해가 서서히 기울어 황금빛 노을이 아름답게 물들어 갔다.

이서경과 성진은 체크 아웃을 하고 택시에 트렁크를 싣고 윤검군과 서금화의 하숙집으로 갔다. 비록 두 사람은 없겠지만 하숙집 주인 내외에게 오늘의 행사에 대해 수고의 말 한마디라도 하고 가기 위해서였다.

예상대로 하숙집 주인 내외와 교민이 차에서 냄비며 그릇들을 내리다가 이서경이 택시에서 내리는 것을 보고 반갑게 맞았다.

"아이고, 어서 오세요. 의원님!"

주인 내외가 인사를 하면서도 안절부절못하자, 이서경이 모른 척하며 물었다.

"행사는 잘 치르셨나요? 반응은 어땠어요?"

"아…… 예! 반응이야 좋았지요. 한식이 어디 내놔도 모양이나 맛이나 빠지지는 않으니까요. 줄까지 서서 먹었다니까요."

하숙집 주인이 과장된 몸짓까지 해 가며 설명했다.

"어떤 게 제일 인기 있었어요?"

"잡채하고 불고기덮밥이지요. 불고기는 이미 잘 알려진 한식이고 맛있다고 인식이 되어서인지 불고기는 무조건 시키고 다른 거는 취향대로 떡볶이와 잡채가 뒤이어 잘나갔어요. 맵다고 하면서도 잘 먹더라고요. 강정도 후식으로 잘 가져가고 맛있다고 호평 일색이었습니다."

"그랬군요. 고생하셨습니다. 여러분들 수고하셨습니다. 그리고 감사합니다."

이서경이 하숙집 주인 내외와 교민들과 일일이 악수를 나누며 치하했다.

인사를 다 나눈 이서경이 돌아서서 주인 내외에게 물었다.

"아, 그런데 윤 이사님과 서금화 선생님이 안 보이는군요."

하숙집 여주인이 난감한 표정으로 대답했다.

"그러잖아도 그 얘기를 드리려던 참이었습니다, 의원님!"

하숙집 여주인은 행사 중에 있었던 사건 사고들을 얘기하면서 두 사람이 화장실에 갔다가 하필이면 그 시간에 총격전이 벌어져 구경하다 잡혀간 일 등을 이야기했다.

"그래서요? 그 두 분이 나사에 잡혀 있다는 건가요? 경찰에 잡혀 있다는 건가요?"

이미 알고 있는 내용이었지만 이서경은 깜짝 놀란 척했다.

교민 한 사람이 나섰다.

"아! 연락 못 받으셨습니까? 아이고, 두 분이 나사 경비대에 잡혀서 거기 갇혀서 조사받고 계세요. 화장실 가셨다가 길을 잘못 들었나 봐요…… 오늘 오전부터 나사에 사고가 여러 건이 있었는데요. 혹시 그 사건에 연루되지 않았나 해서 잡아들였나 봐요. 아까 현장에서 대사관 직원들도 왔다 갔는데요. 잘못한 게 없으니까 금방 나오실 수 있을 거라고 합니다. 너무 걱정 마세요."

하숙집 주인은 자기가 잘못한 것처럼 미안해하며 몸 둘 바를 몰라 했다. 이미 알고 있어도 또다시 가슴이 철렁했지만 그걸 내색할 수 없는 이서경이 정신을 추스르며 애써 아무렇지도 않은 척 말했다.

"아! 그랬었군요. 그래서 제가 여러 번 전화했는데 못 받았군요. 두 분 모두 연락이 안 돼서 궁금했어요. 혹시 언제쯤 나오는지 대사관 측에서 말은 없었나요?"

"네, 없었어요. 빠르면 최대한 노력하겠다는 말씀만 들었어요."

"예……."

"저희도 당황스러운데 멀리서 찾아오신 의원님 헛걸음하셔서 어쩝니까?"

"헛걸음이 문제가 아니라 빨리 두 사람이 나오는 게 문제지요."

"그렇죠."

"남은 거 있으면 좀 싸 주실 수 있나요?"

"예? 아, 예! 식사 안 하셨군요. 잠시 기다리세요."

"아니요. 그 두 사람에게 좀 갖다주실 수 있을까요? 점심 굶었을 거예요. 그쪽에서 신경 써서 줘 봤자 빵 쪼가리에 우유라서 입맛에 안 맞았을 거예요."

"그렇죠."

"부탁드리겠습니다."

하숙집 여주인은 서둘러 집으로 들어가더니 금세 큼직한 도시락을 보자기에 싸서 가지고 나왔다.

"같이 가실 건가요?"

"저는 지금 한국으로 돌아가야 해서요. 염치없지만 여러분이 도와 주십시오."

"아! 지금 바로 한국으로 돌아가신다고요."

"예! 그렇게 됐습니다. 마지막까지 도와달란 말씀밖에 못 드려서 죄송하고 또 감사합니다. 저기 동행하시는 분이 기다리고 계셔서 가 봐야 합니다. 수고 좀 해 주십시오."

이서경은 머리를 숙이고 부탁했다. 하숙집 부부가 웃으며 이서경을 위로했다.

"염려 마십시오. 대사관에서 긴밀히 움직이고 있고 죄가 없으니 금 방 풀려나실 거예요. 마음 놓으시고 가십시오."

"그리고 두 분 나오시면 바로 저한테 전화 한 통 하시라고 전해 주 십시오. 그래야 제가 안심할 것 같아서요. 그럼."

이서경이 다시 고개를 숙이고 뒤로 돌아서서 기다리고 있는 택시로 향했다.

택시를 타고 공항으로 가면서 이서경은 계속 누군가와 통화를 했다.

어둠이 깔리고 별이 하늘에 점점이 드러날 때 비행기에 몸을 실은 이서경과 성진은 말없이 생각에 잠겼다.

기나긴 세월을 지나 전설 속의 단지가 꿈같이 자신들의 손에 들어온 것을 기뻐한 것도 잠시 그들은 향후의 일에 몰두했다. 누구의 기를 봉하고 어디에 묻느냐가 관건이었다. 또한 나사에서 이 단지가 없어진 것을 알면 추적할 것인데 그 추적을 피해 단지를 묻어야 했다. 사람들이 추측할 수 없는 곳이어야 하고 추측을 하더라도 정확한 위치를 알 수 없어야 한다.

"나사에서 눈치챘을까요?"

"상자를 회수해 갔으니 안까지 봤다면 바로 눈치를 챌 수도 있고, 상자 뚜껑을 열지 않았다면 아직 눈치 못 챘겠지요."

"가능한 한 빨리 한국으로 돌아가서 안전한 곳에 보관해야겠어요."

"무영 군이 들어오면 우선 기를 봉하고, 서 선생과 윤 이사가 들어오면 이 단지를 보관할 장소를 의논해야겠어요."

이서경의 말에 성진이 조심스럽게 질문했다.

"두 분까지 다 모이고 나서 기를 봉해야 되지 않을까요?"

이서경이 단호하게 말했다.

"시간이 없어요. 나사에서 이것이 없어졌다는 것을 알고 추적하는 데 얼마나 걸릴 것 같소?"

성진이 잠시 생각하더니 한숨을 내쉬었다.

"단지가 아득히 멀리 있을 때는 단지만 우리 손에 들어오면 다 되는 줄 알았는데 이제부터가 시작이군요."

"맞아요. 지금부터 정신 차려야 합니다. 스님! 이건 누구 개인감정을 내세워서 하면 절대 안 돼요. 무영 군은 내일 아침 출발하면 내일 저녁이나 밤에 도착할 거예요. 한국에선 다시 아침이겠군요. 내일 오후에 서 선생과 윤 이사가 석방될 거고, 빠르면 모레 두 분도 한국으로 출발할 수 있을 겁니다. 빨라도 다섯 명이 모두 모이는 날은 나흘 후나 되어야 할 텐데요. 아마 제 생각으로는 오늘내일 중으로 나사에서 상황 파악을 하고 단지의 행방을 쫓을 거예요. 잘못하면 우리가 다 모이기도 전에 단지를 도로 빼앗길 수도 있다는 걸 말씀드리는 겁니다. 미국의 정보력은 세계 최강이니까요."

성진은 빠르게 이해했다.

"그렇군요. 정말 시간이 없군요. 그럼, 한국에 돌아가는 즉시 행동에 옮길 만반의 준비를 해야겠습니다요."

"그렇지요. 무영 군이 들어오는 즉시 기를 봉하고 어딘가에 숨겨야 합니다. 아무도 찾지 못할 곳에요."

"의원님은 어디다 이 단지를 숨겨야 할지 생각해 보셨나요?"

"저도 스님도 예전부터 생각해 왔지만 기를 봉하기 전에 미리 정해놔야 해요. 시간이 지나도 사람들 눈에 발견되지 않을 곳이어야 하고 누구도 알아서는 안 됩니다. 최종 결정은 무영 군의 의견을 듣고 결정하고요. 일단은 우리 세 명의 기를 봉하는 걸로 합시다. 뒤늦게 오시는 분들께는 나중에 양해를 구하고요."

"그럼, 이 단지의 최종 목적지는 모레쯤에나 결정되겠군요."

"예! 이삼일 내에 모든 게 끝나 있어야 합니다. 미국에서 언제 들이

닥칠지 모르니까요."

"서울에 도착하면 한밤중이겠어요."

성진이 바깥을 내다보며 말했다.

"숨긴 다음에 우리는 추격자들로부터 꾸준히 괴롭힘을 당할 겁니다. 죽임을 당할 수도 있고요."

성진은 보이지도 않는 깜깜한 밖을 내다보았다.

"추격자들은 우리를 따로따로 납치할 수도 있으니 우리는 그것도 대비해야 해요."

성진이 고개를 돌려 이서경을 바라보고 말했다.

"단지만 무사히 우리 땅 어느 곳에 숨겨지고 나면 그 후에 우리가 겪는 건 상관없지요."

이서경이 빙그레 웃었다.

"스님, 참 평화로우신 말씀입니다만 그들이 그렇게 가만둘까요. 수단과 방법을 다 동원해서 회유도 하고 납치해서 고문도 할지 모르지요. 아마 그럴 거예요. 각각 따로 납치한다면 문제가 심각해질 수 있어요. 누가 어디에 있다고 이미 불었다고 한다면, 어떻게 하겠어요?"

"그래도 끝까지 모른다고 해야죠."

"그게 말처럼 쉽지 않다는 겁니다."

"그렇겠지요."

무영은 관광에서 돌아온 엄마에게 한국으로 돌아가겠다고 했다. 엄마의 일정은 아직 3일 정도가 더 남아 있었고, 그 일정에는 대학 투어도 있었다. 하지만 무영이 잡은 일정은 나사 견학밖에 없어서 볼 일은 다 본 셈이었다. 엄마는 3일의 일정이 더 남았다고 같이 있자고 했고 무영은 자신의 일정은 끝났으니 혼자라도 한국에 들어가겠다고 막무가내 떼를 썼다.

"이 의원님이 국회를 구경시켜 주기로 하셨어. 학교 숙제도 해야 하고 내 일정은 다 끝났으니까 난 돌아갈래. 한국에서의 일정도 빡빡하다고요."

"그렇게 바쁜데 느닷없이 나사 견학은 왜 왔어? 그냥 한국에 있지. 내일부터 대학 투어를 할 참인데."

"그건 엄마가 일방적으로 잡은 일정이고 나는 내 일정이 있거든. 국회 방문 일정이요."

무영의 국회 구경에 대한 말이 먹혔는지 엄마는 더 이상 고집을 부리지 않았다. 아침이 밝자 무영 모자는 서둘러 공항으로 나가서 서울행 비행기를 탔다.

석방

아침에 경비원들이 옆 철창의 무사를 데리러 왔다가 축 늘어진 몸을 이리저리 뒤집어 보다가 사망한 것을 확인하고는 욕을 해 대며 시체를 들고 나갔다.

그 모습을 지켜보는 두 사람은 매우 놀랐다. 온몸이 만신창이가 되도록 맞고 왔어도 죽을 정도는 아니었다. 밤새도록 끙끙 앓으며 뒤척이는 소리를 들은 것이다. 맞아서 죽은 것인지, 어떤 방법으로 자살을 시도했는지 알 수 없었다. 몸서리를 치며 어제 무사와 한 이야기를 떠올렸다. 경비원들이 두 사람을 불러내어 무사가 밤새 무엇을 했는지를 물었지만 두 사람도 무사가 죽은 것을 아침에야 알았기에 말해 줄 것이 없었다.

그리고 어제와 같은 질문이 쏟아졌다.

"화장실은 왜 그냥 통과했는가?"

서금화가 대답했다.

"서울에는 보통 입구는 다르지만 여자 화장실, 남자 화장실이 같이 붙어 있어요. 그런데 이곳은 붙어 있지 않고 입구가 완전히 반대로 되어 있어서 지나친 거죠. 반대로 나가서 두리번거리다가 그곳에 여자

108

화장실 표시가 있더라고요. 그래서 문화 차이에 대해서 좀 얘기하다가 영화에서만 봤던 총격전이 눈앞에서 벌어지길래 구경하고 있었어요. 그런데 갑자기 뒤에서 우리를 잡아채며 수갑을 채우고 바닥에 무릎 꿇게 해서 매우 당황했지요. 이런 우리가 뭘 잘못했죠? 구경한 죄? 그런 죄목도 있어요?"

서금화가 따졌다.

흑인 경비원이 퉁명스럽게 대답했다.

"왜 하필이면 그곳에서 문화 차이를 말하는 거야. 여긴 미국이라고. 미국 워싱턴이야."

윤검군이 치밀어 오르는 분노를 담아 낮은 소리로 한국말로 말했다.

"미국인 걸 누가 몰라. 그러니 문화 차이를 말하는 거지."

서금화가 윤검군을 쿡쿡 찔렀다. 감정을 드러내지 말라는 뜻이었다. 머나먼 이국땅에서 수갑을 차고 바닥에 무릎을 꿇게 되리라곤 꿈에도 생각해 본 적이 없던 두 사람이었다. 하루를 차디찬 감방에서 가부좌를 틀고 수련으로 긴 밤을 새웠다. 새벽녘에야 잠시 쪼그리고 앉아 눈을 붙이다 경비원이 옆 칸의 아랍인을 데리러 올 때 잠에서 깼다.

경비원이 계속 말했다.

"당신들, 제법 영향력 있는 사람들인가 봐. 당신네 대사가 나사에 오고 대사관 직원들도 벌써 몇 번이나 다녀갔어. 어제 저녁 식사를 가져왔던 아줌마가 오늘 아침에도 일찍 다녀갔어. 부지런도 하지. 자! 아침으로 이걸 전해 달라더군."

어제보다 한층 부드러워진 경비원이 내민 것은 보자기에 싼 도시락이었다. 보자기를 풀어 보니 하숙집 여주인이 일찍 일어나서 요리한 듯 따뜻한 온기가 남아 있는 2인분의 한식 도시락이었다.

"이 은혜를 어찌 갚누."

경비원에게 품었던 분노가 눈앞에 보이는 따뜻한 한 끼 도시락에 눈 녹듯이 사그라졌다.

식사 후 다시 철창 안으로 들어온 두 사람은 답답했다. 어제 이후로 한국 사람을 못 보자 스멀스멀 불안감이 밀려왔다. 자신의 신들과 대화하면서 불안감을 달래던 서금화는 신들의 낙관적인 대답이 마음의 평안을 유지하는 데 커다란 도움이 되었다.

왁자지껄한 소리가 나고 문 열리는 소리가 나더니 3명의 아랍인이 경비원들에게 떠밀려 들어왔다. 3명의 아랍인들은 무사가 죽어 나간 옆 칸에 몰아넣어졌다.

경비원들이 나가자 여자 한 명에 남자 두 명의 아랍인들은 그들이 나간 문을 향해 자신들의 언어로 욕을 해 댔다. 그것도 잠시 옆 칸에 있는 동양인 두 명을 발견하자 조용히 자리에 주저앉았다.

세 명이 한 구석에 모여 푸념하는 소리를 아랍어로 했지만, 윤검군과 서금화는 자신의 신들을 통해 그 소리를 모두 알아듣고 있었다.

세 명은 무사와 같은 나라에서 온 사람들이었고 어제 세계 음식 박람회에 참석했던 사람들이었다. 어제의 사고를 일으켰던 주모자들의 나라 출신이라는 이유로 잡혀 와서 이미 한 차례 취조를 당한 것 같았다. 남자들이 연신 몸 이곳저곳을 주무르고 있었던 것이다. 아랍인들은 옆 칸의 윤검군, 서금화에게 가끔 눈길만 줄 뿐 자신들의 이야기를 알아들을 거라곤 생각도 못 한 채 자신들이 처한 이야기에 몰두하였다.

신들의 말대로 오후 5시가 다 되어 철창문이 열리고 경비원들이 들어와서 두 사람을 데리고 나갔다. 사무실로 나오자 눈에 익은 사람들이 보였다. 하숙집 주인과 행사 준비 때 잠시 얼굴을 비췄던 대사관 직원 두 명이었다. 그리고 그 옆에는 이 대 팔 가르마에 양복을 단정히 차려입은 노신사가 있었다.

하숙집 주인이 두 사람을 반갑게 맞았다.

"아이고, 고생하셨습니다."

윤검군도 서금화도 한국 사람을 보자 반가운 마음에 몸이 앞으로 반응했으나 경비원의 손에 거칠게 제지당했다.

양복의 노신사가 인상을 찌푸리며 근엄한 목소리로 소리쳤다.

"여보시오. 죄인도 아닌 분들께 그리 대하는 법이 어딨소."

경비원들은 두 사람을 막았던 팔을 거두면서 퉁명스럽게 말했다.

"지금은 혐의점이 없다고 하지만 나중에라도 어떤 문제점이 있으면 다시 불러들일 거요. 조심 하시오."

"협박하는 거요? 무례하군. 외교 채널로 당신들의 무례함을 정식으로 문제 삼겠소."

"그러든가 말든가……."

경비원이 빈정거리며 자리를 비키자 다른 경비원이 다가와 책상을 가리켰다.

"저기 앉아서 자술서 쓰고 서명하시오."

양복 입은 노신사가 책상으로 오라고 손짓했다.

두 사람이 책상 근처로 가자 대사관 직원이 노신사를 소개했다.

"미국 주재 대사님이십니다. 두 분의 무고함을 알리고 석방을 위해 어제부터 많이 애쓰셨습니다."

"나영수 대삽니다. 고생하셨습니다."

"아, 예! 감사합니다."

"여기 사인만 하세요. 별다른 내용이 없으니 쓰실 것도 없을 겁니다. 저들이 이미 조사는 다 했으니까요."

대사의 말에 대사관 직원이 말을 보탰다.

"여기는 혐의점이 있든 없든 들어오면 기본이 일주일인데 이례적으로 하루 만에 해결을 본 거예요. 어제부터 우리 측에서 엄청 닦달했거든요."

대사가 말했다.

"이서경 의원이 나사의 세계 음식 박람회에 관심을 갖고 있었는데, 느닷없이 두 분이 감금되었다는 소식을 듣고 매우 놀라서 저에게 전화하셨습니다. 두 분을 도와달라고요. 그리고 이곳에서 나가는 즉시 한국으로 돌아오시라는 말씀도 전해 달라고 하셨습니다."

두 사람은 하루 동안 여러 사람이 자신들의 구명을 위해 애썼다는 것을 알 수 있었다.

하숙집 주인이 나섰다.

"이곳을 나오시면 먼저 전화부터 하라고 하셨어요."

대사가 웃으며 두 사람을 번갈아 봤다.

"이서경 의원님과는 각별한 사이인가 봅니다. 의원님이 걱정을 많이 하시던데요."

윤검군이 고개를 끄덕였다.

"좀 그렇지요."

두 사람이 사인을 한 종이를 가지고 경비원이 안쪽의 작은 문을 열고 들어갔다.

잠시 후, 비대한 배를 내밀고 육중한 몸집의 흑인 남자가 경비원과 함께 나왔다.

"경비원 팀장입니다. 한국 대사시군요. 반갑습니다."

경비원 팀장이라는 남자가 나영수 대사에게 손을 내밀어 악수를 청했다. 나영수도 점잖게 악수를 나누고는 있지만 어딘가 불쾌한 감정을 숨기지 않았다.

"이곳 팀장이군요. 나는 한국 대사 나영수요. 혐의가 없는 사람을 죄인 취급하면서 이렇게 오랫동안 가둬 두면 어떡합니까?"

"혐의가 없다는 걸 완전히 증명하기까지 죄인이 아니라고 말하지 않아요. 우연이라지만 이 두 사람은 어제 사고 현장 가까이에 있었고, 어제 사고를 일으킨 범죄자들도 공모한 일당도 세계 음식 박람회 행사에 참여한 정황이 드러났거든요. 그러니 우리에게 너무하다고 말하지 마세요. 우리 경비원들도 무려 열 명이 죽었어요. 어제까지만 해도 여기서 같이 커피 마시고 같이 수다를 떨던 친구들이 말이에요."

나영수가 반박했다.

"이분들은 현장과도 떨어져 있었고 우연히 그곳에 있었을 뿐이었잖아요."

경비원 팀장도 지지 않았다.

"그렇지요. 아직은 수사가 한창이라 한 열흘 정도 이곳에 있어야 하는데 대사께서 하도 극성이라 풀어 주는 거요. 우리도 당장 혐의점을 찾지 못했으니 일단 보내기는 하지만 만약 저놈들과 연루된 점이 포착되면 당장 다시 잡아 올 것이오."

"흥, 그럴 일은 없을 거요."

윤검군과 서금화가 구금되었다는 소리를 접하자마자 이서경은 주미 대사에게 전화를 했었다. 두 사람의 이름과 사회적 지위, 억울하게 잘못도 없이 잡혀 있다는 것을 알리고 즉시 석방을 위해 나서 줄 것을 요청했다.

주미 대사는 즉시 대사관 직원으로부터 상황 보고를 받고 나사 측에 전화해서 무고한 한국 국민 두 사람이 잡혀 있다고 따지면서 석방을 요구했지만, 돌아온 대답은 '조사 중'이니 조사가 끝날 때까지 기다리라는 것이었다.

그런데 오늘 아침에는 두 사람이 묵고 있는 하숙집 주인이 전화를 해서 이서경 의원의 당부라며 두 사람을 오늘 중에 석방시켜서 한국으로 보내 줄 것을 전해 왔다.

주미 대사 나영석은 난감했다. 세계 어느 나라도 한국처럼 빨리 돌아가는 나라는 없다. 미국도 어떤 일을 처리하는 데 있어 단 하루 만에 처리하는 경우는 거의 없었고, 무혐의라 하더라도 최소 일주일, 길게는 한 달 넘게 걸릴 수도 있었다. 이런 이유로 이서경의 요구는 터무니없었고 이곳 사정을 몰라서 하는 소리일 것이라고 생각했다. 본국의 중진 국회의원이 한 말을 무시할 수는 없어서 하다 안 되더라도 노력하는 모습은 보여야 했다. 그래야 나중에 한국에서 얼굴을 보게 되더라도 자신이 최선을 다했음에도 어쩔 수 없었다는 말을 할 수 있으리라. 한국으로 돌아간 다음에 비례대표 한 자리라도 얻어서 국회에 들어가려면 당내 중진인 이서경에게 잘 보여야 하는 이유가 가장 컸다.

나영수는 아침을 먹는 둥 마는 둥 전화기에 매달렸다. 자신이 아는 미국 정치계의 유력 인사들을 총동원하여 어제의 사고에 대해 무고한 한국인 두 명이 나사에 잡혀 있음을 하소연하고 석방에 도움을 줄 것을 요청했다.

나사에도 다시 전화를 걸어 두 사람이 간밤에 무탈한지 상태를 확인하고 나사 국장과 연결하여 석방 여부를 타진했지만 역시 대답은 "노!"였다.

답답한 마음에 전화기를 만지작거리며 다음 행동 방침을 생각하고 있을 때 전화가 울렸다. 아침에 첫 번째로 통화한 하원의원에게서였다. 나사 국장과 통화했다면서 자신이 직접 알아보고 조치하겠다고 답변을 받았다고 했다. 나영수는 연신 고맙다고 인사하며 전화를 끊었다.

그리고 오후 네 시가 넘어서 데려가도 좋다는 나사의 연락을 받은 것이다.

단지의 행방

이서경과 성진은 비행기 안에서 머리를 맞대고 장시간 회의를 하고 있었다.

한국에 도착하면 먼저 필요한 장비를 사고, 무영과 함께 성진의 절에서 기를 봉한 다음 어느 곳에 단지를 둘지 의논했다. 펜과 노트에 메모까지 하며 장장 세 시간에 걸쳐 의논한 결과를 조목조목 적었다. 가장 길게 의논한 것은 역시 단지를 사람 눈에 띄지 않고 오랫동안 보관할 수 있는 장소였다. 몇백 년이 지나도 눈에 띄지 않고 한국 땅 어느 곳엔가 묵묵히 잠들어 이 땅의 번영을 지켜볼 수 있는 곳……. 여러 방법을 적다가 하나씩 지워 나가며 후보 장소를 몇 가지로 압축한 다음, 다시 네 가지 정도로 좁혔다.

이서경이 말했다.

"이 네 가지 중에서 고르는 것은 무영 군과 기를 봉한 다음 정합시다. 무영 군의 의견도 물어봐서 반영하고요. 아무래도 무영 군이 도력이 가장 높은 경지에 올라 있으니 앞날을 내다보는 능력도 우리 중에 가장 뛰어날 것이요."

"네!"

성진은 미소를 지으며 동감했다.

두 사람은 이후에도 잠들지 못한 채 뜬 눈으로 서울까지 왔다.

이서경은 심각한 표정으로 공책에 무언가를 적고 있었다.

'괘(卦)가 어떻게 이렇게 나올까? 무영 군은 안 왔어야 했는데, 무영 군까지…… 우리 다섯 사람의 목숨이 일 년 안에 다 사라진다. 그것은 나사에서 우리가 단지를 가지고 간 걸 알아내고 우리를 찾아낸다는 뜻이다……. 그럼, 그들이 국내에 들어오기 전에 일을 처리해 버리면 된다. 서둘러야겠다. 윤 이사와 서 선생을 기다리고 있을 수만은 없어. 혹시 풀려나는 게 늦어질 수도 있으니까.'

늦은 밤에 서울에 도착한 이서경을 이경수 보좌관이 차를 대기하고 기다리고 있었다. 바랑을 앞으로 맨 성진을 보며 이경수가 웃었다.

"스님, 바랑이 앞으로 되어 있는데 불편하지 않으십니까?"

성진이 웃으며 대답했다.

"이래야 등이 편해서 기대고 잘 수가 있거든요. 바랑이 배를 덮어 주니 따뜻해서 잠도 잘 오고요."

성진의 말에 이경수가 웃음으로 화답했다.

"역시 여행을 많이 다니신 분답습니다."

이서경은 차 안에서 윤검군에게 전화했다. 풀려났으면 전화를 받을 것이고 받지 않으면 아직 감금되어 있다는 뜻이었다. 윤검군이 안 받자 서금화에게도 전화를 했다. 역시 받지 않았다.

옆에서 지켜보던 성진이 한숨을 내쉬었다.

"몸 성히 돌아오셔야 할 텐데요."

"연세 있으신 분들을 마구 대하진 않을 겁니다. 그리고 압력을 좀 넣어 놨으니 일반 사람 다루듯이 하지는 않을 거예요."

내심 걱정은 되었지만 이렇게 말하는 게 최선이었다.

이경수는 이서경을 집에, 성진을 절에 데려다줬다. 시간은 오전 1시, 한밤중이었다.

새벽에 이서경은 전화 소리에 잠에서 깼다. 미국에서 윤검군으로부터 온 전화였다. 이제 막 풀려나서 하숙집으로 가면서 전화한다는 내용이었다.

"고생하셨습니다. 하숙집에 가서 짐 챙겨서 즉시 한국으로 들어오십시오. 거기서 볼 일은 다 끝났습니다."

"네? 볼 일이요? 우리가 엄청난 걸 알아냈는데요."

"무슨 얘기인지 모르겠으나 일단 들어오시오. 오시고 나서 얘기합시다. 아셨죠? 바로 두 분 다 들어오세요."

"예? 바로요?"

"예! 지체하지 마시고 바로 짐 싸서 공항으로 가서 가장 빠른 비행기로 오세요."

아침 7시가 지나고 있었다. 이서경은 이미 밝은 창밖을 보며 창을 끝까지 열었다.

두 사람이 지금 풀려 났으면 짐 챙기고 공항으로 가서 첫 비행기를 탄다고 해도 운이 좋으면 하루가 걸릴 것이다. 이서경은 무엇보다 나사에서 단지가 사라진 걸 알아챘는지, 알면 행방을 쫓기 시작했는지 그것이 궁금했다.

간밤에 헤어지면서 성진에게 물었을 땐 자신도 모르겠다고 했었다.

성진의 도력이 높지만 지구 반대편에서 벌어지는 일을 자세히 알 수 있을 정도는 아니었다. 이서경은 무영에게 기대를 걸고 있었다. 무영의 도력이 최근 부쩍 높아진 걸 다들 지켜보고 있었고 놀라워하고 있었다. 먼 곳의 사정까지 신들을 부려가면서 알고 있었기에 이서경은 무영이라면 혹시 나사의 사정을 알 수 있을 것이라는 기대를 안고 무영이 오기를 학수고대하였다.

'이럴 줄 알았으면 몇 시간 늦더라도 무영 군과 같이 올 걸 그랬어……. 아니야 혹시 나사에서 알고 들이닥치면 단지도 빼앗기고 우리나라 입장도 난처해질 테니 우리 먼저 온 것은 잘한 거야.'

이른 아침을 먹고 집에 있는 등산용 가방과 끌고 다닐 수 있는 여행용 가방까지 세 개를 골라 차에 실었다. 그 길로 성북동 집을 나선 이서경은 24시간 운영하고 거의 모든 생활용품을 판매하는 대형마트로 갔다. 가전제품을 판매하는 코너에 들러 중간 크기의 밥통을 하나 사고 접이식 삽 두 자루를 사서 검은 봉투에 넣어 묶었다. 웬만큼 무게를 견딜 수 있는 두툼한 아크릴 조립식 상자도 사서 비닐봉지에 넣어 묶었다. 나일론끈과 테이프, 뽁뽁이를 카트에 싣고 남성 의류매장에 들러 옷도 몇 벌을 사서 차에 실었다. 은행에서 현금 인출을 넉넉히 한 다음, 남양주의 절로 성진을 찾아갔다.

성진이 환하게 웃으며 이서경을 맞이했다.

"소승이 의원님 오시기를 눈 빠지게 기다리고 있었습니다요."

"스님 피곤하실까 봐 오후에 올까 했으나 지금 상황이 급박하여 기다릴 수가 없었소이다. 미안하구려."

"소승도 마음이 바쁘기는 마찬가지입니다요. 속히 처리하고 뒷정리도 해야겠지요."

"적어 놓은 것을 보고 사기는 했는데 빠진 것이 없는지 확인해 봐야겠소."

두 사람은 트렁크와 뒷자리에 있는 물품들을 꺼내며 확인했다.

"거의 다 사신 것 같습니다."

밥통을 들고 가며 성진이 말하자 뽁뽁이와 테이프를 든 이서경이 물었다.

"혹시 무영 군에게서 전화 오지 않았습니까?"

"안 왔습니다. 그러고 보니 도착할 때가 되었는데요."

"이 비서를 공항에 보내서 데려오라고 해야겠어요."

성진이 말렸다.

"여기 오는 걸 한 사람이라도 적게 알아야 하지 않을까요? 그냥 택시 타고 오는 게 나을 것 같습니다만."

"이 비서는 입이 무거운 사람인데…… 알았소. 그렇게 하지요."

이서경은 성진의 말에 이의를 달지 않았다. 지금은 조심하고 조심하는 게 상책이라고 생각되었기 때문이다.

"어이구, 밥통이 생각보다 무겁군요."

방에 들어와 밥통을 내려놓으며 성진이 말했다.

"이것이 수백 년 동안 땅속에서 버텨 줄까요?"

"아크릴과 플라스틱, 안은 철제로 되어 있으니 몇백 년은 버티지 않겠소?"

"흙의 하중을 잘 견뎌 내야 할 텐데요."

이서경이 테이프와 뽁뽁이를 내려놓으며 심각하게 말했다.

"나도 그게 걱정이요. 곁에 아크릴 상자가 밥통을 보호하긴 하겠지만, 비가 오고 흙이 쓸려가기도 할 텐데……. 우리가 살아남아서 지켜야 할 판국에 우리는 사라지는 운명이니……."

성진이 화제를 돌렸다.

"무영 군에게 전화해 볼까요?"

이심전심으로 통했는지 성진의 전화벨이 울렸다.

"양반이 못 되는군요. 무영 군은."

웃으며 전화기를 든 성진이 말했다.

"저예요, 제 얘기를 하고 계셨군요."

무영의 말에 성진이 숨기지 않고 대답했다.

"무영 군의 전화를 학수고대하고 있었지요. 비행기에서 잠 좀 잤나요?"

"푹 잤습니다. 자고 깨어나도 하늘이라서 또 잤죠."

"그럼, 절로 바로 오시오. 의원님과 함께 기다리고 있거든요."

"바로 가겠습니다."

성진이 전화를 끊자 이서경이 혼잣말처럼 중얼거렸다.

"역시 무영 군은 워싱턴에 안 가는 게 좋았을 텐데……. 그럼 끝까지 혼자 살아남아서 이 단지를 지킬 수 있으련만."

이서경의 마음을 읽은 성진이 고개를 숙였다.

"그러게요. 무영 군이라도 남아 있으면 우리들 마음이 한결 가벼웠을 거예요. 하지만 어쩌면 같이 가서 이 단지를 손쉽게 손에 넣었던 것 같아요."

두 사람은 이 일로 인해 자신들이 맞게 될 운명을 알고 있었고 무영이 워싱턴에 오면서 자기들과 같은 운명을 맞는 걸 안타까워하고 있었다.

"무영 군이 워싱턴에 오지 않았다면 저 단지가 이곳에 없었을 수도 있어요. 그걸 생각하면 또……. 참, 세상이 만만치가 않아요. 공짜가 없는 법이지요."

성진의 말에 이서경도 마지못해 동조했다.

"그렇기는 해요. 그래도 너무 젊은 나이이고 도력도 한참 올라가고 있는데 어디까지 도력이 높아질지 그것도 궁금하거든요. 지금 무영 군의 도력이 어느 정도인지 가늠이 되세요?"

"소승도 그것이 궁금합니다. 처음에 봤을 때는 정말 막 도에 눈 뜬 정도였는데 도력이 올라가는 게 상상을 초월하고 있거든요. 뭐 저런 사람이 다 있나 싶은 정도예요."

이서경이 슬픈 얼굴로 고개를 끄덕였다.

"그러니 안타까워요. 뭐 길게 살아도 별 볼 일 없는 사람이 수두룩하지만 무영 군은 특별하잖아요. 좀 더 살아서 우리나라를 위해 보탬이 되는 일을 계속 해 주었으면 좋겠는데 말이죠."

성진이 마당의 꽃들을 보면서 씁쓸한 미소를 지었다.

"우리가 없어도 세상은 여전히 아름다울 거예요. 계속 저렇게 예쁜 꽃들도 피고 나비도 날아다니고, 사람들 웃음소리와 사랑과 행복이 존재하겠지요. 소승은 그것으로 만족합니다. 이번 일만 무사히 마친다면 그래도 이번 생은 정말 보람찰 것 같습니다요. 전생의 빚도 다 갚는 것 같아서 홀가분하게 다음 생으로 넘어갈 수 있을 것 같거든요."

"이번 일만 잘 마친다면 스님의 이번 생이 성공인 것처럼, 나의 이

번 생도 성공일 거요. 이런 행운이 주어진다는 건 생각지도 못했는데 정말 행운이지요."

바람이 불자 처마에 매달린 풍경소리가 청아하게 들렸다.

"오늘은 저 소리도 아름답게 들려요."

"얼른 준비해 놓읍시다. 무영 군 오면 바로 시작하게요."

성진과 통화한 지 한 시간 반이 지나서 택시 한 대가 절 안으로 들어왔다.

구름 한 점 없는 화창한 오후의 날씨에 아랑곳하지 않고 이서경은 마당까지 나와서 무영을 맞았다.

"어서 오세요. 공항에서 바로 오느라 고생하셨네."

"아닙니다. 일이 워낙 급박하니 이리 서두르시는 것 압니다. 제가 빨리 와야지요."

택시에서 내리자마자 인사도 하는 둥 마는 둥 처마 그늘 밑에서 기다리고 있는 성진과 인사하고는 곧장 방으로 들어갔다.

"무영 군, 단지가 우리 손에 들어왔다는 것을 나사에서 알아차렸을까?"

이서경이 참지 못하고 물었다.

"몇 시간 후면 알 겁니다. 그들이 알아서 우리에게 추격해 올 때까지 시간이 별로 없어요. 오늘 밤 내로 기가 봉해져 아무도 모르는 곳에 몇백 년이 지나도 발견되지 않는 곳으로 옮겨져야 합니다. 내일 날이 밝고 나면 늦습니다."

"우리도 같은 생각을 하고 있었어요."

성진이 무영의 말에 찬성하자 이서경이 또 물었다.

"스님과 내가 비행기 안에서 단지를 꼭꼭 숨겨야 할 눈에 띄지 않는 장소를 의논했어요. 수십 개 대상 중에서 네 개로 대충 좁혀졌는데 무영 군의 의견을 듣고 싶군요. 이걸 보세요."

이서경이 주머니에서 서너 장이 겹친 종이쪽지를 꺼냈다.

종이에는 이렇게 적혀 있었다.

1. 묘소에 매장하기(개인산소, 납골당)
2. 큰 사찰의 부처상 몸 안에 넣기
3. 산속 깊이 묻기
4. 은행 금고에 넣기

무영이 한 번 보더니 망설이지 않고 말했다.

"이 중에서 오늘 밤에 실행할 수 있는 것은 일 번과 삼 번이군요. 묘소를 밤에 파헤치면 모양새도 안 좋고 잠든 망자에게도 실례이니 전 삼 번을 택하겠습니다."

이서경이 물었다.

"은행 금고도 안전하지 않을까? 대형 사찰의 부처님상은 닦을 때 외에는 거의 손을 대지 않고 몸속을 들여다보는 일은 하지 않아요."

무영이 대답했다.

"만약에 일 번이라면, 망자의 산소를 헤집는다는 것이 아니라 단지가 망자가 되는 거지요. 관 하나 구입해서 그 안에 단지를 넣는 거죠."

"연고가 없는 산소가 밤사이에 생겨나는 거군요."

이서경과 성진이 무영에게 설명했다.

"무연고 산소가 밤사이에 생겨나면 누구든 의문을 가질 거예요. 커다란 관을 산으로 옮기는 것도 눈에 띌 거고 신고가 들어갈 거요."

"은행도 내일 오전에나 열 거고요. 은행을 다녀오면 흔적이 남기 때문에 어떤 식으로든 찾아낼 거고 빼앗길 겁니다. 큰 사찰 부처님 몸속에 넣는 것도 당장 할 수 있는 방법이 아니잖습니까? 시간이 있다면 그 방법도 좋지만, 그 역시도 동선을 추적당한다면 빼앗깁니다."

무영의 반론에 이서경이 종이를 손가락으로 짚었다.

"그럼, 삼 번이네."

성진이 입을 열었다.

"그러니까 무영 군의 말은 동선이 추적당하지 않는 오늘 밤 안으로 단지의 거취가 정해져야 한다는 거예요. 그렇죠?"

"그렇습니다. 몇 시간 후면 나사에서 알 거고 그러면 한국 안에 있는 미국인 중에 일루미나티의 명령을 받은 자들이 움직일 겁니다. 먼저 스님과 제가 타깃이 되겠지만 의원님도 곧바로 추적 대상에 추가될 거예요."

이서경이 한숨을 쉬었다.

"숨 쉴 여유를 주지 않는군. 지금쯤 비행기 타러 가고 있을 윤 이사와 서 선생은 무탈할까요?"

이 와중에 이서경은 두 사람의 신변까지 걱정하고 있었다.

"두 분이 이 자리에 없고 내일이면 단지도 없을 테니 그다음 한국으로 들어온 두 분을 의심할까요? 두 분이 한국에 들어오신 다음 우리와 접촉하지 않으면 의심받지 않고 살 수 있겠지만 그건 두 분이 우리에게 연락을 하지 않는다는 가정하에서고요. 두 분이 우리에게 연락을 한다면 한국 통신망을 검색하는 그들에게 걸릴 거예요."

"우리 통신업자들은 국가가 하는 게 아니라 개인 사업자인데 그들에게 통신 열람을 허락할까요?"

성진의 말에 이서경이 대답했다.

"우리 경찰에게 수사 협조를 구하고 스님과 무영 군과 오간 통신을 모두 검색할 거예요. 그럼, 윤 이사와 서 선생에 대한 연관성은 금방 알아낼 수 있을 거고요."

"그분들이 우리에게 전화하지 않기를 바라야겠어요."

성진도 윤검군과 서금화에 대한 간절한 마음을 담고 얘기하였다.

"내일 저녁이면 두 분이 한국에 오실 거고, 어차피 이삼일 후면 나사에서 다섯 사람에 대해 알게 됩니다. 과거의 행적까지 캐고 들어가면 두 분이 이 자리에 안 계셨다고 혐의 선상에서 벗어나진 못할 거예요."

무영의 말에 이서경이 체념한 듯 말했다.

"두 사람만이라도 살아남기를 바랐는데 부질없는 희망이었군요. 그만둡시다, 이런 이야기일랑……. 할 일이나 합시다. 그러니까 무영 군은 산에다 묻는 걸 찬성하는 쪽이군요. 그렇죠?"

"현재로선 그 방법밖에 없으니까요."

이서경이 종이쪽지 두 장을 넘기더니 다시 무영의 눈앞에 내밀었다.

거기에는 우리나라의 산 이름이 빼곡히 적혀 있었고 그중에 몇 군데 동그라미 쳐진 데가 있었다.

"우리가 개인 산이 아닌 국립공원이나 국가 소유의 산을 적어 봤어요. 개인 야산은 언제든 개발할 수 있으니까 제외했어요. 절이 있는 이 산도 야트막해서 개발권에 들어가면 장담할 수 없어서 제외시켰고요. 동그라미 쳐진 산은 그나마 국유지라 개발 가능성이 적다고 보거든요."

"오늘 안에 갈 수 있어야 하기 때문에 시간적으로 제한을 받는 지방에 있는 산들은 힘들 거 같고요. 서울 근교에 있는 산이라야 해요. 관악산이나 도봉산, 인왕산, 수락산, 소요산, 청계산…… 같은데요."

무영의 말에 이서경이 말없이 고개를 끄덕였다.

주머니에서 펜을 꺼내 든 이서경이 무영이 말한 산들을 적었다.

"그럼, 우리 세 사람이 잠시 생각했다가 하나 둘 셋 하면 한 곳을 짚는 겁니다. 천천히 셀게요. 하나…… 둘…… 셋!"

세 사람의 손가락이 동시에 쪽지의 산 이름을 향했다. 하지만 가리키는 산 이름이 다 달랐다. 각자 자신의 집과 가장 가까운 산을 가리켰고 가장 자주 가고 가장 잘 아는 산이었던 것이다.

이서경이 허탈하게 웃었다.

"이런 경우의 수는 생각지 못했구려. 각자 자신이 살고 있는 거주지와 가까운 산을 짚었고 한결같이 사람들이 북적이는 산이군요."

"낮이나 그렇지요. 우리가 올라가야 할 시간은 밤 시간대니까 사람은 없을 거예요."

성진의 말에 이서경이 무영을 쳐다봤다.

"무영 군의 생각은 어떠신가?"

"어느 산이든 상관없습니다. 두 분이 집 근처의 산을 짚으신 이유는 산세를 잘 알고 계시고 봐 둔 장소가 있을 거란 말씀이시니까요."

이서경이 다시 물었다.

"그럼, 무영 군은 이 산에 봐 둔 장소가 있다는 얘기군."

"제가 어렸을 때부터 부모님이랑 자주 갔었고요. 열세 살부터는 공부하다가 바람 쐬고 싶으면 이 산에 올랐거든요. 길이 나 있는 곳으로 주로 다녔지만, 사람이 없는 평일에는 길이 없는 쪽으로도 다녀 봤기 때문에 어디에 얼마만 한 바위가 있고 어디에 어떤 수종이 있는지 정도는 압니다."

이서경이 성진을 쳐다봤다.

성진 스님이 무영이 가리킨 산을 짚으며 말했다.

"요즘은 어느 산이나 사람들이 많아서 등산로가 잘 되어 있어요. 등산로를 벗어난 곳까지 안다면 이곳과 정반대의 방향이지만 그곳으로 가 볼 만하겠는데요."

이서경이 물었다.

"너무 높지 않았으면 좋겠는데 산 높이가 얼마나 되나?"

"580미터 좀 넘으니까 안 높아요. 그리고 정상까지 올라가지 않을 겁니다."

"그럼, 그 산으로 합시다. 이제 해가 지고 있으니까 우선 우리의 기를 봉하는 의식을 치르고 저녁 먹고 바로 출발하면 2시간 정도 걸릴 거고, 도착하면 한밤중이 될 거요."

성진이 방을 정리하기 시작했다.

"나사에서 아니 일루미나티에서 사람을 보내면 한 사람 한 사람 다 추적을 할 겁니다. 그러니 주의를 분산시켜야 해요."

성진이 의식을 준비하는 것을 바라보며 이서경이 무영에게 말했다.

"아직 워싱턴에 계시는 두 분 말고요, 우리 세 사람은 경기도의 산이나 지방을 돌아다니면서 그들의 시선을 다른 데로 쏠리게 해야 할 것 같아요."

"예, 그래야지요."

어느 정도 준비가 갖춰지자 성진은 공양주를 불렀다.

"기도만으로 천도할 분들이 계시니 이 시간 이후로 절에 아무도 들이지 마세요. 지금 계신 분들도 귀가하시라고 전해 주시오."

"예! 알겠습니다, 스님!"

공양주 보살이 물러나고 절에 있던 신자들이 모두 나간 것을 확인한 성진이 문을 닫고 가운데 조그만 상에 촛불을 켜고 둘러앉았다.

이서경이 옆에 놓인 바랑에서 아직도 옷에 둘둘 말린 단지를 꺼냈다.

"서른세 명의 피가 담긴 항아리라…… 나라를 위해 싸우다 죽어 간 사람들의 한이 서린 항아리군요. 그 한과 원을 풀고 우리의 맑은 기(氣)를 품어 좋은 기운으로 온 세상을 덮을 수 있도록 합시다."

"그보다 먼저 부처님과 천지신명께 뜻을 이룰 수 있게 해 주신 것에 대한 감사한 마음을 전하고 시작하겠습니다."

앉은 채 세 사람이 절을 세 번 하고 반 배를 한 다음, 성진이 불경을 짧게 독경했다.

단지를 조그만 상에 올려놓자 촛불에 검붉은 문양이 섬뜩하게 번쩍였다.

"비록 오래되었지만 이 단지를 위해 희생된 33명의 천도를 위해 독경하겠으니 두 분은 이분들의 명복을 빌어 주십시오."

성진의 낭랑한 독경 소리가 절 바깥까지 울려 퍼졌다. 수십 년간 읽은 독경의 내공은 맑고 힘이 들어가 있었고 끝까지 흐트러짐이 없었다.

성진이 독경을 끝내고 합장하며 목탁을 내려놓았다.

"이제 기(氣)를 봉인하겠습니다."

작은 상 앞에 세 사람이 마주 앉아 이서경의 손 밑에 성진의 손이, 성진의 손 밑에 김무영의 손이 포개졌고 그 밑에 불사조가 그려진 단지가 놓여 있었다. 세 사람은 눈을 감았다. 성진이 낮은 소리로 불경을 독송하기 시작하고 작은 방 안은 세 사람에게서 뿜어져 나오는 기로 채워져 갔다. 수호신들은 모두 방 밖으로 물러나고 온전히 세 사람의 기만 요동치며 흘렀다.

온몸에서 내뿜어진 기가 손으로 모아지고 있었다. 손으로 모아진 기가 단지 위로 모아졌다. 빛이 나는 기의 덩어리가 성진의 독송 속에 단지 위에서 빛을 더해갔다. 이서경이 뚜껑을 집어 무영에게 주며 닫으라는 신호를 했다. 무영이 손을 들어 빛나는 기의 덩어리를 자신의 오른손 아래에 있는 단지 속에 밀어 넣었다. 그리고 잽싸게 뚜껑을 덮고 손으로 눌렀다. 세 사람의 얼굴에는 땀이 줄줄 흘렀다.

무영이 재차 확인하며 뚜껑을 손으로 꼭꼭 눌렀다.

손등으로 땀을 훔쳐내며 이서경이 말했다.

"자, 이제 이걸 묻는 일만 남았어요. 스님에게는 얘기했지만 일루미나티가 이 단지를 찾으러 올 거요. 제일 먼저 CCTV를 보고 스님과 무영 군을 찾아가 단지가 어디 있는지 묻겠지요. 묻다가 나와 윤 이사, 서 선생도 알게 될 겁니다. 결국 우린 어떻게 되든 그들 손에 죽게 돼요, 무영 군!"

"네. 우리 엄마가, 가족이 좀 슬퍼하겠네요. 저는 괜찮아요. 알고 간 거니까요."

"우리도 무영 군이 필요한 건 알지만 그래도 아직 젊어서 살 날도 많고, 재능이 많으니까 살아남아서 어떤 식으로든 나라를 위해 봉사해 주었으면 했거든요. 그래서 중간에 막았던 거고요. 결국 오늘 여기까지 왔어요. 미안하고 고마워요."

이서경의 말에 무영이 씨익 웃었다.

"나이는 숫자에 불과한 거예요. 아무것도 못 하면서 백 살까지 살면 뭐 해요? 짧더라도 할 일을 했으니 마음이 얼마나 개운한지 모르겠어요. 마음속 깊이 자리 잡고 있던 사람들에 대한 미안함도 사라지고 있어요. 나이로 평가하지 마세요."

무영의 말에 이서경이 엷은 미소를 흘렸다. 미안한 마음을 위안받고자 어쩌면 이서경은 무영에게서 이런 말이 듣고 싶었는지도 모른다.

성진이 구석에 있던 밥통을 들고 와서 뚜껑을 열었다.

"이거 제법 무거운데요. 이걸 짊어지고 올라가야 하지요?"

"그럼요, 스님!"

밥통 안에 뽁뽁이를 잘라서 메우고, 단지도 얇고 부드러운 헝겊으로 싼 다음 다시 얇은 스티로폼으로 말았다. 둘둘 만 단지를 밥통 안에 넣고 빈 공간을 뽁뽁이로 빼곡하게 채워 넣어 움직이지 않게 고정시키고 위에도 뽁뽁이로 메우고 뚜껑을 닫았다. 그리고 비닐봉지 하나를 꺼내어 안에 있는 내용물을 바닥에 쏟았다.

이서경과 성진이 말없이 아크릴 상자를 조립했다. 아크릴 상자는 밥통이 들어갈 정도의 크기였고 무게는 별로 나가지 않았지만, 꽤 두꺼워서 성인 남자가 올라가도 끄떡없을 정도로 견고했다.

문을 열자 해가 저물어 검붉은 노을이 나무 사이로 비추고 있었다.

"아름답군요. 세상은."

성진의 말에 이서경이 말했다.

"스님의 감성은 미국에서나 한국에서나 똑같군요. 자연은 언제나 경이롭지요. 부디 오래도록 이 자연이 깨끗하게 후세에 전해져야 할 텐데요."

"나갑시다. 저녁 먹고 바로 출발하지요."

성진이 밖으로 나오자 두 사람도 따라나섰다.

"어! 기를 너무 썼나. 몸이 휘청거리네."

이서경이 말하자 성진이 무영을 돌아보았다.

"저도 그렇습니다. 몸에서 기를 뽑아냈으니 힘이 빠진 거지요. 무영 군은 어때요?"

"아…… 저는 별로 못 느끼겠는데요. 제가 젊어서 그런가 봐요."

"젊음이 좋긴 좋군요."

"자, 계속 힘을 쓰려면 배를 채워야지요."

저녁 공양 후, 무영은 엄마에게 전화했다.

"엄마, 의원님이랑 같이 있는데 지방에 출장 가시는데 나도 따라갔다 올게. 음…… 그래서 오늘내일 못 들어간다고 전화한 거야. 산속에 있는 절에 갈지도 모르니까 안 온다고 전화하지 말고. 전화가 안 터질지도 모르거든. 엄마, 잘 다녀올게요."

무영이 전화를 끊고 휴대폰의 전원을 껐다.

어느새 성진은 승복에서 등산복으로 갈아입고 모자까지 쓰고 있었다.

"윤 이사님과 서 선생님은 우리가 일을 다 마친 후에 오시겠군요."

성진의 말에 무영이 대답했다.

"그리고 나사에서 단지의 행방을 쫓기 시작할 거고요."

이서경이 말했다.

"자, 이제 이 단지의 최종 목적지로 갑시다. 무영 군."

"차로 가는 게 나을까요? 대중교통을 이용하는 게 나을까요?"

성진의 물음에 이서경이 무영을 쳐다봤다.

"승용차로 움직이면 동선을 추적했을 때 다 드러나잖아요. 그러니 불편하더라도 다 짊어지고 택시 타고 이동하는 게 좋겠어요. 서울 시내 택시를 다 추적하지는 못할 테니까요. 일단 서울로 들어가서 공용 주차장에 주차해 놓고 택시로 이동해요. 그리고 이곳과 도봉산 입구까지 가까우니 스님 차를 도봉산 주차장에 주차해 놓고 가는 게 좋겠어요. 혼선을 주기 위해서요."

"그럽시다. 좋은 생각이요. 그리고 내 차로 와서 같이 타고 가면 돼요."

"그럼, 고속버스 터미널도 있고 서울역도 있는데요."

"위치상 양재동과 먼 곳이 낫지 않을까요?"

갑론을박하며 차는 서울역 주차장에 세우기로 했다.

밥통과 연장을 세 개의 배낭에 나누어 담고 차에 올랐다.

성진은 자신의 차를 운전하고 이서경의 차에 무영이 동승하여 출발했다. 도봉산 주차장에 차를 주차한 성진은 뒤따라온 이서경의 차에 올랐다.

이미 어둠이 깔려 길은 어두워져 있었다. 가로등 길을 따라 달리고 달려서 이서경의 차는 서울역에 도착했다. 서울역 뒤편의 3층 주차장에 주차를 하고, 이서경이 차에서 내리기 전에 두 사람에게 현금다발을 건넸다.

"지금부터 절대 카드를 써서는 안 돼요. 동선이 추적당할 테니 무조건 현금을 써야 합니다. 받으세요."

"정말 치밀하세요."

성진이 이서경의 꼼꼼함에 감탄했다.

가장 큰 배낭에 밥통이 담겼고 무게도 가장 무거웠다. 성진이 가장 무거운 배낭을 멨다. 두 번째 배낭도 역시 무거웠고 무영이 멨다. 조립식 삽과 작은 곡괭이, 드라이버 등 각종 장비들이 들어 있었다. 세 번째 배낭은 이서경이 멨는데 여러 가지 잡동사니가 들어있어 그중에 가장 가벼웠다.

세 개의 배낭을 나누어 짊어지고 전철을 탔다. 중간에 환승을 하고 청계산입구역에 내렸다. 이미 시간은 열 시가 넘어서 낮에는 북적거렸을 음식점과 옷가게, 카페도 다 문을 닫고 가로등만 켜져 있을 뿐 인적이 끊겨서 한적하다 못해 고요했다.

"밤이 되니 우리 절만큼이나 조용하군요."

성진이 농담을 하며 발걸음을 재촉했다.

"이젠 체력 싸움입니다. 힘냅시다."

무영이 검푸른 하늘을 쳐다보니 구름 한 점이 없이 깨끗했다.

"날씨가 쓸데없이 맑아요."

"우리가 하는 일에 방해되지 않기 위한 거겠지요."

이서경이 손전등을 꺼내 켜려고 하자 무영이 말렸다.

"조금만 더 가서요."

위로 고속도로가 지나는 굴다리를 지나 상점이 줄지어 있는 골목은 그래도 가로등이 있어서 걸을 만했다. 하지만 곧 나무들이 울창한 숲에 들어서자 칠흑같이 어두워졌다.

"이젠 켜셔도 됩니다. 우리 위에 나무도 있고 구름도 있어요."

"엉? 저쪽에 별이 있고 달이 있는데?"

"우리 위에만 구름이 있어요."

무영이 손전등을 켜자 이서경과 성진도 손전등을 켰다.

"야! 잠시지만 어두워서 넘어질까 봐 무서웠네."

이서경이 속내를 말하자 성진이 웃었다.

"의원님, 신들이 웃습니다."

손전등 불빛에 의지해서 성진이 앞장서서 올라갔다.

각자 손전등을 들고 조심스럽게 산을 올랐지만 마치 낮에 오르는 것처럼 거침이 없었다. 산에서 내려오는 계곡물이 소리를 내며 흐르는 소리가 들렸다.

"아마 이 물줄기 때문에 '청계'란 이름이 붙었나 보군요. 마음속까지 맑아지는 소립니다."

무영이 대답했다.

"예! 물이 맑은 계곡이란 뜻이니까요."

좀 더 오르자 계곡물 소리도 끊기고 계단이 많아졌다.

이서경이 밤하늘을 보며 말했다.

"묻고 나서 비가 와야겠어요. 그래야 흔적을 지울 수 있거든요."

이의원이 말하자 성진이 웃었다.

"별이 보이는 걸 보니 비는 힘들겠는데요."

"구름을 부르세요. 많이는 아니어도 흔적을 지울 수 있을 정도는 내려줘야 합니다."

"현생의 소승이 진묵이었다면 정말 좋겠습니다."

"전생에 진묵의 화신이잖소! 이름값 좀 하시구려."

무영이 조용히 대답했다.

"제가 하겠습니다."

앞서가던 성진이 발걸음을 멈추었다.

"뭐요? 구름을 부를 수 있단 말이요?"

"예."

이서경이 물었다.

"우리 위에 있는 저 구름도 무영 군이 부른 거요? 도대체 도력이 어디까지 높아진 거요? 그 정도 도력이면 현생 인류에서 가장 높은 도력일 거요."

"그건 잘 모르겠고요. 신들을 부리는 거니까 신들에게 말하면 됩니다."

"혹시 비를 내려 본 적 있었나요?"

성진이 물었다.

"아뇨."

무영의 대답에 이서경이 약간 실망한 듯 혼잣말을 했다.

"그럼 될 수도 있고 안 될 수도 있겠군요."

"됩니다."

무영의 말에 이서경이 무영을 보며 말했다.

"무영 군만 믿을게요."

손전등을 켜고 가지만 각자의 신들에 의해 보호를 받으며 어둠 속에서 눈에 보이는 신들과 함께 등산하는 기이한 풍경은 낯설기만 했다. 두 눈이 어둠에 익숙해지기까지 시간이 좀 걸렸다.

"어이구, 두 분이랑 같이 오니 오르지 혼자서는 무서워서 못 가겠어요."

"응? 정말? 허허허…… 의외군요. 무영 군 밤에 산 오르는 게 처음이군요."

"네!"

이서경이 말했다.

"나도 밤 등산은 처음이요. 낮에만 다녔지. 아마 밤 등산은 스님만 다니셨을 거요 그렇지요?"

"예! 저야 많이 다녔지요."

밤 2시가 넘은 시간에 청계산 주변의 밤하늘에 먹구름이 몰려들기 시작했다. 그리고 거짓말처럼 청계산 전체와 내곡동 일대, 의왕시에 걸쳐 촉촉한 비가 한 시간가량 내렸다. 비가 그치고 구름은 흩어져 다시 맑은 하늘이 되었다.

세 명이 산에서 내려온 것은 새벽 4시쯤이었고 지나가는 차가 없어서 염곡교차로까지 걸어와 aT센터 맞은편 골목으로 들어갔다. 24시간 하는 음식점에서 뜨거운 곰탕을 먹는 동안 날이 서서히 밝아왔다.

"여름이 코앞인데도 밤이슬은 차갑군요. 이렇게 뜨뜻한 걸 먹어야 속이 풀리니 원."

"힘드시지요?"

무영이 육십 대 고령인 이서경을 안쓰러운 눈으로 보며 물었다.

"아! 나만 피곤한가. 다 피곤하지요."

"이 근방에 어딘가 쉴 곳이 있지 않을까요?"

성진의 말에 무영이 말했다.

"여기 대로변에서 양재천변에 있는 삼호물산 건물인가 옆 건물인가에 찜질방 있어요. 그리로 갈까요?"

무영의 말에 이서경과 성진이 두말없이 찬성했다.

따뜻한 찜질방에 들어가자 이서경은 금세 곯아떨어졌다. 성진도 자리를 잡고 눕자마자 잠이 들고 무영은 휴대폰 알람을 맞춰 놓고 벽에 기대어 단전 호흡을 몇 번 하다가 잠이 들었다.

발각

　같은 시각. 워싱턴 나사 본부의 총책임자 크리스 반 맥클린은 영국에서 개최된 국제회의에 참석하고 돌아와 자신의 사무실에 막 앉았다. 영국에서 비서에게서 세계 음식 박람회 행사 당일의 사고에 대한 보고를 받았었다. 무사히 진압했고 가져가려던 상자도 범인에게서 되찾았다고.

　커피를 가지고 다시 자리에 앉자 문이 열리고 상자를 얹은 카트를 밀고 여성 참모와 함께 부국장이 들어왔다.

　"오랜만에 뵙습니다, 국장님! 이 상자가 맞지요?"

　크리스 국장이 벌떡 일어나 카트 위에 놓인 상자를 한 바퀴 돌며 유심히 살폈다.

　"맞군."

　"다 죽고 무사라는 놈만 우주선 모형 전시관 2층에서 1층으로 내려오는 계단에서 잡았는데 그 상자를 배에 두르고 있었습니다. 처음엔 폭발물인 줄 알았지만 전문가가 폭발물이 아니라고 해서 즉시 회수해서 제 사무실에 보관했습니다."

　부국장의 말이 끝나자 여성 참모가 말을 이었다.

"그날 일어났던 사건에 대해서 보고는 들으셨겠지만 다시 한번 간략하게 말씀드리겠습니다."

크리스 국장이 상자를 조심스럽게 들어 자신의 책상 위로 옮겨 놓고 자리에 가서 앉았다. 보고를 편하게 듣기 위한 자세를 잡자 여성 참모가 브리핑을 시작했다.

"사건의 시작은 '세계 음식 박람회'에 입장하려고 줄 서 있는 차량을 밴 하나가 무차별로 들이받고 도주하는 데서 시작되었는데요. 이것부터 사전에 계획된 것으로 드러났습니다. 다섯 대의 차량이 부서졌는데 다행히 사망자는 없고 다친 사람만 여덟 명입니다. 경비원이 이 밴을 따라가 범인이 애너코스티아강을 건너기 전에 사살했는데 두 명이었고요. 이 사건으로 경비원이 정문 쪽에 몰려 있을 때 북쪽 담장을 넘어온 다섯 명의 괴한이 있었습니다. 그들은 잘 훈련된 특수 군인들로 밝혀졌고요. 그들이 이 상자를 왜 노리는 것인지는 모르겠지만, 처음부터 이 상자가 컨트롤 타워 지하에 있는 것을 알고 침입한 거 같습니다. 이렇게 사살된 다섯 명은 IS 대원들로 밝혀졌고요. 이들이 어떻게 미국에 들어올 수 있었는지 조사 중입니다. 또한 교전 과정에서 우리 경비원 일곱 명이 다쳤습니다.

북쪽에서 괴한들이 침입한 틈을 타서 세계 음식 박람회에 참가한 네 명의 아랍인들이 컨트롤 타워에 침입했어요. 사전 검열 때문에 총기도 없이 칼만 숨겨서 들어와서 우리 경비원을 죽이고 총을 탈취해서 사용했습니다. 그들은 철저하게 훈련된 군인이었어요.

컨트롤센터에서 그들의 잠입을 눈치채고 무장 경비원들을 지하실로 내려보냈는데 내려간 경비원들을 모두 죽이고 탈출하려 했습니다. 우리 인명피해가 이렇게 컸던 것은, 적외선 고글까지 준비할 정도로 그들이 철저했기 때문입니다. 그래서 어둠을 그들이 완벽하게 지배하고 있었어요. 지하층은 그동안 거의 사용을 안 했던지라 어둠 속에서 계단 옆에 있는 전원 스위치를 찾다가 당한 거지요. 이 과정에서 내려갔던 여덟 명 전원이 어둠 속에서 소음총으로 저격당했습니다. 건물 입구 봉쇄에 실패하고 추가로 배치된 경비원들과 교전하면서 도주하기 시작했는데요. 처음에는 두 명인 줄 알았습니다. 왜냐하면 네 명 중 두 명은 컨트롤 타워의 우리 경비원을 살해하고 탈취한 옷을 입어서 처음엔 우리 경비원인 줄 알았던 거지요. 도망가던 사우디아라비아인 두 명을 쫓아가 사살하는 과정에서 앞서 말씀드린 이집트인들이 우리 경비원과 섞여 가다 경비원이 알아채 한 명은 죽이고 한 명은 우주선 모형 전시관으로 숨어들었습니다. 우리가 전시관 입구를 봉쇄하고 각층을 하나씩 조사하고 있었는데요. 그 무사라는 놈이 우리 경비원 복장을 하고 우리 옆을 자연스럽게 지나가다 예리한 우리 경비원한테 걸린 거지요. 순식간에 제압하고 몸에 지닌 총, 칼, 배에 두른 이 상자를 회수했습니다. 이들 모두 특수집단의 대원이라고 무사가 자백했는데요. 이놈이 몸수색 때 찾아내지 못한 독을 삼켜 다음 날 아침 죽은 채로 발견됐습니다. 국장님께 전화로 현장 상황을 보고드릴 때 국장님이 상자에 손대지 말고 잘 보관하라고 하셔서 이렇게 보관했고, 이제 돌려 드렸습니다. 이상입니다."

여성 참모가 보고를 마치고 한 발 뒤로 물러서자 부국장이 손으로 상자를 가리켰다.

"이상 없는지 열어 보십시오, 국장님!"

국장이 커피를 한 모금 마시고 상자를 자기 앞으로 끌어당겼다.

"음, 알았어……. 어?"

"왜 그러십니까?"

크리스 국장은 상자의 무게가 가볍다는 느낌을 받았다. 워낙 오래전에 들어봐서 착각일 수도 있지만 생각보다 가벼웠다. 국장은 지체없이 상자의 뚜껑을 열었다. 지켜보던 두 사람도 한두 걸음씩 다가와 고개를 쑥 빼고 들여다보았다.

오래돼서 검게 변한 작은 나뭇조각들 사이로 누런 솜들이 위를 평평하게 덮고 있었다. 국장이 그 솜들을 들추자 바짝 마른 작은 나뭇조각들이 보였다. 국장의 미간이 심하게 흔들리며 나뭇조각들을 손으로 파헤쳤다.

"없다."

누런 솜들을 상자 밖으로 걷어 내자 작은 나뭇조각들이 책상 위로 쏟아졌다. 부국장과 여성 참모가 어리둥절해하며 질문했다.

"뭐가 있었습니까?"

부국장의 질문에 하얗게 질린 국장의 눈가가 파르르 떨렸다.

"이 상자, 혹시 누가 열어 봤나?"

"폭발물 전담반이 잠깐 열어 보고 닫은 것 빼고는 없습니다. 경비대장에게 넘겨받은 그대로 보관하다가 가져온 겁니다. 국장님이 손대지 말라고 하셨잖아요."

"정말 손대지 않았나?"

"네! 뭐가 들었는지 모르겠지만 경비대장에게 받은 그대로 드린 겁니다."

국장이 일어선 채 망연히 책상 위에 널려진 누런 솜과 작은 나뭇조각을 보며 생각에 잠겼다.

"마지막에 죽은 놈 이름이 뭐라고?"

"무사라고 합니다. 이집트인인데 취조 때 특수집단의 대원이라고 했습니다."

"그놈과 마지막으로 있었던 사람은 누구야?"

"아흐메드라고, 같은 이집트 출신이지요. 그놈도 사살당했는데 그놈 몸에서는 총과 칼, 독가루만 발견되었습니다."

여성 참모가 서류철을 보며 대답했다.

"또 놈과 접촉 가능했던 사람은 없나? 내부에서?"

"문제를 일으키기 전이라면 음식 박람회 행사장 천막의 이집트인 여성이 있겠지만 문제를 일으킨 후에는 천막 근처에도 못 갔습니다. 사건 후에 행사장 천막 여성들을 조사했었는데 전혀 모르는 사람이었대요. 아는 사람 통해서 소개를 받았고 그 아는 사람은 이미 출국했습니다."

여성 참모가 조리 있게 앞뒤를 재서 말해 주었다.

"이 상자에 손댄 사람들, 폭발물 처리반이라고 했나?…… 그들은 신원이 확실한가?"

"예! 가까운 군부대에서 나와서 확인해 줬습니다. 워낙 그날의 일이 컸잖아요."

"몇 사람이었나?"

"다섯 명이요."

"그들이 상자를 열 때 녹화된 것 있으면 가져와."

"귀중한 건가 봅니다. 뭔지 여쭤봐도 됩니까?"

부국장이 궁금증을 못 참고 물었다.

"귀중한 거 맞네. 나라의 보이지 않는 자산이기도 하지……. 찾아야 한다, 반드시."

"무사가 최종적으로 잡힌 데가 우주선 모형 전시관이었으니 그곳의 그날 오후 CCTV를 모두 돌려 봐야 할 것 같습니다. 컨트롤 타워에서 머물렀으니 컨트롤 타워 내의 CCTV 또한 확인하겠습니다."

여성 참모가 메모하며 차근차근 말하자 국장이 다그쳤다.

"지금부터 바로 시작해. 다른 거 다 미뤄 놓고 CCTV부터 확인하라고 해. 뭐라도 발견되면 즉시 보고하고."

"네!"

여성 참모가 나가고 다른 보고 때문에 남아 있는 부국장을 향해 국장이 손을 흔들었다.

"나가게. 그건 자네가 알아서 처리하고……."

"어떤 내용인지 말씀도 안 드렸는데요."

"지금 나에게 가장 중요한 건 이 안에 있던 거라고. 알겠나?"

국장이 상자를 손으로 쿡쿡 찌르며 소리치자 부국장이 더 이상 보고하는 것을 포기했다.

네!"

부국장도 나가고 국장은 잠시 생각한 후 어디론가 전화를 걸었다.

여행

경쾌한 피아노곡이 울려 퍼졌다. 눈을 번쩍 뜬 무영이 서둘러 알람을 껐다. 이서경도 성진도 누운 채 꼼짝도 하지 않고 곯아떨어져 있었다. 무거운 배낭을 짊어지고 등산을 했으니, 연세를 감안하면 대단한 체력들이었다.

무영은 잠시 생각하다가 쪽지를 써 놓고 샤워를 한 다음 밖으로 나갔다. 정오를 넘어서 점심을 먹으러 나온 회사원들로 거리가 북적거렸다. 양재천 도로 위를 걷다가 멀리 청계산이 보이자 잠시 멈춰서 바라보았다. 다시 찜질방과 가까운 카페에 들어가서 한숨 돌리고 한가로이 따뜻한 우유를 마셨다.

2시가 다 되어 이서경과 성진이 카페에 나타났다.

성진이 웃으며 자리에 앉았다.

"나이순대로 일어났군요. 내가 눈 떠 보니 무영 군이 없길래 주위를 두리번거리다가 쪽지를 발견하고 한 시간 뒤쯤 의원님이 일어나셨어요."

"나이는 어쩔 수 없구려. 젊은 무영 군은 하룻밤 새워도 회복이 빠르지만, 이 나이쯤 되면 나이 자체가 천 근 무게인지라 관리를 해도 힘들어요. 내 딴에는 열심히 수련한다고 했는데 세월의 무게는 납덩이보다 무거워요."

뒤늦게 일어난 이서경이 미안한 마음에 구구절절이 변명 아닌 변명을 했다.

"의원님이시니까 이만큼 견디시지요. 같은 또래의 다른 분이었으면 내일까지 기절해 있을 거예요."

성진의 말에 무영이 맞장구쳤다.

"그럼요."

성진이 무영에게 질문했다.

"그나저나 일루미나티가 우리를 알아냈을까요?"

"조금 전에 알았습니다. CCTV를 다 확인하고 우리가 가져간 걸로 결론 내리고 추적을 시작했어요."

이서경이 한숨을 푹 쉬었다.

"이제 시작이구먼."

"서울역으로 가요. 자동차로 지방이나 한 바퀴 둘러보고 오죠."

성진의 말에 카페를 나와 택시를 타고 서울역으로 갔다.

"저기 남대문 시장이나 한번 둘러보고 내려갑시다."

이서경이 남대문 시장을 가리키며 하는 말에 성진도 찬성했고 무영도 순순히 따랐다.

대각선 방향이라 가까운 것 같으면서도 남대문 시장은 꽤 걸어야 했다. 북적이는 남대문 시장을 구경하면서 식당 골목을 찾아 들어갔다.

"평일인데도 사람이 굉장히 많네요."

무영의 말에 성진이 껄껄 웃으며 맞장구쳤다.

"오늘 사람 구경 오지게 하누만요."

이서경이 한 골목을 가리켰다.

"아! 찾았다. 저기 골목, 오래전에 이 비서랑 와서 갈치조림 먹었던데요. 갈치 골목. 저기 가서 밥 먹읍시다."

"갈치 골목이요? 골목 이름이 갈치 골목이에요?"

무영이 묻자 이서경이 고개를 저으며 대답했다.

"아마 내가 그렇게 불러서 그렇지. 원래 갈치 골목은 아닐 거요."

줄줄이 갈치집이라고 쓰여 있어서 두리번거리다가 가장 가까운 집으로 들어갔다.

"갈치집이 많은 걸 보니 갈치 골목이 맞는 것 같습니다요."

성진이 웃으며 이서경의 기억력을 칭찬했다.

"내가 여기서 먹은 게 갈치조림밖에 없어서 그냥 그렇게 부른 건데……."

갈치조림 삼 인분을 시키자 바로 밑반찬이 깔리고 밥이 나왔다.

"뭐 이렇게 빨리 나와. 바로 나오네."

"빨리 먹고 빨리 나가라는 소린가? 밥때도 한참 지났는데."

이서경과 성진이 한마디씩 하자, 갈치 냄비를 들고 오던 아주머니가 듣고 웃으며 대답했다.

"천천히 들고 가셔유. 말씀대로 점심시간 한참 지났으니께유."

"귀도 밝으셔라. 그럼, 잘 먹겠습니다."

세 명이 열심히 갈치를 발라서 밥을 먹다가 반쯤 먹었을 때 무영이 말했다.

"저녁이 되면 두 분이 도착하실 거예요. 두 분을 뵙고 가는 게 낫지 않을까요?"

이서경이 질문했다.

"우리 일정에 변수가 되지 않을까?"

"밥 먹고 바로 가나, 만나 뵙고 가나 마찬가지일 거예요."

이서경이 성진을 쳐다봤다.

"그럼 뵙고 가지요. 이 근방에서 쉬면서요."

"그럽시다."

"휴대폰 전원은 의원님만 켜 놓으세요. 이따 두 분 전화 받아야 하니까요."

늦은 점심을 먹고 남대문 시장을 돌다가 찜질방이 보이자 또 들어갔다. 찜질방에서 낮잠을 늘어지게 자고 나자 저녁이 되었다.

일찌감치 일어나서 가부좌를 틀고 벽에 기대어 수련 중이던 무영을 따라 두 사람도 일어났다. 식혜 한 잔씩 마시며 시간을 보내다 어둠이 내리는 저녁이 되자 찜질방을 나섰다.

이서경이 주머니에서 울리는 휴대폰을 꺼내 들었다.

서금화가 한 전화였다.

"여보세요."

"아유, 의원님은 받으시는군요. 두 분은 왜 이렇게 전화를 안 받아요. 어디 계세요?"

"아, 서 선생! 서울에 도착했소?"

"이제 막 도착해서 세 분께 돌아가면서 전화했거든요. 무영 군도 스님도 전화를 안 받아요. 무슨 일 생긴 건 아니죠?"

서금화가 카랑카랑한 목소리로 묻자 이서경이 두 사람을 번갈아 보았다.

"고생하셨어요. 두 분, 별일 없으시지요?"

"별일 있어서 전화드린 거예요."

"어떤 별일이요?"

"그건 만나서 얘기하고요. 지금 절에 계세요? 우리가 갈게요. 지금 공항에 있거든요."

"절이 아닙니다. 우리 밖에 나와 있어요."

무영이 종이에 '종로3가역'을 썼다. 이서경이 그걸 보고 고개를 끄덕이며 읽었다.

"그럼, 종로3가역에서 봅시다. 우리도 그쪽으로 움직일 테니 두 분은 공항에서 바로 오시오."

"서울역이 아니라 왜 종로3가역인가요?"

성진이 묻자 무영이 대답했다.

"만약에 의원님이 연루된 걸 알아내고 의원님 차가 서울역에 주차된 걸 알아낸다면 서울역 일대를 뒤질 테니까요. 종로3가면 유동 인구가 많아서 찾기도 어려울 거고, 좀 떨어져 있잖아요."

"하긴 스님의 인적 사항부터 뒤질 테니 차량 번호는 금방 알겠군요. 다행히 의원님 차량을 소승이 운전했으니 망정이지 바로 들통날 뻔했습니다."

이서경이 말했다.

"안 만나는 게 두 분을 위해서 최선이겠으나 안 만날 수가 없으니, 양해를 구하고 두 분께는 어디에 숨겼는지 말씀드리지 맙시다. 그리고…… 만약 우리가 따로 끌려가게 되었을 때 당연히 대답을 안 하겠지만 만약 여기 있는 다른 사람이 말했다고 한다면 거짓말입니다. 반드시 이 거짓말 협박은 있을 것이니 곧이듣지 말고 마음을 굳게 하세요. 아셨죠?"

"예! 알겠습니다."

오후 8시가 넘어서 종로3가의 음식점에서 다섯 사람이 모였다.

윤검군과 서금화는 얼굴 가득, 할 말이 많음을 담고 있었다.

"전화는 왜 다 꺼 놓고 계셨어요? 두 분 안 받으시던데요."

자리에 앉자마자 다그치는 윤검군을 보면서 이서경이 대신 대답했다.

"내 얼굴을 보시오. 우리도 엄청난 일을 했어요."

이쪽에서 해낸 일에 대해서 까맣게 모르고 있는 두 사람은 자신들이 겪은 일을 말할 생각에 들떠 있다가 이서경의 말에 퍼뜩 정신이 들었다.

며칠 전에 본 이서경의 모습보다 훨씬 초췌해진 모습에다 성진도, 무영도 결코 전에 보았던 말짱한 얼굴이 아니었던 것이다. 게다가 성진은 언제나 입고 다니던 승복이 아니라 등산복 차림이었다. 서금화가 물었다.

"무슨 일 있었어요?"

무영이 대답했다.

"예! 있었습니다. 아주 엄청난 일이죠."

"뭔데요?"

서금화가 되묻자 이서경이 나섰다.

"우리가 한 일은 두 분이 겪은 일을 듣고 난 다음에 얘기해 주리다.

두 분 어디 상한 데는 없으시오? 병원 진료 안 받으셔도 되겠습니까?"

"다친 데는 없어요. 그놈들 싸가지없는 말에 마음에 상처를 입어서 그렇지요."

"우리, 음…… 어저께 오후에 풀려났지요. 뭐 혐의가 있어야지. 총싸움하는 거 구경한 거밖에 없으니까. 그런데도 꼬박 하루나 구금되어 있었으니 총싸움 구경값치고는 더럽게 비싼 값을 치른 셈이지요."

"불행 중 다행이에요. 그쪽 경찰들 무지막지해서 연행하는 도중에 사람이 죽기도 한대요. 다치는 건 기본이고요."

"어이구, 그럼 우리는 아기처럼 대해 준 거네. 그놈들 말이 빈말이 아니었군요. 우리는 굉장히 특별하게 대해 준다는 게."

서금화가 나섰다.

"그게 중요한 게 아니라…… 우리가 그 안에 구금되어 있을 때요. 아랍인 한 명이 옆 칸에 잡혀 와서 구금되어 있었거든요. 그 아랍인은 그날 담장을 넘어온 침입자들과 한패였는데요. 이름이 무사라고 했어요."

서금화는 무사에게서 들었던 얘기를 강사답게 감정을 실어서 얘기했다.

"나사에 전설의 단지가 있는데 자신은 그 단지를 찾기 위해서 왔다고 했어요. 놀랍지 않아요? 우리와 같은 목적을 가지고 세계 음식 박람회 행사에 참가한 거예요, 그 작자가."

윤검군도 한마디 거들고 계속해서 서금화가 말을 이어갔다.

"그 단지는 알렉산더 대왕 때 서른세 명의 피로 만들어졌다고 하더군요. 알렉산더 대왕이 서른세 살에 죽은 것과 무관하지 않다고 하고요. 단지가 마음에 들지 않았는지 알렉산더 대왕은 단지를 소홀히 했고 대왕이 죽은 뒤 단지는 로마로 넘어갔어요. 그리고 로마가 유럽을 지배했지요. 로마에서 영국으로 넘어가고 영국이 세계 패권을 쥐게 되는데 일루미나티가 있던 집안에 단지가 있었나 봐요. 일루미나티가 단지를 가지고 미국으로 넘어가서 백악관에 두었다가 나사로 옮긴 거래요. 그동안 여러 번 시도했다가 이번에 다시 시도해서 그걸 어렵게 찾긴 했는데 발각돼서 다 죽고 자신만 살았다고 하더군요. 도망치다가 우주선 모형 전시관으로 들어갔대요. 경비원 옷을 입고 있어서 바로 잡히지는 않았는데 아무래도 잡힐 것 같아서 화장실로 들어갔대요. 거기서 배에 두르고 온 단지를 두고 나왔다고 했는데 마침 스님과 무영군이 견학하는 중이겠길래 참 묘한 인연이라고 생각했어요. 우리 두 사람은 단지를 꺼내 오다 붙잡혀 온 사람과 얘기하고 있고, 낮에 단지가 있는 곳에 두 사람이 견학하고 있었으니까요. 그런데 그 사람은 다음 날 아침 죽어서 들려 나갔어요. 간밤에 독약 같은 걸 먹었나 봐요. 몸을 다 수색했을 텐데 어디다 숨겼다 먹었는지…… 죽었어요."

윤검군이 얘기했다.

"그 사람이 그랬어요. 자신이 화장실 안에 있을 때 우리와 같은 언어를 사용하는 사람들의 말소리를 들었다고요. 그게 혹시 두 분 아니었소?"

이것은 서금화와 윤검군이 가장 하고 싶었던 질문이었다.

"맞아요. 그 시간에 우리가 그 사람이 있던 화장실 앞에서 밖을 보고 있었어요. 밖에서는 무장 경비원들이 우주선 모형 전시관을 둘러싸고 있었고 화장실 안에 있던 그 사람은 우리를 인질로 잡아 탈출할 생각을 가지고 있었지요."

무영의 말에 질문을 한 당사자들은 입을 쩍 벌렸다.

"아니~ 세상에! 그러다가 그 사람이 튀어나와서 정말 목에다 총이 라도 들이댔으면 어쩌려구요."

"신들이 총구를 막고 있어서…… 아니 움직이지 못하게 하고 있었 기 때문에 그렇게는 못 했을 겁니다."

"엥?"

"그게 가능한 얘기에요?"

무영이 미소 지으며 대답했다.

"가능합니다."

"아!! 그게 가능하다구요? 자세히 좀 얘기해 봐요. 난 궁금해서 미 칠 지경이니까."

서금화가 안달이 나서 다음 이야기를 닦달했다.

"그게요…… 두 분이 갇혔을 때 옆에 갇혔던 아랍인 있었잖아요. 그 아랍인에게서 두 분이 들었던 얘기 중에 불사조가 그려진 단지 이 야기가 있었을 거예요. 그 단지 이야기가 사실이었어요. 그때 이미 그 단지는 우리 손에 들어와 있었어요."

"헉……! 어떻게, 어떻게 그런 일이…….."

성진의 차분한 설명에 윤검군과 서금화가 놀라서 입을 벌리고 동그 랗게 뜬 눈은 깜박거림도 잊은 채 얼굴이 상기되어 갔다.

"말씀드릴 기회가 없어서…… 살짝 귀띔이라도 해 주려고 했는데 이제야 말씀드리게 됐군요."

성진이 목소리를 낮춰서 설명했다.

"그때 밖에서 나오라는 인솔자의 얘기에 나갔다가 범인이 잡혔다는 소식이 전해졌어요. 무영 군이 그 화장실을 다시 가 보자고 해서 다시 갔지요. 화장실 문을 열었더니 변기 뒤쪽 조그만 공간에 그 단지가 있었어요. 그래서 우리가 냉큼 가져왔고요."

윤검군과 서금화의 두 눈은 놀라서 크게 확장되었다.

"세상에……! 맙소사!"

이서경이 이때다 싶어 말했다.

"그런데 이미 일루미나티에서 CCTV 확인해서 알아 버렸어요. 그래서 두 분이라도 안전하시라고 전화를 안 받았던 건데요. 이미 단지는 기를 봉해 안전하게 이 땅 어디에 있습니다. 두 분께 알려 드리지 못해 죄송하고요. 우리도 언제 어떻게 될지 모르니 아는 사람은 적을수록 좋다고 생각합니다. 우리 셋만 죽으면 아는 사람은 이 세상에 없으니까요."

서금화가 표정을 활짝 펴며 조그맣게 말했다.

"그러니까 우리가 평생의 과업으로 삼던 것을 이루었다는 거잖아요. 그렇죠?"

성진이 대답했다.

"그렇습니다. 해냈습니다요."

"무슨 일이 이렇게 순식간에 벌어지고 순식간에 분위기가 반전되고 그럴까? 어안이 벙벙해요."

윤검군이 미소를 지으면서도 믿기지 않는다는 표정을 지었다.

"세상에…… 그랬구나! 어쩜 하늘이 우리나라를 돕는구나. 하느님이 보우하사…… 애국가 구절처럼 됐네요."

자신의 두 손을 마주 잡고 활짝 웃는 서금화의 눈에는 눈물이 글썽 글썽 고였다. 서금화는 두 주먹을 쥐고 벌떡 일어났다.

"예~쓰! 됐~쓰! 팍스 코리아! 가즈~아!!!"

서금화를 보고 윤검군도 벌떡 일어났다.

"이야!!! 오늘 내 생일이네. 이런 경사스러운 날이 있나. 허허 허…… 뭐 이런 일이……. 허허허허허……."

이서경은 두 사람의 반응에 안심하면서 함께 웃었다. 성진도 무영도 이 순간만큼은 앞날은 잊고 그저 해 냈다는 기쁨을 누렸다. 비로소 오랫동안 마음속에 내재된 사람들에 대한 죄책감도 내려놓는 순간이기도 했다.

윤검군과 서금화는 단지를 어디에 뒀는지 묻지 않았다. 오로지 그들의 오랜 숙원이었던 임무가 완수되었다는 것에 기뻐했다.

"두 분 수고하셨으니 오늘부터 집에서 마음 놓고 푹 쉬시면서 일상 생활을 즐기시기 바랍니다. 그리고 두 분에게 피해가 가면 안 되니까 되도록 우리 세 사람에게 전화하지 마세요. 만나는 건 더더욱 안 됩니다. 우리가 행방불명됐다고 해도 연락이 안 돼도 찾지 마세요. 아셨죠?"

이서경이 윤검군과 서금화에게 당부했다. 즐거워하던 윤검군과 서금화의 표정이 금세 어두워졌다. 긴 한숨과 함께 서금화가 질문했다.

"오랫동안 함께 고민하고 함께 일해 왔는데……, 꼭 그래야만 하나요? 이제 이 땅에 남아서 할 일도 없는데요."

무영이 말했다.

"저나 스님은 일차적인 타깃이 될 거예요. 언제 어떻게 될지 모른다는 얘기죠. 의원님도 그들의 레이다망에 걸렸을 거예요. 그러니 이 의원님께도 그들이 위해를 가할 수 있어요."

"한 나라의 국회의원을 어떻게 함부로 죽일 수 있을까? 더구나 우리나라는 미국의 우방국인데요."

"그들이 그런 걸 따지는 무리들이 아니잖아요."

"하긴, 그렇군요."

"우리 중에 누구라도 남아서 우리나라가 얼마나 쭉쭉 뻗어 나가는지 지켜봐야 할 거 아닙니까? 우리야 저쪽에서 지켜보면 될 거고요."

성진이 손가락으로 위를 가리키며 말했다.

이서경이 두 사람의 표정을 살피면서 달랬다.

"쓸데없는 희생은 바보짓이요. 영광은 대한민국의 것이고 우리 세 명만 희생하면 될 일이요. 우리는 일루미나티의 추적에 최대한 혼선을 주기 위해 마지막으로 해야 할 일이 있어서 또 가 봐야 해요. 혹시라도 이것이 마지막 인사가 될지 몰라서 두 분 기다렸다가 보고 가는 거요. 잘 지내시오."

이서경이 일어서서 배낭을 챙겼다. 성진과 무영도 헐렁한 배낭을 둘러메고 일어섰다.

윤검군과 서금화가 따라 일어섰다.

"아니, 우리도 같이 가면 안 됩니까? 이렇게 안 하셔도 어차피 우리도 한패로 알아낼 거고 우리도 추적당할 거예요."

이서경이 돌아보았다.

"그럼, 그들이 알아낼 때까지 사십시오. 제발, 우리와 같이하겠단 말씀 마시고요."

"언제 우리에게 추적자가 붙을지 모르고 언제 납치당할지 몰라요. 의원님 말씀대로 하세요. 몸 건강하시고 우리 몫까지 잘 살아 주세요."

성진이 윤검군에게 손을 내밀었다.

얼떨결에 손을 내밀던 윤검군이 손을 잡고 성진을 끌어안았다.

"이러지 않아도 되는데……. 남아 있는 우리에게 무슨 마음의 짐을 안기려고 하시오. 같이 갑시다, 스님."

서금화가 윤검군의 등을 두드렸다.

"이래봤자 서로 마음만 아플 거예요. 우리 운명도 얼마 남지 않았어요. 세 분과 죽는 날 차이가 별로 나지 않으니, 저세상에서 만납시다. 남은 일 끝까지 잘 마무리하십시오."

서금화의 말을 듣고 윤검군이 성진을 부둥켜안았던 팔을 풀었다.

"서 선생 말대로 우리도 곧 뒤따라갈 운명이니 하늘나라에서 다시 만납시다. 그곳에서 임무 따위 걱정 안 하고 마음 놓고 우리끼리 놀아봅시다."

"그럽시다."

이서경이 뒤돌아서서 두 사람에게 싱긋 웃어 보였다.

"그래도 조심하세요. 두 분!"

이서경의 말에 서금화가 애써 미소 지으며 화답했다.

"세 분도 조심하세요. 그리고 고맙고 감사해요. 여러분들과 만나서 정말 행복했습니다."

서금화가 뒤돌아선 이서경의 손을 잡고 악수했다. 이어 성진과 손을 잡고 힘차게 악수를 한 다음 무영과도 손을 잡았다.

"이번 생에 무영 군을 만난 건 정말 행운이었어요. 부디 조심하세요. 무영 군의 도력이라면 저들의 손아귀에서 살아날 수 있을지 몰라요."

"제가 그러고 싶은 생각이 없습니다. 이번 생에 볼 일 다 봤으니까 돌아가야지요."

세 사람은 지하철을 타고 다시 서울역으로 갔다. 주차장으로 간 세 사람은 이서경의 차를 성진이 운전하여 고속도로로 나갔다.

뒷자리에서 눈을 감고 있던 무영이 눈을 감은 채 말했다.

"추적자들이 스님의 절을 방문했네요. 저희 집에도요. 저희 집은 부모님이 퇴근 전이어서 못 만나고 돌아갔고, 스님의 절에는 공양주님과 대화하다가 절을 뒤지고 있어요. 네 명이 뒤지고 있네요."

운전을 하던 성진이 대답했다.

"정말 정보력 하나는 끝내 주는군요."

"그건 아닌 것 같군요. 스님과 무영 군은 나사 견학 신청할 때 주소랑 이름을 다 기재하고 신청을 했으니 당연히 알고 있을 거요."

이서경의 말에 성진이 머쓱하게 웃었다.

"오늘 오전에 알아내고 바로 국내에 있는 기관 사람들을 동원한 것이요. 추적이 본격적으로 시작되었구려."

"우리 절 신도부에 의원님은 올라 있지 않습니다."

"공양주가 오늘 누구랑 나갔다고 말했다면…… 뭐, 길게 얘기할 필요도 없을 거요."

"아이고, 공양주에게 지방에 있는 절에 갔다고 말하라고 해 둘 걸 그랬어요."

"그래도 어차피 결과는 같았을 거요."

"진로를 변경해야겠어요. 호텔이나 모텔 말고 민박집이 많은 서해안으로 가지요."

"그렇죠. 숙박부를 쓰면 흔적이 남으니까요."

한밤중에 태안에 도착하여 민박집을 찾아 들어갔다.

꼬박 하루를 그곳에서 보내던 중 갑자기 이서경이 성진에게 말했다.

"스님, 서해 말고 동해안으로 갑시다."

성진이 말없이 이서경을 쳐다봤다.

"하루 쉬었더니 이제 힘이 나는군요. 운전도 계속 스님만 했으니까 오늘부터 내가 하지요."

"소승이 계속하겠습니다요. 평상시에 이경수 보좌관이 운전하는 것만 봐서 의원님 운전 실력을 못 믿겠습니다요. 동해는 절벽도 많고 물이 깊거든요."

잠시 침묵이 흘렀다.

이서경이 헛웃음을 터트렸다.

"그냥 서해안에 있읍시다. 낙조도 예쁘고, 물 빠졌을 때 해루질하는 사람들 구경도 하고요."

오후에 물 빠진 갯벌을 바라보던 무영이 말했다.

"스님의 차가 도봉산 주차장에서 발견되어 도봉산에 있는 절과 산을 뒤지고 있어요."

"어, 벌써 차를 찾아냈다구요?…… 허! 빠르네."

성진이 탄식하자 이서경이 다급하게 물었다.

"그럼 아직 우리의 동선을 파악한 건 아니겠군요. 도봉산을 뒤지고 있으니까요."

"아직은요. 도봉산 자락에 있는 절마다 방문해서 스님의 행적을 묻고 있어요."

"조금씩 옥죄어 오는 느낌이 이런 거군요."

"도봉산 주차장에 소승의 차를 놓고 온 게 정말 묘안이었네요. 일단 시간을 좀 번 거 아닙니까?"

무영이 웃었다.

"저들이 물건을 찾지 못한다면 과거에 만났던 사람들까지 조사할 겁니다. 그 과정에서 윤 이사님과 서 선생님도 드러나겠지요. 아직 우리 행방을 엉뚱한 데서 찾고 있어서 시간은 좀 여유가 있네요."

"엉뚱한 데서 찾아요?"

"예! 스님의 차가 주차된 주변을 탐색하다 주차된 날 밤, 산에 올랐던 사람들을 추적하고 있어요. 그들로서는 당연한 거겠지요."

성진이 손바닥을 '탁!' 쳤다.

"아! 맞다. 4월까지는 없는데 날 좋은 5월부터 야간 산행을 하는 사람들이 가끔 있어요. 도봉산에서 이어지는 산들이 많잖아요. 햇볕 내리쬐는 낮보다 서늘한 야간에 올라가 서울 야경을 감상하며 땀 덜 흘리고 색다른 산행을 한다는 생각에서 젊은 사람들이 삼삼오오로 다니는 거 봤어요. 혼자서 다니기도 하고요. 그 사람들을 쫓는다는 건가요?"

"예! 그런 것 같아요. 우리는 구름으로 불빛을 가리고 다녔지만, 그쪽 사람들은 그럴 이유가 없었으니까 손전등 움직임을 따라갔겠지요. 이야~!!! 인공위성까지 동원했네요."

"스케일이 다르구먼. 설마 인공위성까지 동원할 줄이야."

성진이 탄식했다.

"돈이 있는데 뭐는 못 하겠소. 만약 우리가 가지고 있던 것을 잃었다면 우리도 똑같이 했을 거예요. 무영 군! 우리를 아직 쫓고 있는 건 아니군요?"

"예, 우리 세 명을 쫓고 있지만 엉뚱한 곳에서 찾고 있는 겁니다."

"느긋하게 유람하면 되겠어요."

"우리가 서울로 올라가면 그때는 그들에게 바로 잡혀갈까요?"

"의원님은 국회로 바로 가세요. 국회 의사당에서 대한민국 의원을 어떻게 하지는 못하니까요."

"바로 발각된다는 말이네."

"스님의 절에도, 의원님 집에도, 저희 집에도 다 감시자가 붙어 있어요. 행방을 쫓는 사람들 말고 고정적으로 배치해 놨어요."

"그럼, 귀가하는 즉시 문 앞에서 저들에게 끌려갈 수 있겠군요."

"할 일 다 하고, 정리할 거 다 하고 집에 가야겠어요."

"각각 잡혀갈 테니 미리 말을 맞춰야지요. 의원님과 저는 소매가 흔들거리는 바람에 단지가 깨져서 종로 쓰레기통에 버렸다고 하자구요. 무영 군은 그냥 모른다고 하세요. 그게 가장 나을 것 같아요."

성진 스님의 말에 이서경이 물었다.

"그 사람들이 쓰레기통에 버렸다는 걸 믿을까요?"

"내 생각엔 그냥 스님 소매가 어디에 부딪혀서 깨졌다, 볼품도 없었는데 다칠까 봐 쓰레기통에 버렸다. 그게 더 낫지 않을까요?"

이서경의 말에 성진이 대답했다.

"의원님 말씀이 더 타당성이 있네요. 그럼, 어디다 버렸다고 할까요?"

"쓰레기가 많이 나오면서 아무래도 혼잡한 서울이 좋지 않을까요? 길 가다 길거리 쓰레기통에 버렸고 하찮은 것이라 여겨 기억나지도 않는다. 이렇게요."

"어디쯤에 버렸냐고 물을 것인데…… 하찮은 것이라 아무 생각 없이 버려서 생각도 나지 않는다……구요. 좋습니다. 그렇게 통일하지요. 자꾸 캐물으면 종로 어디쯤인 것 같은데 정말 길 가다가 던져서 모르겠다고 하지요. 무영 군은 내가 가져가서 모른다고 하세요. 나중에 깨져서 버린 걸 들었다고 하면 돼요"

"예, 알았습니다."

"놈들, 쓰레기처리장까지 뒤지는 거 아닐까요?"

"서울 쓰레기 배출량이 어마어마한데 그걸 일일이 뒤지는 건 불가능해요. 게다가 바로바로 꼭꼭 눌러서 매립하니까요."

"가장 일반적이면서 확실한 방법이요."

"우리는 처음부터 그 단지의 가치나 용도를 몰랐던 거고 볼품없는 항아리가 깨져서 길거리 쓰레기통에 버린 겁니다. 끝! 김 도사가 있으니 걱정 안 해도 되겠어요. 이렇듯 훤하게 꿰뚫고 있으니까요. 정말 든든합니다. 이제 서천으로 내려갈까요?"

창문을 열고 달려서 시원한 바람이 들어와 덥지도 않았다.

"이상한 게 다른 곳에는 햇빛이 쨍쨍한데 우리는 햇볕이 들어오지 않아요. 무영 군이 구름을 우리 위에 띄운 건가요?"

성진이 묻자 무영이 대답했다.

"예, 정확히는 제 신들이 그랬지요."

"역시…… 계속 햇볕이 안 들어오더라니."

"구름을 빼 버릴까요? 전 너무 뜨거운 거 싫어서요."

"아뇨, 됐어요. 좋아요. 무영 군이 있으니 구름 양산을 써 보지, 언제 써 보겠어요. 정말 이번 여행은 여러모로 호사를 누리는군요."

"바다 냄새도 실컷 맡아 보고요."

서천에서 저녁을 먹으며 이서경이 반주를 시켰다.

"마음이 편하면서도 어째 도망자 같은 느낌이라 묘한데……."

"소승은 무거운 짐을 내려놓은 것 같아 홀가분합니다요."

성진이 술 한 잔을 따랐다. 무영의 앞에 있던 컵을 엎어 놓으면서 물 한 잔을 들이켰다. 이서경이 웃으면서 무영이에게 말했다.

"아직 미성년이라 술을 감히 권하지 못하겠는데 혹시 마시고 싶으면 마셔요. 무영 군! 여기서 누가 뭐랄 사람 없거든요. 저녁이기도 하고요."

"저는 전생에 많은 사람을 살릴 수 있었는데 평상시 술꾼으로 인식되어 있어서 아무도 내 말을 안 믿었어요. 그래서 이번 생에 그 빚을 갚게 되어 다행이라고 생각합니다. 그래서 술은 이번 생에 안 마시려고요."

"우리 삶이 얼마 남지 않았다면 반듯하게 사는 절제도 좋지만, 본성대로 따라가는 것도 좋을 듯하오만."

"그냥 이대로 반듯한 김무영으로 가겠습니다. 술 때문에 망한 최풍헌의 오명은 전생으로 끝내야지요."

성진이 심각하게 소주잔을 기울이며 말했다.

"그렇게 말씀하신다면 그리하시오. 소승은 전생부터 곡차를 마셨지 술은 안 했거든요. 소승은 술 못 합니다요."

그러면서 또 한 잔을 목구멍에 털어 넣었다.

이서경과 무영이 큰소리로 웃었다.

"절간에서도 곡차는 마셨었죠?"

"당연하지요. 무엇에 얽매인다면 도통했다 할 수 없지요. 무영 군 앞에서 지금 도통을 얘기하는 것 자체가 부끄럽지만 내 나름대로 열심히 했어요."

성진이 안주 삼아 나물을 집어 먹으며 대꾸했다.

"압니다. 성진 대사님!"

이서경은 성진이 무영에게 도력이 밀리는 것에 열등감이 깔린 것을 감지하고 지금은 쓰지 않는 '대사'란 호칭을 붙여 주었다.

식당 근처에 숙소를 잡고 눕자마자 이서경과 성진은 잠이 들었다.

무영은 가부좌로 앉은 채 명상에 들었다.

무영은 허공에 둥둥 떠 있었다.

어두웠던 주위가 밝아지며 드넓은 들판이 펼쳐졌다. 이름 모를 갖가지 꽃들이 피어 있고 은은한 향기가 코끝을 파고들었다. 풀밭이 무성한 초원이 지나고 언덕 위에 나무가 듬성듬성 서 있는 곳이 나왔다. 한쪽에 개울물까지 흐르고 있어 속이 시원하게 맑아지는 느낌이었다. 솔솔 불어오는 바람결에 노랫소리가 들려왔다. 귀에 익은 목소리였다. 노랫소리를 따라 언덕을 올라가니 나무 그늘 아래 누군가의 머리가 보였다. 무영은 그 머리와 목소리의 정체를 단박에 알아챘다.

"미래야!"

풀숲을 지나 나무 그늘 아래에 다다르자, 나무에 기대어 앉은 미래가 보였다.

"네가 여기 웬일이야?"

부르던 노래를 멈추고 미래가 무영을 올려다봤다.

"어머, 너야말로 여긴 웬일이니?"

"어쩐지 목소리가 귀에 익더라니…… 네가 여기 있을 줄이야."

무영은 이곳이 명상 속 공간이라는 것을 인지하고 있었다. 이런 곳에 미래가 있다는 것이 뜻밖이었고 놀라웠다. 눈앞의 미래는 자신이 초등학교 1학년 때부터 봐 왔던 미래의 민낯 그대로였다.

무영이 미래 앞에 쭈그리고 앉아 미래를 보았다. 헐렁한 하얀 티에 청바지를 입고 화장기가 전혀 없는 맨얼굴이었다.

"오늘 일정이 없나? 맨얼굴이네. 계속 텔레비전에서 화장한 얼굴만 보다가 오랜만에 본모습을 보니까 어째 낯설다."

"화장발에 익숙해져서야. 이게 네가 어려서부터 봐 오던 내 모습이고."

"그래 맞아. 어려서부터 봐 온 미래가 맞네."

무영은 미래 옆에 철퍼덕 주저앉았다.

"오랜만에 화장을 안 하니까 못생겨 보이지 않니? 아무래도 눈에 익은 대로 화장을 해야 할까?"

"어, 아냐. 아냐."

최근 미디어 매체에서 보던 미래의 모습도 제대로 화장한 얼굴뿐이었다. 미래가 고등학교에 올라가면서 데뷔하고는 줄곧 화장한 모습만 본 것이다.

"생얼이 더 이쁜 것 같다. 피부가 맑고 하얘서 투명하게 빛나는 것 같아."

"아직은 어리니까 그럴 수도 있겠지만 그래도 화장발이라는 게 있는데……. 내가 무대 올라가기 전에 제대로 화장한 모습 실제로 본 적

없지?"

"없지. 아니 있는 것 같아."

"언제?"

"우리 대학 축제 때 너 공연 왔었잖아. 그때 화장하고 왔잖아."

"아! 맞다. 그랬네. 그때 내 모습이 화려했지? 화장은 못난이도 미인으로 탄생시켜 준다고. 나야 워낙 태생이 미인이니까 화장은 거들 뿐이지만 그래도 화장발은 미모를 완성해 주니까 대단한 기술도 필요해."

"화장에 공학이 필요해?"

"공학까지는 아니어도 숙련된 기술이 필요하다고."

"화장해 주는 전문가가 따로 있지 않나?"

"응, 그러니까 한국에서 제일 잘한다는 샵에서 해 주지. 우리 그룹은 스타잖니."

무영이 활짝 웃었다.

"알아, 너 스타인 거……. 하지만 난 너 생얼이 더 이쁜걸. 정말이야. 학생답게 청순하고 깨끗해 보여. 본연의 모습을 보여 주는 거잖아. 화장하면 더 예뻐 보일지 몰라도 나이 들어 보이고 좀…… 뭐랄까…… 성숙해 보인다고 할까?"

"화장은 무대에 올라가는 사람들의 숙명이야. 관객에 대한 예의이고."

미래가 한숨을 쉬자 무영이 어깨를 다독였다.

"그래도 네가 하고 싶은 거 하고 있잖아. 노래도 하고 춤도 추고. 아까 노랫소리 들리는데 네 목소리인 거 딱 알겠더라. 네 목소리 특유의 맑고 청아함이 있거든. 사람을 끌어당기는 매력이 있는 소리 말이야."

"힘들 때마다 넌 내게 큰 힘이 돼. 고마워. 보컬트레이너 선생님께 내지르는 소리가 약하다고 지적받았었거든. 요즘 많이 좋아져서 고음에서도 힘이 생겨서 자신감도 붙었어."

"잘됐네. 그래서 듣기가 더 편했구나. 너무 잘 부르더라."

"그랬어. 너에게 칭찬받으니까 기분 좋다. 넌 요즘 어때? 대학 생활도 적응이 되었을 거고 3학년이니까 내년에 졸업이네. 대학원 갈 거지?"

"그게…… 모르겠다. 그건 내년 되어서 생각하려고."

미래가 무영을 똑바로 쳐다봤다.

"너답지 않은 대답이야. 넌 몇 년 후의 계획까지 다 짜 가지고 움직이는 애잖아. 당장 일이 년 후의 일을 생각도 안 했다니……. 뭐 문제 있어?"

"아니 없어. 단지 너무 숨 가쁘게 공부만 하다 보니 잠시 사고 정리가 필요한 시기라서 그래. 내년이면 다시 십 년의 계획이 세워 질 거야."

미래의 질문에 무영은 마음에도 없는 대답을 척척 내놓았다.

"그렇지. 그래야 무영이지. 가끔 우리 엄마가 네 얘기를 하셔. 네가 커 가는 걸 한 동네에서 지켜보셨잖아. 네가 내 남자친구란 걸 은근히 좋아하신다. 그러면서 나더러 간혹 다른 남자 아이돌들한테는 눈도 돌리지 말라며 단속하셔. 네가 내 단속을 해야 하는데 우리 엄마가 내 단속을 한단 말이야. 그 소리 들을 때마다 속으로 낄낄대고 웃곤 해. 내가 널 얼마나 좋아하는지 엄마는 상상도 못 할 거야."

"장모님까지 완벽해. 내가 여친은 잘 두었군."

"넌 주변이 다 누나들이겠지만 혹시라도 누가 꼬신다고 넘어가면 안 된다. 요즘에 누나들이 연하들 되게 좋아한다더라. 너 같은 연하남이면 주변에 누나들이 많을 텐데 꼬시면서 사귀자고 덤비는 누나 없어?"

미래의 질문에 무영은 봉선화가 생각났다. 처음에는 마정남으로부터 지켜 주기 위해서 무영의 곁에 있었지만, 마정남이 군대를 간 이후에도 봉선화는 계속 무영의 주위에 있었다. 수업이 끝나면 저녁을 먹고 가자고 했고 저녁을 먹다 보면 막걸리나 소주를 시켜 놓고 술도 권했다. 하지만 무영은 술을 마시지 않았고 언제나 일정한 거리를 두고 있어서 봉선화는 할 말을 입술 끝에 담아 놓고 못 하고 있었다.

"모르겠네. 항상 누나들이 주변에 떼로 있어서 누가 나를 좋아하는지 알 수가 있어야지."

"누구든 절대 안 돼. 알았지? 넌 능력도 굉장한 데다 얼굴까지 잘생기고 키도 크고, 몸 비율도 여느 아이돌보다 더 좋단 말이야. 기획사에서 보면 비주얼만 보고 일하자고 할 정도거든. 그러니 내가 항상 불안해. 네 마음이 변할까 봐."

"그럼, 스무 살 되자마자 시집와라. 불안하지 않게."

"그럴까?!!! 하하하하하…… 그럼 나 활동하면서 결혼해야겠네. 사장님이 허락하실라나?"

미래가 깔깔대며 웃었다.

"결혼한 이이돌 있나? 은퇴하고 결혼하지 않나?"

"에이~ 그건 구시대고 요즘은 결혼한 현역 아이돌도 있어. 문제는 사장님이 허락을 하시냐는 거지. 인기 관리에 문제가 생기면 안 되니까 허락 안 하는 사장님도 있다고 들었거든."

"그건 괜찮아. 내가 사람 마음 움직이는 건 일가견이 있거든."

"아, 맞다. 너 마술 부릴 줄 알지. 그걸 사람 마음 움직이는 데도 쓰는 거야?"

"그건 마술이 아냐. 아…… 뭐라고 해야 하나?"

"네가 전에 때가 되면 말해 준다고 했잖아. 너네 축제에 우리 그룹 갔을 때 내가 너 만나러 가서 주위 사람들이 우리를 못 보게 하고 우리 포옹했었잖아. 앞에 매니저 오빠가 나를 찾고 있었는데도 못 봐서 참 신기했거든. 그리고 넌 내 눈앞에서 사라졌고. 그거 마술이었잖아. 그거 얘기해 줘. 공부만 하는 줄 알았는데 그런 마술은 언제 배운 거야?"

"마술이 아니고 도술을 부린 거지."

"도술?"

"응, 도술."

"도술은 뭐고 마술과의 차이점이 뭔데?"

"마술은 기술적인 거고 도술은 도를 닦는 사람이 술수를 부리는 거."

"너 도를 닦아? 도사님이야?"

"응, 그렇다고 볼 수 있지. 도사!……그거 마음에 드네."

"언제 도를 닦았는데?"

"대학 들어와서 시작했으니 얼마 되진 않았어. 깨우치는 속도가 좀 빨라서 나도 놀라고 있는데 전생에 도를 닦던 가락이 있어서 그런가 봐."

"전생에도 도를 닦았어? 그걸 어떻게 알아?"

"알 수 있어. 전생도 미래도 다 보이거든."

"우와~!!! 정말이야? 그게 가능해?"

"가능해. 얼마든지."

"그럼, 정말 도사님이네. 무영 도사님!!"

"부모님도 주변 사람 모두 내가 이렇게 도를 닦아 도사가 된 줄 모르고 있어. 너도 모른 척해 줄래."

"어라, 이렇게 훌륭한 능력을 지녔으면서 모른 척해 달라고?"

"이 능력이 좋은 것만은 아냐. 바로 내일 사고로 죽을 사람, 곧 병이 들어 아프다가 갈 사람, 철천지원수끼리 어깨동무하고 가는 경우도 있고, 길바닥의 귀신들도 다 보이니까 좋기만 하지는 않아."

"아!!! 그런 것까지 보이는구나. 앞날까지 본다고 했지? 내 미래는 언제? 우리 같은 사람들은 히트곡이 없으면 금방 잊혀지거든. 그래서 늘 하루살이 인생 같아. 한 방에 웃고 우는 거지. 꾸준히 히트곡이 있다면 좋겠지만 말이야."

"네가 하기 싫다고 생각할 때 곡이 나와도 히트하지 않을 거야. 그럼 자연스럽게 활동량이 줄어들면서 은퇴 아닌 은퇴를 하게 되겠지."

"그거 혹시 네가 조절하고 있는 거야?"

"그렇진 않아. 언제나 네 생각이 네 행동을 만드니까 그렇게 된다는 거지."

미래가 고개를 갸우뚱했다.

"아닌 것 같아. 야! 진실을 말해. 너 내 인생을 쥐고 흔드는 거 아냐?"

"무슨 바보 같은 소리냐?"

무영은 내심 뜨끔 하면서도 어떻게 설득해야 할지를 생각했다.

"너 정도의 도사 능력이면 사람 마음을 움직이는 것도 가능하다며.

네가 좀 전에 그렇게 말했잖아. 그럼, 지금 내가 너 좋아하는 것도 네가 내 마음을 조종하는 거니?"

"내가 코찔찔이 시절부터 넌 나를 좋아했잖아. 도를 닦은 건 아주 최근이고."

"어, 그러네. 그럼, 내가 지금 너 좋아하는 거는?"

"너의 일편단심을 내가 어떡하겠니? 내 일편단심도 마찬가지이고."

"그치?…… 내 마음을 가지고 장난치기 없기다."

"그렇게 안 해도 나만 좋아하고 있잖아."

"그렇긴 한데 그렇다고 내 마음을 들었다 놨다 하지 마. 그러면 나 기분 나빠질 거니까. 알았지?"

"알았어."

미래가 무영의 손을 잡았다.

"이렇게 둘이 나란히 앉아 있는 게 얼마 만이야?…… 일 년, 이 년도 넘은 것 같은데……."

"그럼에도 별로 떨어져 지냈다는 생각이 안 든다. 컴퓨터로 네 동영상을 많이 봐서 그런가 봐."

무영은 미래에 대한 경계심은 이미 사라져 버리고 마치 동네 어느 공원에서 호젓하게 일상을 즐기는 기분이 되어 있었다.

"일어나서 산책하는 건 어떨까?"

"난 매일 춤 연습을 많이 해서 앉아 있고 싶은데."

"아!!! 그렇겠다. 미안, 내 생각만 했어. 날씨가 좋아서 그만."

"내가 너라도 그렇게 생각했겠다. 하늘을 봐, 엄청 파랗고 구름도 예쁘게 떠 가잖아. 이처럼 평화로운 세상에 너와 같이 이렇게 있으니

꿈만 같다."

미래가 뒤로 두 팔을 머리에 깍지 끼어 베개 삼아 편한 자세로 벌렁 누웠다.

"하늘에는 뭐가 있을까? 도사님!"

"그건 모르겠고, 이렇게 벌건 대낮에 너랑 있는 게 얼마 만인지 모르겠다."

"누워 봐. 하늘에 구름이 움직이는 게 보여."

미래의 말대로, 미래의 자세로 무영도 누웠다.

미세하게 움직이는 구름을 보며 무영이 말했다.

"구름이 미세하게 움직이는 게 보인다. 자연은 참 신기해. 언제나 바뀌지. 멈추어 있는 게 없어. 물도 바람도 구름도 언제나 움직여."

"이게 다 제자리에 정체된다면 어떻게 될까?"

"공기가 순환이 안 되면 공기가 부족해서 죽는 사람들도 나올 거야. 물이 흐르지 않으면 온갖 박테리아가 들끓을 거고, 썩겠지. 사람들이 먹지 못하는 물이 될 거야. 바람이 불어야 공기가 흐르고 물도 흐르고 움직이면서 순환하지. 자연의 섭리는 거스르면 안 돼. 인위적으로 손대면, 철저한 연구 끝에 하지 않는 거라면 사람들에게 치명적인 보복으로 되돌아올 거야."

"이미 너무 많은 곳에서 인위적으로 손을 대고 있잖아. 사람들의 편의를 위해서."

"잠시의 편리가 엄청난 대가로 돌아올 수 있지. 지금의 기상 이변이라든가 그래서 한쪽에서는 홍수가 나고, 한쪽에서는 가뭄으로 굶어 죽고, 신종 바이러스가 속출하고 사람들이 죽고, 백신을 개발하면 또 다른 바이러스가 나타나고……."

미래가 웃었다.

"넌 언제나 학자 식으로 대답해 주는구나. 난 철없는 학생처럼 질문하고."

"내가 너 가르치는 거 아니야. 기분 나쁜 거 아니지?"

"아냐, 기분 나쁘지 않아. 넌 대학생이고 난 고딩인걸 뭐."

"혹시라도 내가 말실수하면 바로 말해 줘. 그래야만 내가 알 수 있으니까. 다른 사람도 아니고 네가 기분 나빠지면 안 되니까."

미래가 무영을 향해 고개를 돌렸다.

"무영아! 우리 정말 나중에 커서 결혼까지 할 수 있을까?"

"갑자기 그런 질문은 왜 해? 뜬금없이."

"전부터 네 생각 할 때마다 그런 생각 하곤 했어. 우리가 정말 결혼까지 할 수 있을까, 하고. 원래 첫사랑은 안 이루어진다잖아. 그런 속설대로 되면 안 되니까 네가 나한테서 멀어질까 겁나기도 하고. 혹시나 부모님이 연예인 며느리를 싫어하실 수도 있잖아. 그래서 여러 가지로 네 생각만 하면 불안해."

"아니, 난 그런 생각 안 해."

무영도 미래를 향해 고개를 돌렸다. 마주 보는 두 얼굴에서 웃음이 터졌다.

"너무 현실적인 이야기로 갔다. 우리 아직 십 대잖아. 아직 투표권도 없는 미성년자가 결혼을 이야기하니까 좀 비현실적인 느낌이다."

"난 너의 모든 걸 다 좋아하니까 널 죽을 때까지 가지고 싶단 말이야. 초등학교 1학년 때부터 너만 보고 살았다구. 알아? 너만 봤단 말이야.”

미래가 한 손을 풀어 무영의 볼을 콕콕 찔렀다.

“나두 너만 봤어. 알잖아. 내가 널 얼마나 좋아하는지.”

“항상 생각하는 건데 넌 이만큼 날 좋아하는데 난 이따만큼 널 좋아하는 것 같아서 속상하단 말이야.”

“어린애같이…….”

무영이 투정 부리는 미래의 머리 아래로 팔베개를 했다.

“우리가 나중에 결혼해서 같이 살면 매일 이렇게 해 줄 거지?”

“그래!”

“난 언제나 그날을 기다리고 있어.”

무영이 미래의 머리를 끌어당겨 이마에 살짝 입을 맞췄다. 입술을 떼는 순간 갑자기 무영은 정신이 번쩍 들었다. 그리고 지금 이곳은 현실 세계가 아니라는 것을 자각하면서 소름이 돋았다.

무영이 미래를 세차게 밀쳐내면서 벌떡 일어났다.

“아이, 왜 이러는 거야. 무영아!”

“깜박 속을 뻔했다. 미래의 모습에 홀려서…… 가증스럽게 나를 속이려 하다니.”

“뭐? 가증스럽다고? 빡빡한 일정에 시간 내서 여기까지 왔는데 나더러 가증스럽다고…… 너 제정신으로 얘기하는 거니?”

“너는 미래가 아냐. 나를 파괴하려고 온 마귀다.”

두 손을 쥐고 기를 끌어모으는 무영을 본 미래가 슬픈 표정으로 말했다.

“네 마음속에 내가 있다는 것은 거짓이었니? 역시 나 혼자의 짝사

174

랑이었어? 그렇다면 너야말로 가증스럽다. 무엇 하나 믿지 못하는 네가 불쌍하기도 하고 왜 그렇게 의심만 하는지…… 무엇 때문에 사는지 말이야."

무영은 푸른 하늘을 올려다보았다. 현실은 아니어도 현실이고 싶을 정도로 푸르고 좋은 날씨였다.

"젠장, 분명 너는 귀신인데, 미래를 가장한 요괴인데……."

"무영아. 난 네가 나를 그렇게 생각하는 줄 몰랐어. 너를 꼬시는 요물로밖에 생각하지 않았다니……. 설령 나를 좋아하지 않았더라도 지금까지 너와 함께한 시간이 얼만데 나한테 이러니."

"너는 미래가 아니야."

"내가 미래가 아니면 누가 미랜데! 나를 봐. 하늘만 쳐다보지 말고."

미래가 화를 냈다. 무영이 미래를 보았다. 아무리 보아도 미래가 맞다. 하지만 이곳은 명상의 공간이었고 진짜 미래가 올 수 있는 공간은 아니었다.

"넌 그저 미래의 형상을 한 허깨비야."

"단어마저 끔찍한 허깨비라는 소리를 듣다니, 너 정말 내가 알던 무영이가 맞니? 너야말로 뭔가에 씐 거 아냐? 도술을 한다더니 딴 세상에 미쳤구나."

이제 미래가 노골적으로 화를 내고 있었다.

"난 정확하게 너를 보고 있어. 넌 귀신이다."

무영은 마음을 다잡고 손을 올렸다. 미래가 놀라며 뒤로 물러섰다.

"무영아, 난 네 여자친구야. 나를 해칠 셈이니?"

"나를 현혹하지 마라. 요괴야."

"난 요괴가 아니야. 네 여자친구 미래야."

좀 전에 화를 냈던 미래가 슬픈 표정을 지으며 두 팔을 벌렸다. 화장기 없이 하얀 티셔츠에 청바지를 입은 십 대의 순수한 미래의 모습이었다.

무영이 한숨을 쉬었다.

"정말 복사 잘했다. 정말 미래 같아서 속을 뻔했어."

"어쩌다가 무영이가 나를 못 믿게 되었을까. 무엇이 우리를 이렇게 갈라놓았을까."

미래가 뇌까리며 눈물을 뚝뚝 흘렸다.

마음 한켠이 애잔해지며 무영이 들었던 손을 내렸다.

"간혹 네가 날 의도적으로 거리를 두려는 것 같았어. 특히나 요즘에는 그랬지. 그게 나를 요물로 생각하고 있어서 그랬는지 몰랐어. 너무 해."

이성이 지배하고 있지만 미래의 눈물과 울먹이는 음성에 무영은 망설이고 있었다. 그러다 머리를 세차게 흔들었다.

"허상이다. 이것은 허상이고 허깨비일 뿐이다. 꺼져라."

무영은 눈을 질끈 감고 순식간에 손을 들어 미래를 향해 휘둘렀다. 손에서 쏘아져 나간 빛의 덩어리를 맞고 단말마의 소리와 함께 '퍽!' 소리를 내며 미래가 사라졌다.

미래의 허상이 사라진 자리를 바라보며 무영은 왠지 기운이 빠졌다.

"어! 무영 도사! 일찍 일어났군요."

창가에서 안쪽으로 좀 떨어져 가부좌로 앉아 있는 무영에게 이서경이 말을 건넸다. 무영에게서 대답이 없자 이서경이 침대에서 조심스럽게 일어나서 무영의 옆으로 갔다. 무영은 눈을 감고 있었고 몸 주위에 빛이 나고 있었다. 하지만 여느 때와 빛의 분위기가 달랐다. 놀라서 쳐다보던 이서경은 뒷걸음질로 다시 자신의 침대로 와서 앉았다.

잠시 후 성진이 뒤척이며 눈을 떴다. 이서경이 손가락을 입에 대며 조용히 하라는 신호를 하자 성진이 조심스럽게 일어났다. 이서경이 무영 쪽을 바라보자, 성진도 무영을 보았다. 무영의 몸에서 푸른 빛이 섞여서 빛나는 빛을.

무영의 모습을 한참 동안 바라보던 두 사람은 자신들의 침대 위에서 다리를 모으고 명상에 들어갔다.

7시가 넘어서 햇빛이 방안을 가득 채우고 명상에 잠겨 있던 무영이 눈을 떴다. 두 사람이 각자 침대에서 명상에 든 것을 보고 커튼도 걷지 않은 채 조용히 일어나 화장실로 갔다. 조용히 갔음에도 성진과 이서경이 눈을 떴다.

"아까 무영 도사가 이 세상 사람이 아닌 것처럼 보였소이다. 마치 신선처럼 보였어요."

"소승도 그리 보였습니다. 전생의 도력을 회복하고 더 나아가 차원이 다른 도력을 지닌 것 같아 보였습니다. 아마도 부처님을 넘어선 것 같습니다요."

"차원이 다른 도력은 무엇이요?"

"보통 빛은 흰빛이 머리에 둥글게 생기는데요. 무영 도사는 흰빛은 명상 시작하고 몇 개월 만에 나기 시작했고 그 이후로 빛이 한층 더 밝아지고 도력이 높아졌잖아요. 이제 오로라가 온몸을 감싸고 있으니 다른 차원으로 도력이 높아진 거지요. 우리는 감히 범접할 수 없는 경지로요. 나무 관세음보살!"

식사 후에 이서경이 말했다.

"우리가 서울을 떠나온 지 5일쨉데, 이제 그만 서울로 올라가는 건 어떨까요? 무영 도사?"

"찬성입니다. 언제까지 이렇게 떠돌 수는 없으니까요. 듣기 민망하니 도사란 말씀 좀 빼 주세요. 그냥 무영이라고 불러 주세요."

성진이 대답했다.

"그럴 수 없습니다요. 이미 시방세계에 있는 분에게 이름만 부를 수는 없지요. 그럼 '님' 자를 붙일까요?"

"그냥 도사가 낫겠네요."

"그거 봐요. 하하하하……."

"스님, 새만금 방조제 구경이나 하고 갑시다."

이서경의 느닷없는 제안에 잠시 침묵이 흘렀다.

침묵을 깨고 성진이 역제안을 했다.

"의원님, 방조제 가는 거 다수결로 하는 게 어떨까요? 세 명이니까 동점은 없어요."

두 사람이 무영을 쳐다봤다.

"예! 저도 스님 말씀에 찬성입니다."

이서경이 처연한 목소리로 말했다.

"죽음이 두려운 거구먼. 원래 이 여행의 목적은 마지막 여행을 하면서 우리 세 사람의 입을 한 번에 막는 것이었어요. 그럼 단지의 비밀은 영원히 지켜질 거니까요. 하지만 도를 닦는 입장에서 인위적으로 한꺼번에 생을 마감하는 것은 자연의 순리를 거스르는 일이라 판단되어 각자의 결정에 맡기는 것도 괜찮겠지요. 모쪼록 나를 비롯한 누구의 입에서도 비밀은 새어 나가지 않게 합시다. 그것이 정 버거우면 스스로 최후의 선택을 하기로 하고 이겨낼 수 있으면 이겨내고 사는 데까지 삽시다. 특히 무영 도사는 저들에게 안 잡혀갔으면 좋겠군요."

이서경의 말대로 모두 한 번쯤 했던 생각이지만 아무도 입 밖에 내지 않았을 뿐, 이 여행의 최종 목적은 세 명의 자살이었다.

"불가에서 자살은 매우 엄중합니다요. 극락과는 거리가 먼 지옥에 가야 하지요. 이승에서 잠시 고통받는 게 낫습니다요."

성진의 말에 무영이 고개를 끄덕였다.

"예! 저도 각자의 소신대로 생을 마감하는 게 좋다고 생각해요. 어쩔 수 없으면 그때 각자의 판단에 따라 행동하는 거예요."

이서경이 잠시 생각하더니 입을 열었다.

"그럽시다……. 하지만 세 명이 다 죽을 때까지 주변 사람들도 같이 고통을 당할 거요. 그리고 그들이 어떤 식으로 우리에게 접근할지도 미리 생각해야 할 거요."

고속도로를 타고 서울로 올라오면서 무거운 침묵이 흘렀다.

"저도 그렇지만 두 분도 최면술에 걸려 본 적 없으시지요?"

무영의 물음에 이서경이 두 눈을 껌벅이며 놀랐다.

"놈들이 우리를 최면술로 고문하나요? 어허…… 그럼 큰일인데……. 최면 상태라면 우리 의지대로 할 수 없을 텐데요."

"최면술……이면 정말 어떡하지요? 우리 도력으로 이겨낼 수 있을까요?"

성진도 걱정되는 건 마찬가지인 듯한 표정이었다.

"그들이 의원님을 고문할 수는 없잖아요. 스님도 그렇고, 저도 학생 신분이니 물리적으로 고문하기보다는 최면술로 유도해서 자신들이 원하는 답을 얻어내려고 할 거예요."

"아!!! 그렇네. 난 잠들면 잠꼬대한다던데…… 그런 거 아닌가요?"

이서경의 말에 무영이 웃었다.

"그럴 수도 있겠죠. 잠들어서 무의식중에 나오는 잠꼬대 같은 거니까요."

"참선을 오래 했으니 최면술을 걸어도 안 걸리지 않을까요?"

성진의 말에 무영이 대답했다.

"명상에 자주 들었으니 마음을 놓는 방법도 아시지만 명상에 들지 않겠다고 몸부림쳐 본 적은 없으시잖아요?"

"그렇죠."

"명상에 잘 들수록 최면도 잘 걸린다는군요. 그럼, 우리를 다루는 데는 최면술만 한 게 없을 거예요."

무영의 말에 이서경과 성진의 얼굴이 급격히 어두워졌다.

"어떻게 가져온 단지인데 그걸 다시 빼앗길 순 없어요. 우리 모두 죽는다 해도 그건 지켜야 해요."

"그럼요. 다시 뺏긴다는 건 있을 수 없는 일이에요."

성진의 말에 이서경이 덧붙였다.

"아마도 서울에 도착하면 집마다 우리를 잡기 위해 사람들이 배치되어 있을 거예요. 그러니 혹시라도 위험을 느끼거나 하면 나한테 전화하고 국회로 오세요. 국회에서 국회의원은 못 잡아가니까요. 잘못을 해도 대한민국 경찰도 못 잡아가는데 아무리 그들이라도 막무가내로 국회로 들어올 수 없어요. 난 당장 처리할 일이 끝날 때까지 국회에 머물다가 집으로 돌아갈 거예요. 그 전에 두 분에게 무슨 일 생기거나 위험이 느껴지면 국회로 오세요."

"의원님은 하실 일이라도 남아 있지만 저야 그런다고 뭐가 달라지나요?"

성진의 말에 이서경이 고개를 흔들었다.

"나보다 먼저 죽지 마시오, 스님!"

"아마 저들의 첫 번째 타깃이 소승일 겁니다. 어이구 머리가 밤송이가 됐네. 며칠 머리에 손을 안 댔더니…… 볼썽사납게 자랐어요."

까슬까슬한 머리를 손으로 비비며 성진이 말했다.

무영은 두 사람 생각에 마음이 착잡해졌다. 추적자들에게 잡혀가기 전에 죽을 생각을 하고 있었다. 그러면서 어떻게 죽을 것인지에 대해서는 아무도 입 밖에 내지 않고 있었다.

'똑같은 생각을 하면서도 아무도 입 밖에 내지 않는다.'

"이제 휴대폰을 켜도 될까요?"

이서경이 무영에게 물었다.

"예!"

행담도 휴게소에서 식사도 하고 차를 마셨다. 이서경은 의자에 앉은 채 식곤증이 왔는지 깜박 잠이 들고, 성진과 무영은 바다를 바라보며 말없이 생각에 잠겼다.

한참을 말없이 바다만 바라보던 무영이 성진에게 말을 건넸다.

"스님, 서울에 올라가시면 도봉산 주차장에서 차를 가지고 가셔야

181

지요?"

"아!!!…… 그래야지요."

"차로 먼저 가지 마시고 계산부터 하시고 차에 타세요."

"그들이 그곳에도 와 있군요."

"절에도 있을 거예요."

"꼼짝없이 내가 일 번 타자군요."

"차를 타신 채로 큰 절로 가시면 며칠은 더 버틸 수 있을 거예요."

"내 절로 돌아가면 그걸로 끝이라는 얘기군요."

무영은 대답하지 않았다. 성진도 예상한 그림이었을 것이다.

"이미 공양주에게 윤 이사님과 서 선생님에 대한 이야기도 캐내어 두 분도 위험에 처해 있어요."

"공양주가 사람이 착해서 누구에게도 경계심이 없어요. 이럴 땐 좀 조심해 주면 좋으련만……."

"이미 벌어진 일인 걸요."

"두 분을 살릴 방법은 없는 건가요?"

"두 분을 살리는 방법은 우리가 사는 방법과 동일해요. 그들은 단지를 찾지 못하면 직접 연관된 모든 사람에게, 다시 말하면 우리 다섯 사람을 끝까지 추궁할 겁니다. 수단, 방법 다 동원하겠지요. 살아 있다면 결국 말하게 만들 거고, 찾아내고 말 거예요."

"결국 우리 세 사람이 죽어야 끝나는 게임이요. 이겼는데 다 죽다니…… 이상한 게임이네. 다 죽는데 이기다니…… 참 아이러니하군요. 그죠?"

"예, 말씀대로 참 아이러니합니다."

무영이 웃으며 성진의 말을 따라 했다.

서울 요금소를 지나고 양재동으로 나와서 강남으로 향했다. 이서경이 전화를 받고 차를 세우라고 했다. 차가 서자 뒤에 승용차 한 대가 같이 서고 뒤차에서 내린 남자가 이서경 일행에게로 다가왔다.

"의원님, 저 왔습니다."

"어, 이 비서! 잘 있었어요? 운전 좀 해 줘요. 스님이 며칠 계속 운전을 하셨거든요. 매우 피곤하실 거예요."

이경수 비서관이었다. 무영과는 미국에 갔을 때 동행했던 인물이었다. 또 한 명의 비서는 이서경과 일행에게 인사만 하고 다시 뒤차로 갔다.

성진이 옆자리로 가고 이경수 비서관이 운전석에 앉았다.

"무영 도사 집이 이 근처지요? 무영 도사 집 앞에 내려 줄까요?"

"저기 정거장 앞쪽에서 내려 주세요. 걸어갈게요."

"어? 걸어가다 그들에게 잡히면 어쩌려고. 분명 집 주변 어딘가에 있을 텐데."

이서경의 말에 무영이 씨익 웃었다.

"걱정 마세요. 두 분보다 제가 어리니까 좀 더 길게 살 거예요."

"그래도 안심이 안 되는데."

무영이 손을 들어 이서경 눈앞을 스쳤다. 순간 이서경의 앞에 있던 쭉 뻗은 강남대로의 수많은 차들이 사라졌다. 대신 푸른 초원이 쫙 깔리고 양옆으로 산이 우뚝 서 있었다.

"어, 뭐야. 왜 이래. 여기 어디요?"

이서경이 화들짝 놀라자 이경수가 놀라서 차를 세우고 뒤를 돌아봤다. 무영이 빙그레 웃었다.

"아무 일도 아니에요, 형! 잠깐 장난쳤어요."

무영이 다시 손을 이서경의 눈앞에 갖다 대자 현실의 강남대로가 나타났다.

"아유, 깜짝이야. 놀래라…… 어떡해! 알았어요. 무영 도사 말대로 하세요."

이서경이 놀란 가슴을 쓸어내리며 머리를 절레절레 흔들었다.

"의원님, 괜찮으세요?"

이경수의 걱정하는 표정을 본 이서경이 손을 들었다.

"괜찮아요. 저 앞 정거장 앞에 무영 도사를 내려 주세요."

"예! 알았습니다, 의원님!…… 근데 무영 군을 도사님이라고 부르시네요?"

비서의 물음에 이서경은 대답하지 않았다. 무영이 내리면서 말했다.

"두 분이 같이 다니지 마세요. 안녕히 가세요."

자동차 문을 닫으며 무영이 다시 고개를 한 번 숙이고 싱긋 웃고는 골목을 향해 걸어갔다.

무영이 자신의 집이 보이는 골목에 들어섰을 때, 전봇대에 기대어 잡지를 읽고 있는 남자가 보였다. 그리고 몇 집 건너 바닥에 주저앉아 휴대폰으로 게임을 하고 있는 남자가 있었다. 무영의 집 양쪽에서 길목을 지키고 있는 것이다.

'나를 안 보이게 해 줘. 저들 눈에 띄면 안 되니까.'

무영은 잡지를 보고 있는 사람의 앞을 지나 집으로 갔다. 대문을 열고 집으로 들어가도 아무도 눈치채지 못하고 있었다.

잠시 후에 휴대폰을 보니 이서경에게 문자가 와 있었다.

'집에 잘 들어갔나요?'

무영은 즉시 문자를 보냈다.

'역시 그들이 집 양쪽에 있어서 눈 가리고 들어왔어요. 제 걱정 마세요.'

이서경에게 바로 문자가 왔다.

'다행, 역시 대단한 도사님! 스님 종로3가에 내려 드리고 국회로 가는 중.'

문자대로 이서경의 차는 국회 입구에서 짧게 10초 정도 섰을 뿐, 그대로 통과해서 주차장에 차를 세우고 있었다.

저녁 6시가 넘은 시간에 배낭을 멘 성진이 종로3가에서 내려 걸어가면서 어딘가로 전화를 걸었다. 잠시 후, 맞은 편에서 한 스님이 빠른 걸음으로 성진을 향해 다가왔다.

"아이고! 스님, 어쩐 일이십니까? 이 저녁에."

"오랜만이요. 혜정 스님! 잘 지내셨습니까?"

합장하며 맞절한 두 스님은 친근하게 서로의 안부부터 물었다.

"소승이야 잘 지내고 뭐고가 있습니까. 스님처럼 득도를 못 했으니 문제가 많은 중이지요. 찾아뵙지 못해 죄송합니다."

"별말씀 다 하시오. 할 일 많은 스님이 구석에 찾아오시는 것보단 할 일 없는 중이 찾아오는 것이 맞지요. 그리고 왠지 오늘은 스님이 그리워서 불쑥 찾아왔소이다."

혜정의 말에 성진이 너스레를 떨었다.

"소승이 보고 싶으셨다고요? 어이구, 이심전심이란 게 이런 거군요. 어제부터 소승도 스님이 자꾸 생각이 나서 조만간 한 번 찾아뵈어야겠다고 생각하던 참입니다."

"아! 그랬어요? 스님 득도하셨구먼. 내가 올 걸 아셨다는 거 아뇨?"

"알았던 게 아니라 소승도 보고 싶었단 말씀을 드리는 거지요. 하하하하……. 어쨌든 반갑습니다. 그런데 머리가 조금 자라셨네요?"

"며칠 손을 못 댔더니 좀 자랐군요. 내일 손을 좀 봐야지요."

성진이 밤송이처럼 올라 온 머리를 쓰다듬으며 웃었다.

"어디 다녀오셨습니까?"

"예! 팔도 유람 좀 했어요."

"조금 피곤해 보이십니다. 공양간에서 공양하시고 좋은 말씀 듣겠습니다."

"난 그저 스님 얼굴 보러 온 거요."

성진과 혜정은 전라도의 한 절에서 동자승 시절을 같이 보냈다. 절에서 숙식을 같이하고 학교도 같이 다니며 십 대의 젊은 시절을 형제처럼 친구처럼 붙어 다녔다. 이십 대에 접어들면서 본격적인 수도 생활을 위해 큰 절로 각각 떨어져 지내게 되었지만, 둘은 종종 만나서 수도의 어려운 점을 토로하면서 위로하고 격려하며 돈독한 관계를 유지해 왔다.

이십 대에 접어들면서 성진의 수도는 한순간 일취월장하는 전환점을 맞으면서 높은 경지로 쭉쭉 올라가고 있었다. 그러던 중에 절로 찾아온 이서경의 눈에 들어 서금화를 만나게 되었지만, 처음에는 이서경도, 서금화도 성진은 탐탁지 않게 여겼다. 한참 정진하는 재미로 수도에 몰두하던 성진에게 두 사람은 방해꾼과 다름없었기 때문이었다. 하지만 서금화의 뛰어난 언변과 끈질긴 설득은 성진의 마음을 열게 만들었다. 그리고 사십 대에 접어들면서 이서경이 남양주의 야산자락 아래 작은 절을 지어 성진을 주지로 앉힌 것이다.

도의 문이 열리고 두 사람을 알게 되면서 두 사람의 이야기가 혜정에게는 전달되지 않았기 때문에 비밀 아닌 비밀도 생기고 혜정과 만나는 일도 점차 줄어들고 있었다. 그러던 중 혜정도 서울의 큰 절로 와서 수도를 하면서 가끔 얼굴을 보기는 해도 절에 관한 이야기와 도에 관한 이야기였을 뿐이었다.

성진은 혜정에게 '단지'에 대한 이야기는 끝내 한 마디도 비치지 않았다.

"스님, 우리 어릴 적 무수히 같이 잤던 그 시절 기억나시오? 왠지 오늘 스님 옆자리가 생각이 나서 말이요. 아이고, 이런. 눈가에 주름이 또 하나 생겼군요."

"나이 먹으니 주름이 훈장처럼 생기긴 하는데 훈장값을 못하고 있어서 부처님께 죄짓는 기분입니다."

"스님은 이미 부처님이시오."

두 스님은 어린 시절 이야기와 수도 생활 중 힘들었던 이야기, 재미있었던 이야기로 밤늦도록 회포를 풀었다.

사고

다음 날 새벽, 성진은 택시를 타고 도봉산 주차장으로 향했다. 자신의 승용차를 타고 절 마당까지 들어갔지만, 낯선 사람은 아무도 없었다.

'잠시 잠자고 밥 먹으러 갔나 보군.'

암자로 들어간 스님은 며칠 젊어지고 다니던 배낭을 던지고 수건을 챙겨 화장실부터 갔다. 바리캉으로 밤송이처럼 올라온 머리부터 깨끗하게 밀었다. 샤워를 하고 승복으로 갈아입은 다음 법당으로 갔다.

열흘 만에 제대로 된 아침 예불을 올리는 것 같았다. 예불이 끝나고 뒤를 돌아보니 공양주가 스님 뒤에 와서 절을 올리고 있었다.

"와 계셨구려. 나무아미타불 관세음보살……."

"스님이 자리를 비우셔서 절 손님 대접하느라 혼자 힘들었습니다요. 이제 어디 가지 마셔유, 스님!"

"절 손님이 많았어요? 누가 그렇게 나를 찾던가요?"

"스님이 어디 다녀오시겠다고 나가시고 이틀인가 삼 일 지나선가 웬 등치 좋은 한국 남자 두 명과 외국인 두 명이 와서 스님을 찾았더랬시유. 손님과 같이 나가셔서 안 계시다고 하니께 가신 곳을 꼬치꼬치

캐묻다가 지가 모른다고 했거등요. 스님이 안 가르쳐 주셨으니께 지가 모르잖유. 그러니까 그 덩치 좋은 것들이 인상을 쓰면서 지를 협박하는데 무서워서 죽는 줄 알았구먼유."

"뭐라고 협박하던가요?"

"스님, 꼭 알고 계셨던 것처럼 물으시네유. 스님, 알고 계셨던 거지유?"

성진이 말없이 고개를 끄덕였다.

"아유, 그럼 그렇지. 그런데 그놈들 깡패 아닌감유? 우리나라 깡패랑 외국 깡패가 왜 스님을 찾쥬?"

"어떻게 협박하던가요?"

성진이 재차 물었다.

"스님 간 곳을 모른다고 하니께 절을 뒤지더구만유. 출근하는 김 보살에게도 이것저것 물어보는데 무서워서 경찰에 신고하고 싶었더랬시유. 그런데 한국인 덩치가 경찰에 신고해 봤자 소용없다고 으름장을 놓으면서 또 자기네는 깡패가 아니니께 무서워하지 않아도 된다고 또 좋게 말하는 거유. 절을 홀라당 뒤집어 놓고는."

"겁나셨군요. 그래서?"

"그놈들이 스님과 함께 나간 손님들에 대해서 묻대유. 처음에는 무슨 꿍꿍인지 몰라서 대답을 안 하다가 같은 말을 두세 시간 계속 물으니께 얼떨결에 아는 대로 대답을 하게 되더구먼유. 스님, 지가 잘못 말한 거예유?"

"잘하신 건 아니지만 어쩔 수 없었잖아요."

공양주가 고개를 숙였다.

"지가 잘못한 거 맞구먼유. 끝까지 버텼어야 했는디…… 계속 물으니께, 휴대폰도 뺏고 전화도 못 쓰게 했구먼요. 겁나서 경찰이라도 부르려고 했는디…… 못 했시유. 신도부도 사진만 찍고 그냥 놔뒀고, 뭘 찾는지 모르겠지만 아주 샅샅이 뒤지며 뭘 찾는 것 같더구먼유. 그놈들이 뭘 노리고 절을 찾아왔는지 모르지만 가면서까지 스님이 언제 돌아오냐고 묻고, 다음날도 아침부터 와서 스님이 오셨냐고 묻고, 또 그 다음 날도 와서 묻더니 요즘 안 온다 싶었거든유. 근데 김 보살이 출근하다 보니까 절 입구에 놈들이 탄 차가 있다는 거에유. 엄머. 얼마나 소름이 돋던지. 스님! 오시다가 그넘들 못 보셨시유?"

"아마 조금 있다 올 겁니다. 만약 그 사람들과 제가 가고 삼 일이 지나도 제가 돌아오지 않는다면 제 암자의 탁자 서랍을 열어 보세요. 쪽지가 하나 있을 것이니 읽어 보시고 그대로 하십시오."

"예? 못 돌아오신다구유? 아이구, 이게 뭔 일이래유?…… 지금이라도 경찰에 신고할까유? 스님, 아직 그놈들 오지 않았잖아유?"

공양주가 놀라서 주머니에서 휴대폰을 꺼내 들었다. 성진이 공양주의 손을 막으며 말했다.

"그 사람들 말대로 신고해도 소용없어요."

공양주가 걱정과 놀라움이 뒤섞인 얼굴을 한 채 격앙된 목소리로 성진에게 물었다.

"왜요. 스님! 이 의원님이 계시잖유. 우리나라 국회의원님 뒷배가 있는데…… 그리고 이 의원님과 같이 나가셨잖유. 근디 왜유? 의원님께 저놈들 혼내 주라고 하세유. 아니…… 의원님께 무슨 일이라도 생겼남유? 그 누명을 스님이 쓰신 거 아니에유?"

성진은 웃음이 나왔다. 공양주가 드라마를 많이 보더니 상상하는 게 남다르다는 생각이 들었다.

"아이고, 보살님, 너무 많이 가셨네. 절대 그런 쪽 아니니 걱정하지 마세요."

"그럼, 속 시원히 말씀 좀 해 주셔유. 이게 뭔 일이래유. 그 깡패 같은 넘들이 왜 스님을 잡아가유? 왜?"

"잡아가는 게 아니라 같이 가는 거예요. 그들이 내게 물어볼 말이 있어서 온 것 같아요. 난 말할 게 없는데 말이죠. 그리고 의원님도 무사하시니 걱정하지 마시고 혹시라도 내가 또 먼 곳으로 갈 수도 있어서 절을 오래 비우게 될 경우를 대비해서 적어 둔 것이 있으니 삼 일이 지나도 오지 않으면 열어 보세요."

성진이 법당을 나와 절 안팎을 돌아보았다.

공양주 부부의 손길에 마당은 깨끗하게 쓸어져 있었고 마당을 둘러싼 화단과 나무들도 잘 가꾸어져 있었다. 꽃 한 송이 한 송이가 저마다 색다른 빛깔과 향기를 내뿜으며 고운 자태를 뽐내고 있었다. 절 한켠에 있는 오래된 소나무가 오늘따라 더 소중하게 보였다. 보리수와 밤나무, 단풍나무, 은행나무, 봄마다 나물을 내어 주는 두릅나무 등 마당 뒤까지 둘러보았다.

아침 공양을 마치고 절 뒷산으로 올라갔다. 산 중턱에 앉아서 절을 내려다보며 이런저런 생각을 하고 있는데 절로 들어오는 길에 검은색 차가 진입하는 것이 보였다. 여러 명이 탈 수 있는 승합차로 꽤 커 보였다. 차는 절 입구 건너편에 주차하고 더 이상 움직이지 않았다.

성진은 천천히 일어서서 산을 내려가다가 멈췄다. 또 한 대의 차가 절로 들어오고 있었다. 그 차는 일반 차량이 아닌 경찰차였다. 경찰차는 절 입구에 잠시 멈춰서서 맞은 편에 세워 놓은 차량을 보다가 이내 절로 들어섰다. 그러자 승합차도 따라서 절로 들어와 주차했다.

'공양주가 기어이 경찰을 불렀구나.'

성진은 서둘러 산에서 내려갔다.

승합차에서 내린 남자 두 명이 큰소리로 공양주를 불렀다. 경찰이 내리자 두 남자가 쳐다보았다. 공양주가 나와서 경찰에게 인사하고 승합차에서 내린 건장한 남자에게 말했다.

"이 사람들이 이유는 알려 주지 않고 하도 찾아와서 우리 스님을 찾아 쌌는디 내가 이유라도 알려고 경찰을 불렀시유."

"경찰, 소용없다고 했을 텐데. 아줌마!"

남자 한 명이 살짝 인상을 찌푸리며 말했다.

배가 살짝 나와서 나이가 좀 있어 보이는 한 명과 삼십 대로 보이는 젊은 경찰 두 명이 다가오자 두 남자가 경찰 쪽으로 돌아섰다. 경찰이 허리춤에 손을 대며 방어 태세를 취하자, 남자 한 명이 양손을 반쯤 들고 흔들었다.

"아이고, 수고하십니다. 우리가 매일 찾아오니까 아줌마가 신고하셨나 봐요. 저희 수상한 사람들 아닙니다."

경찰이 여전히 경계하며 물었다.

"수상한 사람도 아닌데 왜 매일 절에 나타나는 거요? 절도 뒤지고 협박까지 했다던데?"

"우리가 잃어버린 물건이 있는데 CCTV에 찍힌 걸 보니 그걸 스님이 가져가셨어요. 그래서 물건 찾으러 온 거예요. 그런데 스님이 안 계시니 매일 올 수밖에요."

공양주가 나섰다.

"말도 안 돼유. 시방 스님이 도둑질이라도 했다는 거유? 우리 스님이 뭐가 부족해서 도둑질을 혀? 말도 안 되는 소리 하고 있어."

"휴대폰 좀 꺼낼게요. 보여 드릴 사진이 있어서요."

남자 하나가 경찰에게 말하자 경찰이 고개를 끄덕였다. 남자가 주머니에서 휴대폰을 꺼내 들고 뭔가를 찾았다. 그리고 휴대폰을 경찰에게 내밀었다.

"이것 보시오. 이 두 장의 사진을 잘 보시지요. 아주머니도 이리 오셔서 이 사진 보세요."

공양주가 남자의 휴대폰으로 머리를 들이댔다.

"이 스님이 이곳 주지 스님 맞지요?"

남자가 질문을 하면서 휴대폰의 사진을 확대시켜 보여 주었다.

"어…… 맞는 것 같은디. 그런데 이 사진이 어쨌다고?"

"스님의 소매를 보십시오. 이쪽은 들어갈 때고 이쪽은 나갈 때의 사진이요. 들어갈 때는 정상적인 소매였는데 나갈 때는 이쪽이 뭔가 들어 있는 것처럼 축 처져 있지요?"

공양주는 대답하지 않았다. 남자가 말한 대로 두 개의 사진은 옷소매에 분명 차이가 있었다.

"이게 당신네 물건이 아닐 수도 있잖여. 스님은 언제나 바랑이나 배낭을 짊어지고 다니시니께 배낭에서 뭘 꺼내어 옮겨 담을 수도 있슈. 금방 쓰실 거라면 충분히 그러실 수 있어유."

공양주로선 나름 타당한 논리를 펼치느라 치열하게 머리를 굴리며 스님을 옹호하고 있었다. 나이 든 경찰도 공양주의 말에 동조하며 남자들을 쳐다보았다.

"이분의 말씀도 일리가 있소. 스님이 무슨 물욕이 있어서 물건을 훔치겠소. 이 사진에만 의지해서 스님을 괴롭히는 건 실례요. 게다가 이 사진의 배경이 같은 배경이 아니잖소."

일그러져 있던 공양주의 얼굴이 펴지며 남자를 향해 삿대질을 했다.

"거봐. 내 이럴 줄 알았어. 우리 스님한테 뭐 뜯어먹으려고 사진 찍어서 협박하려는 거 아녀? 그럴 줄 알았어. 우리 스님이 얼마나 고명한 스님이신디, 이런 몹쓸 사람들 보겠나. 이러니 내가 경찰을 불렀지."

나이 든 경찰이 공양주의 말에 힘을 실어 줬다.

"여보시오. 이 절에서 수년 동안 한 번도 신고가 들어온 적이 없어요. 오히려 나도 이 절의 스님이 신통한 스님이라는 명성을 듣고 있던 참이라 한번 찾아뵙고 싶었던 참이요. 덕망 높은 스님을 잘못 건드리면 신도들에게 민원이 들어올 수 있어요. 그리고 잘못하면 당신들 무고죄로 다칠 수가 있으니까 이 절의 출입을 삼가해 주시오."

휴대폰을 들고 있던 남자가 휴대폰을 주머니에 넣으며 헛웃음을 지었다.

"그렇군요. 그처럼 고명하신 스님이었군요. 무고죄라…… 그건 아닌 것 같은데요. 어쨌든 이 절 안으로만 안 들어오면 되나요?"

나이 든 경찰이 공양주를 보았다. 경찰을 믿고 의기양양해진 공양주가 두 남자를 쏘아보며 말했다.

"그래요. 절대로 이 절 안으로 한 걸음도 들어오지 말아유. 스님에 대한 모욕적인 말도 다 기분 나쁘니께. 그동안 이것저것 다 보여 줬던 거 생각하니께 정말 분하네. 에이~ 쌍!"

공양주의 입에서 거친 소리가 나오자 젊은 경찰이 웃었다.

"그럼, 진작 신고하지 그랬어요."

"아…… 처음에는 이게 뭔 일인가 해서, 처음 겪는 일이라 당황해서 생각을 못 했시유. 그리고 이 사람들이 경찰에 신고해 봤자 소용없다고 나한테 그랬거들랑유. 아이구야! 그러고 보니 이 사람들, 나한테 협박까지 했네. 나 이사람들 고발해야컷네. 경찰님들, 이 사람들 잡아가시오. 이 사람들이 그동안 나한테 경찰에 신고해도 소용없다고 협박하면서 이 절 안팎을 다 뒤지고 그랬거들랑요."

"절을 뒤져요? 절을 뒤졌어요?"

경찰이 두 남자를 보면서 물었다. 남자가 조금 당황해하며 대답했다.

"아…… 그게 혹시 없어진 물건이 있지 않나 해서요. 그래서 좀 살펴봤지요."

"그게 살펴본겨? 신도 명부 적힌 것까지 수십 권을 다 사진 찍고 부처님 모신 법당까지 다 뒤졌으면서."

젊은 경찰이 말했다.

"그건 명백히 위법이요. 개인 정보 보호법에도 저촉이 되고요. 무단 침입죄, 보살님의 신고를 받아들여 경찰서까지 가 주셔야겠습니다."

경찰이 뒤이어 물었다.

"저 차량은 당신들 차지요?"

두 남자가 서로 쳐다보다가 대답했다.

"맞아요. 하지만…… 아니요. 경찰서에 가서 얘기합시다. 어차피 이렇게 된 거 까놓고 하지 뭐. 갑시다."

"이 사람들, 다시는 이 절에 얼씬도 못 하게 해 줘유. 며칠 동안 이 사람들 때문에 얼마나 공포스러웠나 몰라."

하지만 승합차에 타고 있던 남자들도, 경찰 앞에 있던 두 명의 남자도, 절 주차장 한쪽에 세워 둔 스님의 차를 놓치지 않고 보았다. 남자들은 순순히 경찰차를 타고, 절로 들어왔던 승합차도 경찰차를 따라갔다.

차들이 눈에 보이지 않을 때쯤 성진이 절로 내려왔다. 성진을 발견한 공양주가 뛰어와서 방금까지 있었던 이야기를 늘어놓았다.

"말씀 안 하셔도 압니다. 산 위에 있다가 오는 거 보고 내려오고 있었는데 다 내려오니까 경찰과 갔군요."

"제가 그놈들 단단히 혼쭐내 주라고 했으니께 못 올 거유. 경찰이 그러더라구유. 무단 침입죄, 또 뭐라더라…… 어…… 그렇지. 신도 명부를 다 찍었다고 했더니 개인 정보 보호법에 걸린다면서 잡아간 거유. 그놈들 당분간 못 올 거에유."

"이따 오후에 또 올 거요."

공양주가 자신의 무용담을 호들갑스럽게 늘어놓는 중에 성진의 한마디는 공양주의 말을 막아 버렸다.

"예? 그놈들 구속되는 거 아닌감유?"

"어떤 일이 일어나더라도 공양주는 하시던 일을 하시면 돼요. 걱정 마시고요."

"아니 난 그동안에 시달려도 스님이 안 계시니께 나만 시달리면 됐는데……. 저놈들이 스님을 해코지하면 어쩌나 해서 오늘은 아침 일찍 신고한 거지유. 절 입구 쪽을 보고 있다 그놈들 차가 들어오길래 바로 신고했거들랑유. 경찰이 빨리 와서 잡아간 건 좋은데 오후에 또 나타날 거라구유?"

"그럴 거예요."

"왜요? 그 사람들이 말한 대로 스님이 그 사람들 거 뭐 가져오신 거예유? 소매에 뭐 넣어 오셨다고 그러더라구유."

성진은 일부러 갑자기 생각난 듯이 과장되게 팔을 벌리며 말했다.

"아!!! 그것 때문이었구나. 이달의 구설수가 그거였구나……. 아이고, 예! 모르고 가져오기는 했는데 가져오다 깨져서 버렸어요. 볼품도 없고 하찮은 것이라 버렸는데 그들이 그걸 찾아서 여기까지 오리라곤 생각도 못 했어요. 정말 길거리에 굴러다녀도 아무도 주워가지 않을 못생긴 거였어요."

"뭘 가져오시기는 하셨네요. 아유~ 왜 그러셨어유."

"버려져 있던 것이었어요. 그것도 화장실에 있던 것이어서 아무 생각 없이 소매에 넣었는데 저 사람들이 화장실에 버린 걸 왜 찾는지 나도 궁금하군요. 만나면 물어봐야겠어요."

"그랬구나. 그게 비싼 건가 봐유."

"비싼 걸 왜 화장실에다 버려요? 별로 비싸 보이지 않았어요. 굴러다녀도 아무도 주워가지 않을걸요. 난 그냥 단지를 쓰레기통에 버리는 게 낫다고 생각해서 가지고 나온 거예요. 공양주는 제 생각이 잘못되었다고 생각되세요?"

"아뇨. 그렇진 않지만 화장실 쓰레기통에다 넣을 수도 있었잖아유?"

"거긴 쓰레기통이 없었어요. 하지만 걱정 마세요. 저들이 다시 와도 할 말이 있고 나도 궁금하니까 물어볼게요."

공양주의 표정이 한결 밝아졌다.

성진의 말대로 오후 세 시가 넘어가면서 승합차는 다시 절 입구에 나타났다. 그리고 오전에 절 안으로 들어오지 않겠다는 말과 다르게 또다시 차를 절 마당에 주차하는 것이었다.

공양주가 뛰어나오려 하자 뒤에서 성진이 공양주를 불러 세웠다.

"들어가세요. 아침에 내가 한 말 잘 기억하시고요. 저 사람들은 나에게 묻고 싶은 걸 해소하기 전에 돌아가지 않아요."

승합차에서 남자 셋이 내렸다. 두 명은 아침에 봤던 남자들이었고 한 명은 외국인이었다. 아침에 봤던 남자 중의 한 명이 다가오며 말했다.

"스님 만나기 참 어렵습니다. 며칠 동안 계속 찾아왔었는데 드디어 만났군요."

성진이 합장을 하고 고개를 숙여 인사하며 천천히 물었다.

"소승도 전해 들었습니다. 며칠 동안 찾아와서 공양주가 힘들었다고 하더군요."

"우리가 스님께 뭘 좀 물어볼 게 있습니다."

"말씀하십시오."

"며칠 전 나사에 견학 방문하신 적이 있으시지요?"

"예, 있습니다. 산 중에서 매일 하늘을 바라보던 터라 하늘 위 너머에 뭐가 있는지 평소 궁금했거든요."

"거기에서 혹시 요만한 단지, 검은 단지를 소매에 넣어 오셨죠?"

"화장실에 버려져 있던 거요?"

"예, 맞습니다. 화장실이요."

"그거 깨지면 사람들 다칠 거 같아서 소매에 넣어 왔지요. 거긴 쓰레기통도 없어서…… 쓰레기통에 버려야 사람들 안 다칠 거 아니에요. 그런데 소매에 넣고 흔들거리다 어디서 부딪혔는지 깨져서 버렸어요."

"깨졌다고요?"

"예! 뭐 워낙 까만 데다 작고 볼품없었어요. 이쁘면 고이 가져왔을 건데, 신경 안 쓰고 소매가 흔들거리니까 어디 부딪혀서 깨진 거죠. 잘 됐다 싶어 미련 없이 쓰레기통에 탈탈 털어서 버렸습니다요."

한국 남자의 통역을 전해 들은 외국인의 얼굴이 심각해졌다. 남자가 말했다.

"저희는 단지의 주인이 보내서 온 사람들입니다. 다른 사람들에게는 볼품없는 물건일지 몰라도 주인의 입장은 좀 다르거든요. 어떤 이유로 그 물건이 화장실에 놓이게 되었지만, 주인은 그 물건을 되찾고 싶어 해요. 그래서 스님이 그렇게 말씀하신 걸 우리가 그대로 전해 드려도 믿지 못하실 거예요. 물건에 대한 애착이 남다르신 분이라……. 스님께서 직접 가셔서 설명해 주시면 고맙겠습니다."

"뭐요? 아니, 뭐 그렇게까지 해야 되나요?"

성진이 짐짓 놀라는 척하자, 남자가 추궁했다.

"깨트린 책임이 있잖아요."

"아~ 그럼 화장실에 버리질 말던가. 버리려면 쓰레기통에 버리던가."

"화장실에 버린 게 아니요. 누군가 훔쳐서 못 가지고 나가니까 임시로 거기에 뒀던 거고 그사이에 스님이 가져간 거예요."

"아……! 그래요? 하지만 그건 내 알 바 아니잖소?"

"이보시오, 스님. 아까도 말씀드렸듯이 물건은 임자에게 있어야 그 가치가 있는 거요. 주인이 물건이 돌아오기를 기다리고 있는데 가져가지 못하면 우리가 난처해져요. 그리고 스님은 그 단지를 임의로 가지고 왔고 깨트리기까지 했으니 어떤 식으로든 책임을 물을 것이요."

"책임이요? 어떤 책임?"

"그러니까 그 방법은 우리가 결정할 일이 아니니 같이 가셔서 협상해 봅시다."

성진은 잠시 생각하는 듯하다가 아침에 민 머리를 쓰다듬었다.

"어이구, 좋은 일 하려다 똥 밟았네. 이게 무슨 변괴람. 알았소. 단지값을 달라고 하면 합리적인 값으로 주면 되잖소. 그거 항아리 가게 가면 오천 원이나 만 원이면 살 수 있겠던데 비슷한 거 사 주면 되지 않을까요?"

남자가 어이가 없는지 웃었다.

"안 돼요."

"그럼, 도자기 만드는 데다 똑같은 모양으로 주문해서 다시 만들어 드릴까요?"

"안 돼요."

"뭐, 안 된다는 말만 하시오. 그럼 어쩌자는 거요?"

"일단 그 단지의 주인과 만나 보시지요. 우리가 협상할 수 있는 문제가 아닌 것 같소."

"이달에 구설수가 있다더니 더럽게 걸렸네. 좋소. 단지 주인과 협상해 보도록 하지요. 내가 깬 건 사실이니까."

성진이 뒤에 있던 공양주에게 고개를 살짝 끄덕이며 다녀오겠다는 인사를 했다. 공양주의 표정이 급격하게 일그러지더니 울먹거리기 시작했다.

남자들에게 이끌려 성진이 승합차에 타고 차가 빠져나가자, 공양주는 그 자리에 주저앉았다.

성진의 양옆에 두 남자가 있었다. 차가 남양주의 일반 도로로 나오자 오른쪽에 있던 남자가 성진의 어깨를 잡고 코에 뭔가를 갖다 댔다. 성진은 잠든 듯이 쓰러졌다.

꿈인지 생시인지 의식이 몽롱하다. 뭔가 눈앞에서 아른거리며 왔다 갔다 하고 있었다. 무슨 소리가 들렸다. 알아들을 수 없게 먼 곳에서 모깃소리처럼 앵앵거리더니 점차 커지다가 이내 묵직한 저음의 목소리로 다가왔다. 눈을 번쩍 떴다.

"깨어났나?"

천둥처럼 들리는 굵직한 목소리에 안개가 싹 걷히며 성진의 눈앞에 외국인 한 명이 자신을 쳐다보고 있었다. 반사적으로 몸을 일으켰다.

'그렇지, 내가 뭔가를 맡고 기절했었어. 마취제였나?'

고개를 돌려 살펴보니 병원은 아닌 것 같았다. 사방 벽이 단순한 벽지로 되어 있고 사방에 부착된 것은 아무것도 없었다. 자신이 누워 있는 침대와 의자 몇 개가 있었고 의자에 사람이 앉아 있었다.

"우리는 당신이 영어를 잘한다는 것을 알고 있소."

하얀 얼굴에 광대뼈가 불거져 나오고 눈이 움푹 들어간 백인 남자가 낮은 목소리로 말했다.

"여기가 어디고 당신들은 누구요? 누구길래 죄 없는 수도승을 이렇게 묶어 놓는 거요?"

성진과 가까이 있는 낮은 목소리의 남자, 두 걸음 뒤에 흑인과 백인, 두 명의 남자가 더 있었다. 그들의 얼굴을 하나씩 차례로 훑어보며 영어로 물었다.

이 사람들이 누군지, 어딘지 궁금하지도 않은 질문을 던져 놓고 성진은 한숨을 쉬었다.

"어딘지가 중요한 게 아니라 당신이 우리 물건을 가져간 게 중요하지요, 스님!"

"내가 산속에서 도를 닦는 입장에서 물욕을 멀리하거늘 무슨 도적질을 한단 말인가. 뭔가 오해가 있는 듯하오. 이곳에 오기 전에도 말했지만 말한 그대로요. 내 잘못이라면 그 단지를 실수로 깨트려서 쓰레기통에 버렸다는 거요. 그렇다고 사람을 이렇게 대하다니…… 인권유린이 심하군요. 우리 경찰을 불러 주면 경찰을 통해서 뭐든 얘길 할 테니 대한민국 경찰을 불러 주시오."

"하! 경찰을 통해서 할 거 같으면 당신을 이곳까지 데려왔을까요?…… 바보인가?"

"뭐, 바보?"

성진이 화를 내자 뒤쪽 백인 남자가 옆에 있던 흑인 남자를 손으로 밀어 앞으로 나서게 했다.

"이 중 말대로 인권에 관한 거니까 거친 말은 삼가도록 하지."

백인 남자가 고개를 끄덕였다.

"긴말하지 맙시다. 일주일 전에 당신은 워싱턴 나사를 견학한 적이 있지요?"

"그렇소."

"그때 남자 학생과 동행했었고요?"

"네! 같은 한국인이라 같이 다녔소. 그게 뭐가 어때서요?"

"그때 사고가 있었어요. 테러 집단이 여기저기 휘젓고 다니면서 무언가를 훔쳐내어 우주선 모형 전시관 화장실에 알맹이를 버리고 껍데기만 들고 다니다 잡혔지요. 그런데 당신과 그 학생이 그 화장실에 들어갔다 나온 것이 CCTV에 잡혔어요. 나올 때 당신 소매 한쪽이 축 늘어진 게 보였고요. 들어갈 땐 나풀거리며 들어갔는데 말이지요."

잠시 말을 끊고 남자는 성진의 표정을 살폈으나 그의 표정은 변하지 않았다.

"그건 이미 이곳에 오기 전에 말했소. 화장실에서 그 단지를 주웠고 화장실에 쓰레기통이 없어서 그대로 놔두는 것보다 쓰레기통에 버리는 게 나을 것 같아서 소매에 넣어 왔던 거요. 그런데 그 조그만 단지가 내 소매 안에서, 어디서 부딪혔는지 모르지만 깨져 있습디다. 그래서 원래 생각했던 대로 쓰레기통에 버렸어요. 서울 종로 어딘가에서 말이요. 며칠 전이니 이미 쓰레기처리장에 묻혔을 거요."

"쓰레기통이라…… 그걸 믿으라고?"

"어째 나를 범죄자 취급하는 것 같아 기분이 안 좋군요. 우리나라 경찰을 불러 주시오. 내가 잘못했다면 우리나라 법에 따라 처벌받겠지만, 알지도 못하는 당신들에게 이런 수모를 당할 수는 없소. 단지값을 물어 달라면 물어 주고 비슷한 걸 사다 달라면 사다 드리겠소. 단지 주인이시오?"

성진이 앞에 선 남자의 눈을 똑바로 올려다보며 말하자 남자가 휴대폰을 꺼내 들며 분노에 찬 소리로 욕을 해 댔다.

"단지값을 물어 준다고? 맙소사…… 이 중이 무슨 말을 하는 거야. 나도 그 단지가 얼마만큼의 값이 나가는지 알고 싶지만, 그 단지는 값을 매길 수가 없어. 알아? 이 중놈아!"

남자는 휴대폰에 그림 하나를 띄워 성진에게 보여 주었다. 남자의 표정은 점점 일그러지고 있었고 치밀어 오르는 화를 누르는 게 눈에 보일 정도였다.

"자, 이 그림을 보시오. 이 단지가 스님이 소매에 넣어 가지고 간 단지지요?"

5일 전 밤 땅속에 묻힌 불사조가 그려진 검붉은 단지의 사진이었다.

"맞소만, 검은색은 내 취향이 아니요. 법당에 있는 건 주로 흰색이나 푸른색이 감도는 도자기지요. 내가 도자기를 좋아해서 덥석 줍기는 했는데 하얀색이라든가 푸른색이라면 가져와서 뒷산에 피는 들꽃이라도 꽂아 놨을 거요. 검은색은 영 아니지. 그래서 신경을 안 썼더니 깨졌던 것 같소."

앞에 서 있던 남자가 느닷없이 침대를 걷어찼다. 침대가 밀려가 벽에 부딪히며 성진의 몸도 같이 벽에 부딪혔다. 성진이 외마디 비명을 질렀다.

"네놈이 쓰레기통에 들어가면 들어갔지. 그 단지가 쓰레기통에 처박힐 물건은 아니야."

벽에 머리와 어깨를 심하게 부딪친 성진의 입에서 피가 흘렀다. 손으로 입가에 흐르는 피를 닦으면서 몸을 추스르며 앉자, 앞의 남자가 몸을 앞으로 숙이며 물었다.

"종로 어디다 버렸나? 그리고 워싱턴에서 돌아오자마자 닷새 동안 어디를 그렇게 돌아다니셨나? 엉?"

남자는 험악한 인상으로 성진을 다그쳤다.

"종로 어디쯤인지는 나도 몰라. 정말 검은색은 내 취향이 아니야. 법당에 한 번 가 보라고. 그리고 중들은 전국 각지의 절을 다니면서 수도하는 게 이곳의 오래된 관습이다. 이번에 잠깐 돌아다닌 건 수도 때문은 아니었고 친구를 만나 보기 위함이었어. 동자승 때 같이 머리 깎고 같이 학교 다니고 같이 수도했던 스님들을 잠시 만났었지. 마지막에 만난 스님이 서울에 있다. 종로에 큰 절이 있지. 그곳에 혜정이라는 내 절친이 있어. 미국에 다녀온 자랑 좀 했는데…… 쿨럭."

성진이 자신에게서 흐르는 피를 보며 큰 소리로 말했다.

"지방의 절친은 어느 절인가? 닷새 동안 다녔던 곳을 말해라."

"단지값을 물어 달라면 물어 주고 비슷한 것을 구해 달라고 하면 구해다 주겠소. 사람, 죄인 취급하지 마시오. 이곳은 어디요? 당신 집은 아닌 것 같소만."

"그 물건이 특이한 물건이라서…… 그렇겐 안 돼. 모양이 비슷하다고 해서 성능까지 비슷하진 않으니까. 잔말 말고 닷새간의 행적이나 말하시오."

"나는 전라도에서 자랐고, 그 지역에서 출가했고 그래서 그곳에 아는 스님들과 지인들이 많소. 우리 같은 수도승이 외국에 나갔다 오는 것이 흔한 일은 아니라서 그곳 스님들에게 자랑도 하고 싶었고 오랜만이라 그쪽 지인들을 만나고 온 것이요."

"도를 입으로 닦았군. 미리 연습해 둔 거짓말이다."

"나는 당신이 묻는 것에 대답해 줬는데 당신은 내 질문에 대답을 안 했소. 당신은 누구고 여기는 어디요?"

"단지의 주인은 단지만 원한다."

"나한테 아무것도 말해 주지 않고 무조건 단지만 내놓으라는 거군요. 깨진 단지를 버렸다고 분명히 말했고 원한다면 값을 물어 주겠다고 했소. 어떻게 더 하란 말이오. 깨트린 건 내 불찰이지만 그것이 그렇게 소중한 물건인 줄 몰랐소. 알았더라면 화장실에서 가지고 나오지도 않았을 거요. 그러니 내가 중이라는 점을 감안해서 단지 주인에게 내가 해 줄 수 있는 협상카드를 제시해 보시오. 그대로 해 줄 테니까요."

"우리가 원하는 건 단지요. 다른 건 필요 없소. 닷새간의 행적을 첫날부터 말해 봅시다. 차근차근……."

앞에 남자가 집요하게 다시 물었다.

"아, 정말…… 아까 말한 대로라니까요."

"지금 말 안 한다고 해도 당신은 말을 하게 되어 있어. 그 단지가 목적이 아니었다면 두 번이나 화장실에 들어가지 않았을 테니까."

"하 참, 나를 죽여도 더 이상 바뀌는 말은 없을 거요. 그게 다니까."

성진은 속으로 뜨끔하면서도 승복에 묻은 피를 손으로 문지르며 담담하게 말하자 남자의 목소리가 단호해졌다.

"고집불통이군. 더 이상 말 안 하겠다?"

"할 말이 있어야지. 쬐끄만 단지 하나 가지고 아주 팔자를 고치려고 하는군. 중에게 뭐 뜯어먹을 게 있다고."

"뭐야?"

"내가 어쩌다 깬 단지를 빌미로 돈 뜯어내려는 수작이잖아. 안 그래?"

성진은 처음에 흔들리던 마음을 가라앉히고 현재의 상황을 역이용하기 시작했다. 예상치 못한 반격에 남자의 표정이 일그러졌다.

"이 중이 제정신이 아니군. 우리가 너의 **뼈마디**를 하나씩 부러뜨릴 수도 있다는 걸 알아라. 그 고통을 받고 말하는 것보다 안 다치고 지금 말하는 게 나을 거야."

"당신에게 이곳이 어디냐고 물었는데 대답도 안 해 줬어. 한국에서 종교인을 이렇게 가둬 놓고 심문하는 것은 우리나라 경찰도 영장을 발부해야만 가능한 일이다. 너희는 대한민국의 경찰도 아니면서 스님을 잡아 가둬 놓고, 협박하고, 폭행하고, 심문하고 있다. 여기는 분명 한국 땅일 것인데."

남자가 큰소리로 웃었다.

"하, 이 중이 겁이 없는 것인지 상황 파악을 못 하는 것인지…… 여기가 어딘지 그게 중요한 게 아니라니까. 정말 바보 아냐?"

"내가 바보이긴 하다만 너희 같은 깡패와는 차원이 다른 바보니라."

"중이라 현실 감각이 없구나. 어차피 당신은 우리에게 다 말해 주게 되어 있어. 당신이 아무리 거짓말을 해도 말이지."

의미심장한 미소를 지어 보이며 앞의 백인 남자가 고개를 돌렸다.

"준비할까요?"

뒤 의자에 앉아 있던 백인 남자가 일어서며 말했다.

"음, 쉴리만 박사 쪽으로 이동해서 준비시키게나."

"옛~썰!"

남자 두 명이 방을 나가고 남자 한 명과 성진만 남겨졌다.

성진은 침대 위에서 두 손바닥을 하늘을 향해 포개고 가부좌를 틀고 앉았다. 그리고 숨을 한 번 크게 들이켰다 내쉬었다. 그리고 온 힘을 다해 외부의 공기를 더 이상 받아들이지 않았다.

의자에 앉은 남자는 휴대폰을 들여다보며 가끔 성진을 힐끔 쳐다보곤 하였다.

얼굴과 옷자락에 묻었던 피가 말라갈 무렵, 두 남자가 들어왔다.

"어이, 부처 흉내 그만 내고 눈 뜨고 내려와. 나가자."

의자에 앉아 있던 남자가 휴대폰을 주머니에 넣으며 말했다. 하지만 성진은 눈도 뜨지 않았고 가부좌를 풀지도 않았다.

"이봐."

남자가 성진의 어깨를 두드려도 미동도 않자, 남자는 옆으로 힘을 주어 밀었다.

"이봐, 갈 데가 있으니까 일어나."

성진의 몸이 저항 없이 가부좌 튼 자세 그대로 침대에 쓰러졌다. 성진을 건드린 남자도 뒤에 있던 두 남자도 일제히 놀라 성진에게 달려들었다. 한 남자가 성진의 코에 손을 대 보았다. 들숨, 날숨이 없었다.

"몸이 아직 미지근한데, 방금 죽은 거 같아."

"너 감시하고 있었잖아. 무슨 일 있었어."

"아까부터 저 자세였어. 중이니까 수도하는 자세라 그냥 뒀지. 근데 어떻게 죽었지?"

"일단 의사에게 옮겨. 살려내야 한다. 이자에게서 알아내야 할 것이 있어."

세 남자는 허둥지둥 성진을 들쳐 업고 밖으로 뛰쳐나갔다.

역삼동 집에 있던 무영은 성진의 죽음을 느꼈다.

'이제 시작이구나.'

국회에 들어간 이서경은 비서진에게 돌아가며 보고받고 그동안 밀렸던 일을 하며 국회 사무실에서 생활했다. 성진이 걱정되어 전화해보고 싶은 마음이 간절했지만, 통화 이력이 독이 될 수 있으므로 꾹 참는 수밖에 없었다. 참고 참다가 공양주에게 전화를 하니 며칠 전부터 성진을 찾던 낯선 남자들과 승합차를 타고 낮에 나가서 돌아오지 않았다고 한다. 예상한 일이었지만 가슴이 철렁 내려앉았다.

"돌아오면 전화 주시오."

공양주에게 당부하고 전화기를 꼭 쥐고 다녔지만, 저녁 내내 전화기는 울리지 않았다.

문자 메시지가 떴다. 무영이 보낸 메시지였다.

'스님이 조금 전 작고하셨습니다.'

이서경의 손이 부들부들 떨렸다.

'다음은 무영 도사와 내 차례다.'

그렇다고 서금화와 윤검군의 안전도 장담할 수 없었다. 상대방이 어디까지 알아냈는지 궁금했지만, 주변 누구와도 이야기할 수 없었다.

이서경은 무영에게 전화했다.

"성진 스님이 돌아가셨다고요?"

"예."

이서경은 잠시 말을 못 잇다가 다시 물었다.

"그럼, 그들이 윤 이사와 서 선생도 알아냈을까요?"

"예, 두 분에 대해서도 그동안의 행적을 좇아서 스님과 연관이 있다는 것을 알아냈어요. 두 분에게도 추적자들이 붙을 것 같아요."

"두 분이라도 사셔야 하는데…… 무슨 방법이 없을까요?"

"없어요."

"무영 도사, 내일 국회로 오세요. 무영 도사가 옆에 있으면 그래도 내가 안정이 될 것 같아요. 누구라도 있어야지. 내가 좀 불안하군요."

"내일 바로 간다는 말씀은 못 드리고 갈 수 있으면 조만간 갈게요. 마음 편히 가지세요."

"알았어요. 그래도 목소리라도 들으니…… 좋군요. 지금 집이지요?"

"예."

"놈들이 집에 들이닥치지 않아요?"

"제가 집에 들어와 있는 줄도 모르는걸요."

"그렇구나. 무영 도사니까 가능한 거요. 일반 사람이라면 벌써 잡혀갔을 거요."

"스님과 머지않아 만날 거니까 끝까지 하시던 일 담담하게 하세요."

"그래요. 우리끼리라도 전화 자주 합시다."

전화를 끊은 이서경의 마음이 조금 가라앉았다.

무영의 신통력이라면 지금 이 세상의 모든 것을 쥐락펴락 할 수 있는 정도여서 저들을 따돌리고 살아남는 것은 일도 아닐 것 같았다. 하지만 무영이 자신도 머잖아 성진과 만날 것이라는 건 곧 죽는다는 것이었다.

'살아남아 이 땅의 영광을 지켜보는 것도 좋으련만.'

이미 죽을 걸 알고 있었으면서도 성진의 죽음에 적잖은 충격을 받은 후라 이서경은 윤검군과 서금화가 걱정되었다.

'초연할 줄 알았는데 죽음 앞에서 인간은 나약할 수밖에 없구나.'

하루 종일 사무실에서 컴퓨터로 무언가를 알아보던 이서경이 오후에 이경수 비서관에게 대포폰 세 대를 개통해 오라고 지시했다. 이경수 비서관이 대포폰을 개통해 오자 주소가 적힌 작은 쪽지 하나를 내밀었다.

"내가 남해 쪽에 집을 하나 빌렸어. 당분간 서금화 선생과 윤검군 이사님을 이곳에서 이 비서가 좀 같이 지내줘요. 이 비서 개인차로 가고. 전화는 대포폰만 이용하도록 하고, 전화기에 이름 붙인 대로 주세요."

"혹시…… 전에 뒤를 쫓던 놈이 다시 쫓는 겁니까?"

"응?…… 아! 맞아…… 그놈들이 포기를 안 했나 봐. 이번에는 꽤 위험하니 자네도 조심해 주길 바라. 뭐 무기를 써도 되고."

"무기요? 제가 무기가 어딨어요."

"자네 몸이 무기지만 그래도 여럿이 덤빌 때를 대비해서 뭐라도 몸에 지니고 다니는 게 좋겠어요."

"며칠 전에 우리 경찰과 미군이 함께 와서 의원님에 대해 묻고 간 것과도 연관이 있군요. 그때 무영 군과 스님에 대해서도 같이 질문을 하더군요."

이경수 비서관의 질문에 이서경이 말없이 고개를 끄덕였다.

"의원님이 불법을 저지를 분은 아니지만 우리 경찰이 의원님을 찾는데 미군까지 대동했다는 게 영 꺼림칙합니다. 여쭤봐도 말씀 안 해 주실 거지요?"

이서경이 다시 고개를 끄덕였다.

"만약에 그들 손에 무영 도사가 죽는다면 그다음은 내 차례일 거요. 그리고 내가 죽는다면 그다음에는 윤 이사와 서 선생일 거요."

이경수가 입을 떡 벌렸다.

"도대체 왜요?"

"누가 죽는다고 해도 결코 기사로 나가지 않을 것이고 우리가 죽임을 당한다고 해서 그것을 파헤치려는 자 또한 죽임을 당할 것이니 이 비서관은 무영 도사가 당하면 그의 죽음에 연연하지 말고 이 비서관이 지킬 것을 지키면 되는 거요."

"모두 사망하면요?"

"그럼, 이 비서관의 임무는 끝나는 것이니 다른 직업을 찾아봐야겠지요. 이 비서관의 임무는 거기까지요."

이경수가 한숨을 팍 쉬었다. 이서경이 그런 이경수의 어깨를 다독거리며 말했다.

"나와 우리 회원들은 이 나라를 위해 소임을 다 했으니 사실 오늘 죽어도 여한은 없어. 그들이 우리를 죽이려고 다가오는 것이 아니라 무엇을 알기 위함인데 우리는 그것을 알려 줄 수가 없거든. 그러니 너무 땅 꺼지게 한숨 쉬지 마시게."

"다섯 분만 아는 국가 기밀인가요?"

"그런 셈이지."

"알겠습니다."

이서경을 하늘같이 믿고 따르는 이경수는 더 이상 묻지 않고 인사하고 나갔다.

밤 9시가 다 된 시간이었지만 이서경은 윤검군과 서금화에게 각각 전화해서 성진의 죽음을 알렸다.

"두 분도 연루된 것을 알아냈다고 하니 안전을 위해 따로 계시는 것보다 같이 계시는 게 좋을 것 같은데요."

이서경의 의견에 서금화가 난색을 드러냈다.

"부부도 아닌데 어떻게 한집에 있어요. 불편하잖아요."

"수도하시는 분들이 그런 생각을 하십니까? 밀렸던 수도를 하세요. 두 분 다."

"이 상황에서 수도에 집중이 될까요?"

"지방에 집을 하나 빌려 두었어요. 이경수 비서관이 두 분을 돕기 위해 갈 겁니다. 준비하셨다가 이 비서를 따라가세요. 필요한 건 이 비서에게 말씀하시고요."

"아, 예! 고마워요."

밤 11시가 되자 서금화의 아파트에 윤검군의 자동차와 이경수의 자동차를 나란히 세워 놓고 서금화의 집에서 가지고 온 짐들을 실었다. 장기 여행에 필요한 물건들이라 짐이 꽤 많아서 윤검군의 차에도 나누어 실었다. 두 사람에게 낮에 개통한 대포폰을 각각 나누어 주고 윤검군의 차에 서금화가 옆에 타고 출발하자 이경수가 뒤따라갔다.

서울을 빠져나와 고속도로를 달리며 한밤중에 야반도주라도 하는 것처럼 이상한 기분을 안은 채 말없이 윤검군과 서금화는 남쪽을 향해 갔다.

서울을 출발한 지 한 시간 가까이 되어서 윤검군이 입을 열었다.

"우리는 이렇게까지 하지 않아도 되는 거 아니요?"

"성진 스님이 이렇게 빨리 돌아가실 거라고 생각하셨었나요?"

"……."

"무영 군이 스님이 돌아가셨다니까 의원님 말씀대로 조심하는 게 상책이지요. 저들이 우리까지 이렇게 빨리 알아낼 줄 몰랐어요. 하지만 신들이 우리의 명도 경고하고 있는데요. 사고 조심하라고요."

"허허허……. 뭐 이래 죽으나 저래 죽으나 별 미련 없소이다……만 서 선생과 내가 쌍으로 도망자가 될 줄은 몰랐소이다."

"저도 윤 이사님과 한밤중에 이렇게 장거리 드라이브하게 될 줄은 몰랐어요. 기분도 이상하구요."

"천만다행이요. 서 선생이나 나나 홀몸이라 오해할 가족이 없어서 말이요."

"그건 그러네요."

두 사람이 이런저런 이야기를 하며 안성을 지났다.

"이 비서관에게 전화 좀 해요. 휴게소에서 잠깐 쉬게. 기지개도 켜고 커피 한 잔 마시고 가야지."

두 대의 차가 망향 휴게소로 나란히 들어가 간식 코너 앞에 정차했다. 윤검군이 차 문을 열고 나오며 허리를 쭉 펴고 두 팔을 휘둘렀다. 서금화가 나오자 곧장 화장실부터 들르고 간식 코너로 둘이 직행했다. 커피를 세 잔 사 들고 뒤늦게 화장실에서 나오는 이경수에게 한 잔을 건넸다.

"이 커피 받아요. 졸음운전 하면 안 되니까 커피 마시고 입 운동도 할 겸 간식도 챙겨 갑시다. 우리 비서관님은 간식 뭘 좋아하시나?"

"전 잡식성이라서 다 잘 먹습니다."

이경수가 활기차게 웃으며 대답했다.

한밤중이라 손님이 별로 없어서 주문한 음식은 바로바로 나왔다. 윤검군과 서금화는 버터통감자구이 하나와 호떡을 하나씩 들었다. 이경수는 매운 핫바에 감자튀김을 가지고 자리를 잡고 앉아 커피와 함께 먹었다.

이경수가 감자칩을 씹으며 문득 자기 차를 보니 옆에 화물차와 승용차가 주차되어 있었다. 아까 자신과 윤 이사가 주차할 때는 없던 차량이었다.

'화물차 안에는 운전자가 스포츠용 모자를 쓰고 뒤로 기대지도 않은 채 앉아 있다. 지금 도착한 건가? 승용차에는 사람이 없는데…….'

이경수는 주위를 둘러보았다. 주차장에서는 이경수가 도착하기 전부터 있었던 연인 한 쌍이 자기네 차로 돌아가고 있었고 이제 막 도착한 화물차에서도 한 남자가 내리고 있었다. 간식 코너에도 남자 하나가 있었는데 조금 전에 자신이 거쳐 왔던 감자튀김을 사고 있었다. 반팔 티셔츠에 알통이 불거져 나온 옆모습이 왠지 낯이 익었다.

'어디서 봤더라?'

감자튀김을 받아 들며 남자가 이경수 쪽으로 고개를 홱 돌렸다. 순간 이경수는 이 남자가 누군지 기억해 냈다.

'올해 초, 미국에서 귀국할 때 비행기에서 잃어버렸다고 작은 통을 돌려 달라고 의원님께 찾아온 놈이다. 목소리가 낮았고 한겨울에 두툼한 옷을 입었음에도 운동 좀 한 티가 몸 밖까지 느껴지던 강골의 이미

215

지였다. 그놈이다.'

이경수가 남자를 빤히 쳐다보자 남자도 아무 말 없이 마주 쳐다봤다. 잠시 그렇게 마주 보다가 남자가 이경수에게 다가왔다. 이경수는 속으로 당황했지만 태연하게 남자를 바라봤다. 이경수 옆에는 자신이 지켜야 할 윤검군과 서금화가 맛있게 통감자를 이쑤시개에 꽂아서 먹고 있었다. 남자가 세 사람이 앉아 있는 탁자 앞에서 멈춰 서자 이경수가 내심 잔뜩 긴장하며 음식을 내려놓고 만약을 대비하였다.

"아직 밤공기가 찹니다. 어르신도 계신데 힘들게 밤에 가시네요. 바쁘신가 봐요?"

남자는 한 손에는 커피, 한 손에는 방금 산 감자튀김을 들고 질문했다.

윤검군이 감자를 우물거리며 서 있는 남자를 올려다보았다.

"응, 우리가 좀 바빠요. 지금은 먹느라 바쁘고."

서금화도 감자를 우물거리다 남자를 올려다보았다. 마침 서금화에게 눈을 돌린 남자와 눈빛이 마주치자, 서금화가 먹던 감자를 힘들게 넘기며 신음을 토해냈다. 그리고 얼굴빛이 창백해져서 고개를 돌렸다.

"그래요. 저도 바빠서 밤에 움직이고 있는데 힘드네요, 어르신! 어디까지 가십니까?"

"어디까지 가던 우리 일에 참견하지 말고 당신 가던 길이나 가시오."

이경수가 서금화를 보고 뭔가 심상치 않음을 느끼며 남자의 질문을 차갑게 끊었다.

"여행길에는 친구도 잘 사귀어진다고 하더니 그것도 아닌가 봐요. 혼자라 심심해서 잠시 말동무 좀 하려고 했더니만…… 잘 가십시오."

남자가 고개를 숙이고 있는 서금화를 한 번 더 보고 다시 간식 코너로 갔다. 남자가 좀 멀어지자, 서금화가 부들부들 떨면서 말했다.

"저, 저 사람, 사람을 많이 죽인 사람이에요. 저 사람…… 피 냄새가 나…… 그리고."

그제서야 서금화에게 눈을 돌린 두 사람은 상황이 심상치 않음을 감지했다.

"무슨 소리요, 서 선생?"

윤검군이 고개를 숙여 서금화의 안색을 살피며 묻자, 서금화가 천천히 고개를 들었다.

"사람을 많이 죽인 살인자예요. 그리고 우리도 죽일 거예요."

이경수가 바짝 긴장하며 샌드위치를 사고 있는 남자를 다시 주시했다.

'역시 저놈이었어. 그동안 의원님 주변을 돌며 감시하고 위험을 느끼게 한 놈이…….'

"서 선생님은 특별한 능력이 있으시군요. 어떻게 그런 능력이 있어요?"

이경수가 처음 본 서금화의 능력에 놀라며 창백해진 서금화를 보았다. 여전히 가늘게 떨고 있는 서금화를 윤검군이 등을 토닥이며 안정시키고 있었다.

"전생에 우리 서 선생이 도를 통한 도인이었어요. 아주 특별한 사람이었지. 지금은 그때에 반(半)도 미치지 못하지만, 여전히 사람의 전생까지 꿰뚫어 보는 눈만큼은 탁월하지요."

이경수가 이서경에게 한 번 듣기는 했지만, 능력을 본 것이 아니라서 항상 궁금하던 것이었는데 지금 그 궁금증의 한 부분이 풀리는 것 같았다. 이서경 의원쯤 되는 사람이 일개 어린 학생을 깍듯이 대하는 것이 제일 이상했고 윤검군이나 서금화와도 전혀 어울리지 않는다고 생각해 왔던 것이다.

"이 의원님께 저 사람의 존재를 알려야겠어요."

이경수가 이서경에게 전화를 걸어 지금의 상황을 알렸다. 전화를 끊은 이경수가 서금화를 보며 가라앉은 목소리로 말했다.

"의원님이 두 분 다시 국회로 돌아오시랍니다. 집에도 가지 마시라 네요."

"그럼, 저놈이 미국에서 파견된 놈인가?"

윤검군이 불안한 눈빛으로 남자를 바라보았다.

"그럴 가능성이 높습니다."

"우리나라 사람이잖소."

"그게 무슨 상관인가요. 그들 조직이 어느 지역에 한정되어 있지 않은 것을요."

서금화의 눈길이 남자를 따라가며 진정하려고 애쓰며 말했다. 남자 가 샌드위치를 받아 들고 되돌아와 옆 테이블에 앉았다. 서금화가 진 저리를 치며 자리에서 벌떡 일어섰다.

"갑시다. 잠도 깼고 배도 채웠으니 힘내서 갑시다."

"아, 예! 그러죠."

이경수와 윤검군도 따라 일어섰고 주차장으로 내려가 바로 차에 탑 승했다. 이경수는 옆에 세워져 있는 검은 승용차와 트럭을 보았다. 트 럭 안이 잘 안 보이자 윤검군의 승용차를 수신호해 주는 척하며 트럭

안을 살폈다. 역시 스포츠 모자를 쓴 건장한 남자가 실내등을 끈 채 꼿꼿하게 상체를 세우고 가만히 앉아 있었다.

'만약 저놈과 한패가 있다면 이놈이다. 힘들게 운전을 했으면 기대어 쉬든가, 내려서 수면실로 가서 자든가, 뭐라도 먹든가 해야 정상이지. 꼿꼿이 가만히 앉아 있을 거면 뭐 하러 휴게소에 들어와 있냐고.'

"가시다가 옆으로 빠지는 길 있으면 무조건 빠지세요. 다시 서울로 가서 곧바로 국회로 갈 거예요. 제가 바짝 뒤따라갈 테니까 제 걱정은 마시고요. 곧장 국회로 갑니다. 아셨죠?"

윤검군이 먼저 출발하고 이경수가 뒤이어 출발했다. 그때까지 테이블에 앉아 샌드위치와 감자튀김을 먹고 있던 남자는 흘깃 바라볼 뿐 주차장으로 내려오지 않았다. 백미러로 뒤를 보아도 트럭 역시 움직일 생각을 안 하고 있었다.

'저놈이 왜 안 움직이지? 어디를 가든 찾을 수 있다는 건가? 어디를 가도 찾는다…… 위치 추적 장치를 해 놓은 것인가? 여기까지 뒤따라온 것도 그 때문이고…… 그렇다면 큰일이다.'

이경수는 막 휴게소를 빠져나가려는 윤검군의 차를 향해 경적을 울렸다. 윤검군이 차를 세우자, 이경수가 재빨리 차에서 내려 윤검군에게 달려갔다.

"아무래도 위치 추적 장치를 단 것 같습니다. 어디를 가든 저들이 따라올 텐데 여기서 바로 유턴할 수는 없어요. 그러니 중간 차로에서 달리다 빠져나가는 곳이 보이면 무조건 빠져서 서울 쪽으로 향하는 겁니다. 따로 빠지는 곳이 없다면 다음은 천안 인터체인지니까 그쪽에서 돌아 곧장 서울로 가시고요. 서울에 가시면 바로 국회로 들어가시고요. 아셨죠?"

윤검군이 한숨을 내쉬었다.

"알았네."

각자 차로 돌아가 다시 출발했다. 윤검군의 차가 무서운 속도로 달리기 시작했다. 그 뒤를 따라 이경수의 차도 같이 속도를 냈다. 금세 천안 인터체인지의 이정표가 보이자, 윤검군의 차가 속도를 줄이며 달렸고 뒤따르는 이경수도 속도를 줄였다. 두 대의 차가 곡선도로를 돌아 다시 서울 쪽으로 방향을 잡고 달렸다. 평일이고 한밤중이어서 앞의 차가 보이지 않을 만큼 도로는 뻥 뚫려 있었다.

가끔 이경수가 백미러를 보며 뒤따라오는 차가 있는지 살폈으나 앞뒤 1km 반경 내에는 차가 없어서 조금 안심은 되었지만 긴장까지 늦출 수는 없었다. 속도위반까지 해 가며 서울에 가까워져 오자, 앞서가는 차량들이 눈에 띄게 늘었다. 요리조리 추월해 가며 서울 요금소까지 단숨에 달려와 속도를 줄이고 줄을 서서 요금소를 빠져나왔다.

윤검군의 차가 막 속도를 올리려는데 옆에서 느닷없이 검은색 차량이 튀어나와 들이받았다. 윤검군이 앉은 운전석이 쑥 들어가도록 받치자, 윤검군의 승용차가 요란한 파열음을 밤하늘에 날리며 두 바퀴를 돌아 도로 옆 콘크리트 벽을 들이박고 멈췄다. 윤검군과 이경수 차사이에 다른 차량 두 대가 있어서 뒤늦게 빠져나온 이경수가 눈앞에서 윤검군의 박살 난 차를 보고 놀라서 차를 갓길에 세웠다. 윤검군의 차로 뛰어간 이경수는 유리가 박살 나고 찌그러진 차 문을 당겨 보았다. 찌그러져서 열리지 않는 문을 있는 힘을 다해 여러 번 당기니 열렸다. 어렵사리 연 차 내에는 서금화가 의자 앞쪽으로 쑤셔 박혀 다리가 으스러져 있고 앞으로 숙이고 있는 머리를 젖히자 힘없이 옆으로 쓰러졌다. 머리에서, 다리에서 피가 흘러내려 찌그러진 차 밖으로 피가 뚝뚝 떨어져 흘러내렸다.

"선생님! 서 선생님! 정신 차리세요, 서 선생님!"

서금화 옆에 앉아 있던 윤검군이 신음 소리를 냈다.

"윤 이사님! 정신 차리세요. 정신 차리세요."

이경수가 119에 전화하기 위해 몸을 일으켜 휴대폰을 꺼냈다. 번호를 누르고 주변을 돌아보며 소리쳤다.

"도와주세요! 도와주세요! 도와주세요!"

이경수가 주변에 사람이 모이는 것을 느끼고 도움을 청하기 위해 몸을 돌렸다.

"도와주세요. 119에 전화 좀 해 주시고 경찰 좀 불러 주세요."

그러나 고개를 돌린 이경수의 눈에 비친 사람은 아까 망향 휴게소에서 봤던 남자였다. 남자는 빙그레 웃으며 주머니에서 금속의 볼펜 같을 것을 꺼내 이경수에게 겨누는가 싶더니 다시 주머니에 손을 집어넣었다. 이경수는 음산한 남자의 목소리를 들으며 몸이 서서히 무너지는 걸 느꼈다.

"여행은 같이 해야 맛이지. 안 놀아주니까 내가 힘들게 데려가게 되는군. 다치게만 하려고 했는데 너무 세게 받았네. 젠장."

서금화는 피투성이가 된 채 기절해 있었지만, 윤검군은 어깨와 갈비뼈가 골절되었어도 정신은 멀쩡했다. 극심한 고통을 느끼면서도 정신을 잃지 않으려 애쓰며 창문 너머로 이경수가 쓰러지는 것을 신음 소리와 함께 지켜보았다.

만남의 광장 한구석에 있던 구급차가 사이렌을 울리며 남자 곁으로 다가왔다. 건장한 남자 둘이 내려서 찌그러진 차 안에서 윤검군과 서금화를 빼내는 동안 쓰러진 이경수를 어깨에 둘러멘 남자가 자신의 차 안으로 이경수를 옮겨 태웠다.

　서금화는 신음 소리도 못 낼 정도의 큰 중상이어서 구경하던 몇몇 남자들이 합세해서 서금화를 빼냈다. 축 늘어진 서금화를 구급차에 먼저 싣고 한쪽 어깨와 허리를 심하게 다친 윤검군은 힘센 남자들이 잡아 끌어내어 바깥으로 수월하게 빠져나왔다.

　두 사람을 태운 구급차가 경광등을 울리며 서울 쪽으로 달리고 검은 승용차가 그 뒤를 따라갔다. 응급차가 경광등을 끄고 검은 승용차와 함께 양재IC를 빠져나가 내곡동 쪽으로 방향을 틀어 시립어린이병원 쪽으로 달렸다. 시립어린이병원을 지나자 바로 오른쪽으로 어두컴컴한 도로 위에 군용 트럭이 한 대 서 있었다. 구급차가 군용 트럭 옆에 서고 승용차도 그 뒤에 섰다. 새벽 두 시가 되어 가는 시간이라 지나가는 차량이 뜸했고 가로수 그늘에 있는 군용 트럭은 잘 보이지도 않았다.

　구급차 뒷문이 열리고 두 명의 피투성이 환자가 군용 트럭에 실렸다. 검은색 승용차에서 축 늘어진 이경수도 군용차로 옮겨 싣자 트럭은 가로수 그늘에서 나와 성남 방향으로 달렸다. 판교IC를 지나 고속도로로 나온 군용 트럭은 아래로 더 달려 평택 미군기지 안으로 들어갔다.

추적자

　이서경이 침울한 표정으로 전화기를 내려놓았다. 이경수가 전화를 받지 않는다. 벌써 세 번이나 했는데 안 받았다는 것은 좋지 않은 징조였다. 한 시간 반 전에 통화를 한 게 마지막이었고 지금은 새벽 네 시가 넘어가고 있었다. 이경수가 자신의 전화를 못 받는 경우 바로 전화를 해 왔기 때문에 이렇게 통화가 단절된 적은 없었다. 더구나 1월에 사무실로 뭔가를 찾으러 왔던 사람을 봤다고 한 이후라 불안감은 가중되었다. 윤검군도 서금화도 전화를 안 받는다.

　무영에게 전화해 보고 싶은 마음이 간절했지만, 너무 이른 시간이었다.

　'그러니 스님과 단지와 연결된 사람들을 알아내어 단지를 찾을 때까지 차례차례…… 다음엔 내 차례로구나. 정말 들어오자마자 그날로 묻지 않았으면 다시 빼앗길 뻔했다. 천운이 우리를 버리지 않아서 그나마 다행이다. 천지신명이 도운 게지. 세 명이 두 대의 차에 나누어 탔는데 어떻게 한꺼번에 그들에게 당했는지 모르지만, 세 명은 단지가 어디 있는지 모른다. 납치되었어도 알지를 못하니 심한 고문을 당할지도 몰라.'

의자에 앉아 창밖을 내다보며 이런저런 생각을 하다가 깜박 잠이 들었다. 휴대폰 소리에 잠결에 전화를 받던 이서경이 무영의 목소리에 정신을 차렸다.

"저 무영이예요. 통화 괜찮으세요?"

이서경은 무영의 전화가 어느 때보다 기뻤다.

"마침 전화 잘했어요. 아니면 내가 하려고 했었거든요."

"서 선생님과 윤 이사님께 무슨 일이 생겼죠?"

"그런 것 같아요. 두 분의 안전을 위해서 남쪽 한적한 곳에 집을 빌렸어요. 혹시나 해서 이경수 비서관도 같이 보냈는데 같이 연락이 끊겼어요. 11시쯤에 출발해서 새벽 12시 반쯤 휴게소에서 전화 온 게 마지막이었어요. 그때 이 비서가 예전에 내 사무실로 조그만 통, 지도가 들어있던 통 찾으러 온 남자 있었어요, 그 남자가 옆에 있다고 했거든요."

"어이쿠!"

무영이 외마디 소리를 질렀다.

"왜 그래요? 설마 세 사람이 다 저들 손에 들어가 있나요?"

이서경이 다급하게 물었다.

"그런 것 같아요. 서 선생님은 피를 너무 많이 흘리셔서 수혈받으면서 수술받고 있는 게 보이는데 위태로워 보여요."

"피를 너무 많이 흘려요? 사고라도 났나요?"

"저들이 고의로 사고를 냈겠지요. 윤 이사님도 많이 다치셨는데 수술하고 안정을 취하고 계시네요. 이 비서관님은 다친 데는 없는데 잠들어 있고요."

이서경이 한숨을 쉬었다.

"아는 것도 없는 사람들을 잡아다 놓고 뭐 하는 짓들일까."

"사고만 내서 세 분을 데려가려고 했던 것 같아요. 저쪽에서도 너무 크게 다쳐서 당황하는 것 같거든요."

"예, 힘 조절이 안 됐군요. 바보들……."

"이 비서관님은 살 수 있을 것 같아요. 최면술을 써서 아무것도 나오지 않으면 풀어 줄 거예요. 서 선생님은 힘드실 것 같고요. 윤 이사님도 중간에 포기하실 수 있어요."

"그렇군요. 결국 순식간에 이렇게 되어 버렸군요. 하~아!!! 오늘 하루 힘들겠어요."

"전 그냥 평상시처럼 지내려고 해요. 더 이상 모습을 숨겼다간 부모님까지 해코지당할 수가 있거든요. 미국에 있는 형도 걱정이 되고요."

"나도 그냥 평상시처럼 지낼 생각이요. 너무 국회에만 박혀 있는 것도 그렇고 집에도 머물고, 지역구 사무실에도 나가면서 하던 일 그대로 할 생각이요. 죽이든 살리든 맘대로 하라지요."

"그래도 조심하세요. 의원님 지역 구민들을 위해서도요."

"그래봤자 하루 이틀 차이일 거요. 안 그래요?"

"네, 그렇긴 하지요."

"마음 비우고 삽시다. 덤으로 사는 날들이라 치고요."

"그렇게 하고 있어요."

"지금 국회에서 처리해야 할 일이 많아요. 혹시라도 협박 전화가 올지도 몰라서 당분간 외부에서 오는 전화는 받지 않을 거요. 혹시라도 내게 무슨 일이 생겨도 동요하지 말기 바라요. 두 분에 대해서는…… 무영 도사에게 그렇게 보였으면 그렇겠지요. 그러니 윤 이사와

서 선생에게 전화하지 마세요. 우리 전화 누가 도청할 수도 있어요."

"아마 전화도 도청할 거예요. 완전히 물불 안 가리고 추적 중이거든요. 한국 땅에서 말이에요."

"그래요. 차가, 어제 이곳을 출발할 때만 해도 추적자는 없는 것처럼 보인다고 했었어요. 그런데 휴게소에서 그 많은 주차공간을 놔두고 하필이면 우리 두 분의 차와 이 비서관 옆에 차를 대 놓고 따라온 것을 봤을 땐 위치 추적 장치를 달아놨을지도 모른다고 했어요. 이 비서관과 그렇게 통화를 했었고 그래서 차를 돌려서 국회로 다시 돌아오라고 했었거든요. 저쪽에서 우리의 동선을 다 파악하고 있다는 거죠. 무영 군도 조심하고 학교 가는 것 외에는 외출을 삼가해 주세요. 아셨죠?"

"네!…… 그럼, 의원님께도 전화하지 말까요?"

"그래요. 당분간 하지 말아요. 궁금해도 참아야죠."

"네! 알았어요. 그럼, 일주일 후에 의원님이 전화하세요."

"그럼. 일주일 후에 건강한 목소리로 만납시다."

"네! 안녕히 계세요."

일주일 후에 둘 다 살아 있다면 전화 통화를 할 수 있겠지만 둘 중 하나라도 또 당한다면, 아니 그사이 둘 다 죽을 수도 있을 것이다.

'죽을 땐 죽더라도 사는 날까지 덜 힘들어야지.'

그리고 사는 날까지 일도 해야 했다. 이서경은 더 이상 세 사람에게 전화하지 않았다.

비서가 전화를 받고 이서경에게 질문했다.

"어떤 분이 신분도 밝히지 않고 경비실에 와서 의원님을 뵙겠대요. 어떡할까요?"

"신분을 밝히지 않으면 안 되지."

비서가 경비실과 통화하더니 다시 이서경에게 말했다.

"의원님, 제임스 김이라는 사람이래요. 의원님이 보시면 아실 거라는데요."

"난 들어본 적이 없는 이름이야."

비서가 다시 경비실과 통화하더니 비서의 휴대폰으로 뭔가 보내는 모양이었다. 비서가 전화를 내려놓고 자신의 휴대폰을 들고 이서경에게 왔다.

"여기 경비실에 와 있는 사람 사진이에요. 아시는 분이세요?"

이서경이 비서가 내미는 휴대폰의 사진을 보고 속으로 놀랐지만, 겉으로 내색하지 않기 위해 애썼다. 1월에 조그만 통을 찾으러 지역구 사무실을 찾아왔던 남자, 또한 윤검군, 서금화, 이경수가 보았다던 그 남자였다.

'이젠 대 놓고 찾아오는군.'

"모르는 사람이야. 들여보내지 말라고 해."

경비실과 연결된 전화로 비서가 언성을 높이며 제임스 김과 다투는 소리가 들렸지만, 이서경은 못 들은 척했다.

한 번 비서와 대판 말다툼을 한 후로 며칠 동안 제임스 김으로부터 전화가 오지 않았다.

일주일이 지나고 무영으로부터 전화가 왔다.

"저예요. 의원님! 무영이요. 안녕하셨어요? 오늘은 통화되세요?"

"아! 무영 도사, 잘 지냈어요? 학교 다닐 만해요?"

"네! 의원님은 별고 없으셨어요?"

"나야 국회가 바리케이드를 쳐 주고 있으니까 뭐 별일 없지요. 무영 도사는 어떤가요?"

"집과 학교만 왔다 갔다 해요."

"응, 학생들 가장 많이 쏟아져 나올 때 나오고 가장 많이 등교할 때 가고 그러세요."

"그러고 있어요."

"그래도 그들이 무영 도사를 노골적으로 미행한다거나 그럴 텐데요."

"네, 강의실에 있으면 대 놓고 옆자리에 와서 앉기도 했는데 교수님이 모르는 사람이라고 나가라고 해서 쫓겨난 적도 있어요. 강의실에서 나가면 화장실로 가서 모습을 감추고 집에 가니까 못 찾고 헤매기 일쑤라 미행하는 사람이 둘에서 셋으로 늘었더라고요."

"무영 도사! 행방불명된 세 분은 어떻게 된 것 같아요?"

"네. 안타깝지만 서 선생님은 사망하셨고요. 윤 이사님과 경수 형은 살아 계세요."

"아무것도 모르는 생사람을 잡고 있으니…… 그 두 분은 살 수 있겠죠?"

"아마도…… 기대는 하지 마세요."

"아이고, 나쁜 놈들!"

"의원님과 제가 타깃이라 수단과 방법을 가리지 않고 접근할 겁니다. 부디 조심하세요."

"그래요. 이제 무영 도사와 나만 남았어요."

"저들이 제가 좀 이상하다는 걸 알아챈 것 같아요. 학교에는 나타나는데 화장실에 들어가면 사라지는 걸 알아 버렸어요. 조만간 다른 방법으로 제게 접근해 올 것 같아요."

"그것까지 알아냈다고요? 그럼, 큰일 났네. 무영 도사! 그래봤자 도사에겐 다 쓸잘데기 없겠지만."

"그래서 이번에 한 번 잡혀갔다 와야 할 것 같아요. 그래야 부모님께 해코지할 생각을 안 할 거예요. 제가 계속 안 잡혀 주면 부모님께 경고성 해코지를 할 수 있으니 그전에 제가 잡혀가 줘야지요."

"저런, 저들이 굉장히 기뻐하겠어요."

"혹시 저하고 잠시 연락이 안 돼도 걱정 마시라고 미리 전화드린 거예요."

"어…… 그럼 오늘이든 내일이든 그들에게 잡혀가겠다는 거요?"

"예! 그럴 수 있어요. 제가 그들에게 다녀오고 나서 전화드릴게요. 그 전에 전화하지 마세요. 그들에게 있다가 전화 오면 곤란해지니까요. 걱정 마세요."

"알았어요. 그들이 도사의 도력을 어찌 감당할지 그게 더 궁금하네."

무영의 도력을 가끔 겪어 본 이서경으로서는 무영이 그들에게 어떻게 대할지 궁금하지 않을 수 없었다. 이서경의 솔직한 표현에 무영이 웃었다.

"별말씀 다 하시네요. 그들과 잘 놀아주다 올 테니까 의원님도 하시던 일 하시면서 평상시처럼 지내세요."

무영이 굳은 얘기를 풀려고 농담을 하자 이서경도 따라 웃었다.

"그래야지요. 앞으로 십 년만 버텨 봅시다. 하하하하……."

말은 그렇게 했지만 당장 오늘 어떻게 될지 내일 어떻게 될지 장담할 수 있는 상황이 아니었다. 제임스 김의 그림자가 계속 국회 주변을 맴돌고 있지 않은가. 이서경은 짜증스러웠다. 자신도 모르는 사이에 죽음의 공포가 조금씩 자라나고 있는 것을 느끼고 있기 때문이다.

'젠장, 진인사대천명(盡人事待天命)! 하루하루 사는 게 덤인 것을 무엇을 초조해하는가. 이왕 죽을 거 대한민국 국회의원답게, 이서경답게 죽자.'

이서경은 오랜만에 아내에게 전화해서 저녁 외식 약속을 했다.

'마누라에게 해 줄 수 있을 때 해 줘야지. 내 평생의 동지이자 친구 아닌가.'

두 비서와 함께 국회와 가까운 한식당에서 아내를 만났다. 외식을 한다며 한껏 차려입고 나온 이서경의 아내는 보름 만에 남편의 쪼그라든 얼굴에 놀랐다.

"당신 왜 이렇게 됐어요. 어디 아파요?"

"아니야. 안 아파. 그냥 좀 피곤해서 그래요."

"그러니까 집에 와서 두 다리 쭉 뻗고 주무시라고요. 사무실에서 웅크리고 주무시지 말고요. 사무실에서 자면 자는 것 같지도 않을 텐데 왜 고집을 부리고 그래요. 오늘부터 당장 집에 들어오셔서 주무세요."

"아이고, 마누라 잔소리를 못 들어서 내가 이리 속이 안 좋았나 봐. 이제 속이 뻥 뚫리는 것 같네. 하하하하……."

아내를 오랜만에 보자 마음이 따뜻해지고 긴장이 좀 누그러지는 것 같았다.

이서경은 저녁을 푸짐하게 먹고 나오면서 앞으로 일부러 국회에 눌러앉아 있지 않고 정상적인 생활을 해야겠다고 마음먹었다. 그리고 보니 무영에게는 정상적으로 생활하라고 말했으면서 정작 자신은 국회에 들어앉아 비겁하게 현실을 외면한 것 같았다. 국회를 바리케이드 삼아 안전을 보장받고 싶었던 것이다.

아내에게 이끌려 보름 만에 집에 온 이서경은 오랜만에 잠을 푹 잘 수 있었다. 저녁 10시부터 다음 날 아침 7시까지 잔 덕분에 안정된 기분으로 느지막이 아침을 먹고 가벼운 몸으로 출근을 했다.

제임스 김에게 오는 전화도 받아서 맘먹고 응대해 볼 각오도 다지면서 주변의 건물을 하나하나 눈여겨보고 길가에 잘 가꿔진 화단의 화사한 꽃들도 보았다. 무엇보다 기분 좋게 쏟아지는 6월의 햇빛은 원기 회복의 촉진제처럼 안정감을 되찾아 주었다.

사무실에 들어서자 두 비서가 일어서서 인사를 했다.

"제임스 김에게서 전화 왔었나요?"

"아뇨. 그저께부터 아예 뚝 끊겼습니다. 응대를 안 해 주니까 포기한 거 아닐까요?"

이서경이 웃었다. 제임스 김이 포기한 게 아니라 아마도 작전을 변경했을 가능성이 높았다.

이서경은 국회의원이다. 성진이나 윤검군, 서금화하고는 달라서 실종이나 사고가 나면 즉시 뉴스를 타기 때문에 섣불리 자신들 마음대로 할 수가 없을 것이다. 시도해 보다가 안 되면 무영에게로 눈을 돌릴 수도 있었다. 어리고 학생이기 때문에 후순위로 두었겠지만, 이서경에게서 원하는 것을 얻어내지 못하면 무영이 어린 학생이라고 봐 줄 집단이 아니었다.

이서경은 저녁 시간에 맞춰 강남으로 나가 김무영을 불러냈다. 마음 같아서는 조용한 한식집에서 식사하면서 이야기하고 싶었지만, 지금은 사람들 눈이 많은 곳이 오히려 안전한 것 같아 지하철역 앞에 있는 빵집에서 만났다.

"안녕하셨어요, 의원님. 이주일 사이에 많이 마르셨어요. 그렇잖아도 마르셨었는데……. 어디 아프신 건 아니죠?"

"아니, 아픈 곳은 없어요. 무영 도사는 어때요?"

"저야 집, 학교, 집, 학교…… 다람쥐 쳇바퀴 돌리듯이 돌고 있어요. 아주 성실하게, 엄마 말씀 잘 듣고요. 헤헷……."

"상황이 효자를 만들었구려. 잘됐다고 해야 하나. 허허허……. 난 도사가 오늘 통화가 안 되면 저들에게 잠깐 가 있을 거라고 해서 조마조마했거든요."

"이 빵집, 항상 사람도 많고 번화한 곳이라 평상시 같으면 피해 다니는 곳이에요. 지금은 많은 사람들이 방패막이가 되어 주네요."

"그렇죠. 혹시 그간 수상한 사람이나 전화 안 왔었나요?"

"전화는 아직요. 줄기차게 따라다니는 사람은 있지만요."

"난 그들이 무영 군부터 쳐들어갈 줄 알고 노심초사했는데 나한테 먼저 온 것 같아요."

이서경은 일주일 동안 있었던 이야기와 제임스 김의 이야기를 무영이에게 했다.

"세 분이 연락이 끊긴 게 벌써 며칠 됐네요. 이경수 비서관님은 아직 살아 계실 거고 윤 이사님도 살아 계시는데 아직 연락은 안 왔죠?"

"안 왔어요. 새끼들……. 사람을 데려갔으면 데려다 놔야 할 거 아냐. 아무것도 모르는 사람들 데려다 놓고 뭔 짓 하는 거야."

"윤 이사님 때문에 그러는 거 같아요. 같이 보내려고요. 회복이 더 딘 것 같은데, 그렇다고 아무 병원에 데려다 놓고 '가시오' 하는 것도 우습잖아요. 치료라도 대충 해서 최면술이라도 걸어 볼 거예요. 그런 다음 캐낼 게 없다 싶으면 보내 주겠지요. 서 선생님은 안타깝게 됐어요."

"우리야 당사자들이니 그들의 타깃이 되는 게 당연하겠지만 아무것도 모르고 나를 돕다 잡혀간 이 비서관은 돌려보내 줄 것이지."

무영이 가만히 눈을 감았다가 뜨더니 말했다.

"이 비서관님은 내일 오시겠네요. 그 전에 윤 이사님은 돌아가실 거예요. 내일 새벽에……. 그들이 놀라서 이 비서관님을 돌려보내 주겠어요."

"뭐요?"

"치료가 잘 안되신 것 같아요. 크게 다치셨는데 서 선생님 사망 소식을 뒤늦게 들으시고 삶의 끈을 놓으신 것 같아요."

"그래요? 아!…… 그렇군요."

이서경이 고개를 숙이며 얼굴을 감싸 쥐었다.

이때 가게 안으로 남자 두 명이 들어왔다. 한 명은 무영이 앉은 옆으로 두 테이블 건너에 자리를 잡고 한 명은 곧장 빵이 진열된 곳으로 갔다.

"의원님, 지금 남자 두 명이 들어왔는데 저를 따라다니는 사람들이에요. 나올 때 투명으로 나왔는데 용케 여기까지 찾아서 따라왔네요."

무영의 말에 이서경은 곁눈질로 힐끗 쳐다보았다. 빵과 음료를 주문하고 있는 남자가 카운터에 있었다. 말소리가 들리지는 않겠지만 조심스러울 수밖에 없어서 두 사람은 잠시 대화가 중단되었다.

침묵을 깨고 이서경이 말했다.

"그래도 이 비서관이라도 보내 준단 말이군요. 멀쩡하게 돌아왔으면 좋겠는데……."

"멀쩡하게 돌아올 거예요."

"불행 중 다행이군요."

"저들이 단지가 깨졌다는 걸 믿지 않는 이상 포기하지 않을 거고 우리가 쉽게 얘기하지 않는다는 것도 알아요. 그래도 무력으로는 안 할 거예요. 그래서 전부터 말씀드린 대로 최면술을 사용할 거예요. 그래야 나중에 알아내고 난 뒤 풀어 줘도 뒤탈이 없을 거고요. 끝내 못 알아내면 나중에 또 잡아다가 험악하게 할지언정 지금 스님이 돌아가신 마당에 거칠게 대했다가 의원님이나 저까지 잘못되면 영영 단지의 행방을 모를 수 있으니까 그렇게는 안 할 거예요."

"최면!!! 아마 그럴 거요. 나는 신분이 있어서 잠시 잡아다 최면을 걸어 장소를 알아내고 다시 제자리로 돌려놓으면 그뿐이니까."

"예! 그래서 이 최면이란 것에 대해서 생각을 해 봤는데요. 의원님이나 저처럼 명상(瞑想), 기(氣) 수련을 하는 사람들에게는 안 먹힐 것 같지만, 최면 걸면 명상에 들던 것처럼 최면에 빠지기도 쉬워요. 반대로 그들의 최면술에 걸리지 않으려면 그들이 최면술을 시작하기 전에 명상에 들면 되고요. 문제는……."

"그게 생각처럼 될까?"

"타이밍 차이지요. 어느 쪽이 먼저 시작하느냐……가 될 거예요.

234

테스트를 해 봤는데 먼저 명상에 들면 저들이 최면을 걸어도 명상이 깨지진 않더라고요. 근데 그건 제 상황이고요. 단, 명상을 먼저 시작해야 한다는 거예요. 그렇지 않으면 최면에 걸릴 수 있어요. 그럼 끝장이죠. 그리고 이런 경우도 있더라고요. 명상에 들었다가 최면술사의 능력에 따라 명상이 깨지면서 최면술에 걸려 따라가는 거요. 그게 극복해야 할 최대 난점이죠."

"그래요. 나도 테스트해 봐야겠네. 아, 그리고 우리 스스로 최면을 거는 건 어떨까요?"

"네? 아~!!! 그렇게……! 그게 될까요? 날짜부터 시작할 텐데요."

"그렇겠죠……. 그런데, 저 집단도 우리를 아주 잘 파악하고 있는 것 같아요. 나도 무영 도사도 단 하루라도 없어지면 바로 경찰에 신고가 들어갈 사람이지만 지금 행방불명된 동료들을 보면 며칠 없어졌다고 해서 경찰에 바로 신고 들어가는 사람들은 아니요. 그런 것들을 생각해 볼 때 저들도 우리에게 어떻게 표 안 나게 자신들이 원하는 정보를 빼낼지 고민하는 중인 것 같소."

"네, 그럴 거예요."

"그런 면에서 '최면'은 그들이 선택할 수 있는 가장 적합한 방법이요."

"네! 하지만 우리 뜻대로, 우리 의지대로 안 될 때는 어떡하지요?"

"그들이 원하는 대로 딸려 갈 때를 말하는 거요?"

"네."

"음……. 나라면 그걸 인지하지 못할 정도가 되기 전에 스스로 나를 포기해야지요. 스님처럼요. 이건 나의 경우요, 무영 도사는 그러지 말아요."

"저는 저들 손에 죽지 않아요. 제 방에서 죽을 거예요. 수련하다가요."

갑자기 무영이 종이에 뭔가를 써서 이서경의 앞에 내밀었다.

'저들이 소리 증폭기를 귀에 끼었어요. 지금부터는 일상생활 얘기만 해요.'

보여 준 종이쪽지는 즉시 찢어서 주머니에 넣었다.

두 테이블 건너에 있던 남자 중 한 명이 힐끗 돌아보았다.

"저녁을 이렇게 빵으로 먹으면 속이 부글거리고 가스가 차지 않아요?"

이서경의 말에 무영이 웃으며 대답했다.

"전 아직 젊어서 괜찮아요. 그리고 우유는 알카리성이고 제 입맛에도 맞고요."

'여기서 나가시면 다른 추적자가 의원님을 따라붙을 거예요. 남자 비서분 한 분 계시죠? 그분 당장 오시라고 하세요. 그분과 같이 가세요.'

'OK!'

이서경은 전화기를 꺼내 들더니 바로 어디론가 문자를 보냈다.

"말로 안 하고 이렇게 하니까 나름 재미있군요."

이서경의 말에 무영이 또 웃었다.

"학생들은 가끔 장난삼아 이렇게 해요."

두 테이블 떨어진 곳에서 남자 하나가 일어나 이서경과 무영이 있는 곳으로 왔다. 무영이 종이를 자연스럽게 뒤집자, 이서경이 남자의 존재를 눈치챘다.

남자는 무영이 있는 쪽으로 와서 테이블을 한번 슬쩍 보고는 벽에 걸린 액자를 성의 없이 보고 다시 자리로 돌아갔다. 누가 봐도 어색한 행동이었다.

무영이 종이 위에 다시 글을 썼다.

'종이에 뭘 썼는지 궁금했나 봐요.'

이서경이 답글을 썼다.

'손으로 종이를 거의 가리고 있어서 보이는 것도 없었을 거요.'

"빵을 더 먹어야겠어요. 이게 저녁이니까 하나 정도 더 먹어도 될 거 같아요."

무영이 말을 하고 일어나 빵이 진열된 곳으로 갔다. 빵 하나를 골라서 계산하고 오다가 두 남자 중 하나와 눈이 마주쳤다. 남자가 살짝 미소를 지으며 손을 흔들었다. 무영도 같이 미소를 지으며 남자들을 지나서 다시 자리에 앉았다.

이서경이 지켜보다가 말했다.

"잘 아는 사람이요?"

"아뇨? 몰라요. 오늘 처음 본 걸요. 그냥 눈이 마주쳐서요."

이 말은 전적으로 거짓말이었다. 상대는 자신의 정체를 숨기고 눈에 뜨이지 않게 매일 무영의 집 근처를 배회하며 무영의 출입을 감시하는 임무를 맡은 추적자였다. 무영은 이미 알고 있었지만, 무영을 감시하는 남자들은 무영의 도술을 알지 못하기에 학교에 나타나는 것도 학교에서 감쪽같이 사라지는 것도 이해하지 못하고 있었다. 요즘 들어 학교에서 강의가 끝나면 사라지는 것을 수상히 여기고 뭔가 있다고 느긴 나머지 다른 대책을 강구하는 중이었다. 이렇게 집 근처에서 발견되는 것은 드문 일이라 남자들도 긴장한 티가 역력했다.

무영이 낄낄대면서 종이에 글을 썼다.

'저 사람들은 제가 자신들을 모르는 줄 알고 있어요.'

이서경이 답글을 썼다.

'그렇겠지요.'

얼마나 지났을까 무영이 다시 종이에 글씨를 썼다.

'문자가 올 거예요, 비서에게. 바로 나가서 차 타고 가세요.'

이서경이 정신을 차리고 정색을 했다.

'무영 도사는요? 저들이 지켜보고 있는데 괜찮겠어요?'

'저 도사잖아요. 제 걱정은 마시고 가세요.'

이서경의 전화기가 진동음을 내었다. 문자를 확인하더니 이서경이 미소를 지었다.

'도사는 도사요. 그럼 안심하고 가리다.'

"글 쓰며 노는 것도 재미있군요. 이게 요즘 학생들 노는 방법인가요? 어쨌든 잘 놀다 갑니다. 다음에 봅시다."

바닥에 있던 종이를 찢어 주머니에 넣으며 이서경이 벌떡 일어나 무영에게 손을 한 번 흔들고는 바로 밖으로 나갔다.

옆 테이블에 있던 남자들이 당황한 듯 두 사람 모두 일어서려다 한 사람만 밖으로 나가고 한 사람은 주저앉았다.

무영이 가게 안을 둘러보다가 밖을 보았다. 방금 따라 나간 남자가 지켜보는 가운데 이서경이 비서가 세워 놓은 승용차에 올라 유유히 출발하고 있었다.

'저런 걸 닭 쫓던 개 지붕 쳐다보는 거라고 하지.'

이서경이 떠난 뒤에도 무영은 선뜻 일어서지 못했다. 밖으로 나가자마자 저들의 수작에 걸려들어 이 근처 어딘가에서 바로 최면술사와 마주할 것이 보였기 때문이다.

'젠장, 미래가 보이는 것도 좋은 것만은 아냐. 알고 겪는 게 더 괴로울 수 있어. 모르면 차라리 속 편하게 있다가 당할 때 잠깐 괴로우면 되잖아.'

그렇다고 마냥 앉아 있을 수도 없어서 천천히 일어났다. 무영이 일어나는 속도에 맞춰서 옆 테이블의 남자도 일어나고 있었다. 수많은 사람들이 북적이는 대로로 나와 길을 건너기 위해 건널목을 향해 걸었다. 빵집에 있었던 두 명의 남자가 뒤에서 따라오고 있었고 건널목 못 미쳐서 남자 두 명이 무영을 주시하고 있는 것이 보였다. 무영은 그 중 안경 쓴 한 명이 최면술사임을 알아보았다.

'오늘은 저들과 얘기 좀 해야겠구나.'

무영이 깊은숨을 들이쉬며 앞에 있는 두 남자를 향해 다가갔다.

"어이, 학생! 잘생겼네."

덩치가 있고 스포츠머리를 한 남자가 말을 걸었다.

무영도 어느새 180cm 가까이에 이르는 장신이 되어 있었지만 빼빼마른 체구였다. 무영이 무시하고 계속 걷자 남자가 다시 말했다.

"학생! 귀가 안 좋은가? 어른이 말씀하시는데 대답은 해야지."

남자가 대 놓고 길을 막자 뒤따라오던 두 남자까지 멈춰서 포위된 상황이 되었다.

무영은 자신의 수호신들에게 부탁했다.

'이들이 나에게 어떠한 주사도 놓지 못하게 하고, 무엇을 먹게 하지도 못하게 해. 내가 이야기할 때 저들을 지배할 수 있도록 말이야.'

"왜 이러시는 거죠?"

"아저씨가 부르면 멈춰서 대답을 해야지. 그냥 가면 어떡하니?"

덩치 좋은 스포츠머리의 남자가 무영의 어깨를 잡았다.

무영이 빤히 스포츠머리의 남자를 바라보다가 옆에 있던 안경 쓴 남자를 보았다. 안경 쓴 남자를 빼면 모두 다부진 체격에 키가 컸다. 아무리 사람이 많이 오가는 강남대로 변이라지만 여차하면 무영을 무력으로 제압할 수 있는 충분한 조건이었다.

"왜 불렀는데요?"

"너 귀엽게 생겨서 저녁 좀 같이 먹자고 불렀어. 일행도 없어 보이는데 뭐 좋아하냐?"

"방금 빵집에서 나왔어요. 배 안 고파요."

"아! 그럼, 잠깐 카페에 들어가서 얘기 좀 하자. 말 몇 마디면 돼."

"죄송하지만 저 학생인데 아저씨들과 대화가 될 것 같지 않아요."

스포츠머리의 남자가 무영 뒤의 남자를 한 번 쳐다보더니 표정을 바꿨다.

"야! 요놈 봐라. 아주 담력이 좋은 건지, 겁이 없는 건지…… 알 수가 없네. 너 마음에 든다. 몇 살이냐?"

"나이는 왜 물어요?"

"인상 쓰면 나한테 안 쪼는 놈이 별로 없는데 너 배짱이 두둑한 거 같아서 말이야."

"그 인상 믿고 저한테 시비 건 거예요?"

"어쭈, 요놈 보게. 좀 풀어 줬더니 또 기어오른다. 어이구, 이걸 그 냥 확…… 마!"

스포츠머리의 남자가 상체를 기울이며 주먹을 치켜올리자, 무영의 뒤쪽에 있던 남자가 재빠른 동작으로 무영을 가로질러 주먹 쥔 팔을 움켜잡았다.

"여보시오. 누가 잘못했든 간에 대로변에서 주먹질은 아닌 것 같 소. 사람들 눈도 있고 하니 손은 내리고 말로 합시다."

"당신은 뭐야?"

분명히 한 패인데도 모른 척하며 죽이 척척 잘 맞는 연기였다.

"지나가는 사람인데 어린 청년을 몰아붙이는 것 같아서요. 말로 합 시다. 말로."

뒤에 있던 두 남자가 무영의 앞쪽과 옆으로 이동하며 스포츠머리의 남자 양옆에 섰다.

"당신들 뭐야? 나한테 왜 이래?"

지나가던 몇몇 사람이 멈춰 서서 지켜보는 구경꾼이 생기자, 옆의 남자가 말했다.

"아니, 별거 아닌 것 같으니 곱게 가시라고요. 우리가 다 봤으니 까…… 형씨도 잘한 거 없어요. 이곳 CCTV 돌려 보면 형씨가 어떻게 했는지 다 나올 거요. 경찰에 가서 괜히 민망한 꼴 당하지 말고 적당히 물러나시오. 보는 눈이 점점 늘어나고 있으니 당신에게 좋을 거 없을 거예요."

"허, 이것 봐라. 이제 협박까지 하네. 존나, 증말 사람 모였네. 씨~ 발."

지금까지 가만히 있던 안경 쓴 남자가 가만히 스포츠머리의 남자에게 말했다.

"쓸데없는 짓 말고 갑시다."

스포츠머리의 남자가 안경 쓴 남자를 돌아보더니 머리를 숙이고 깍듯이 말했다.

"예! 형님!"

안경 쓴 남자의 말 한마디에 자신을 훈계하던 남자를 한 번 노려보고는 뒤도 돌아보지 않고 앞의 두 남자가 성큼성큼 인파 속으로 사라져 갔다.

짜고 치는 고스톱판인 걸 알면서도 장단을 맞춰 주는 팀워크가 대단하다고 생각되는 순간이었다. 매일 집 앞 골목의 양쪽을 지키던 남자들이라 얼굴은 익숙했지만 모른 척해야 했다. 두 남자도 무영이 자신들을 모를 거라고 생각하고 있기 때문이었다. 이제 남아 있는 두 남자 차례였다.

무영이 남아 있던 두 남자에게 도와줘서 고맙다고 인사하고 가려고 하자 한 남자가 불러 세웠다.

"학생! 아까 빵집에서 빵 먹고 있던데…… 한창때인데 빵 가지고 되겠나? 우리 밥 먹으러 갈 건데 같이 가서 밥이나 먹지 그래?"

검은 티셔츠에 검은 바지를 입은 남자가 거들먹거리며 제안했다.

"아! 빵집에 계셨어요? 그러셨구나. 그런데 전 저녁으로 빵을 먹었던 거예요."

"그렇군요. 그래도 얘기도 하고 싶어서 그러니 뭐든 먹고 싶은 거 있으면 얘기해요. 이 근방에 없는 게 없으니까요."

옆에 흰 셔츠의 남자가 나긋나긋하게 다시 제안했다.

"도와주신 건 고마운데 전 학생이라서요. 이만 가 보겠습니다."

무영이 고개를 숙이고 돌아서려 하자 검은 티셔츠를 입은 남자의 손이 무영의 팔을 잡았다.

"학생! 잠깐 묻고 싶은 게 있어서 그래. 잠깐만."

무영이 다시 돌아섰다.

"뭘요?"

"학생, 혹시 마술 같은 거 해?"

"예……? 무슨 소리신지?"

"돌리지 않고 말할게. 아까 빵집도 그렇고 학생을 계속 지켜봐 왔었거든. 뭘 좀 물어보려고 계속 기회를 엿보고 있었는데 도무지 기회를 주지 않더라고. 학교까지 따라갔었는데 학교에서는 화장실만 들어가면 안 나와서 들어가 보면 사라지고 없었어. 화장실 창문으로 나간 것도 아닌데 말이지."

다 알고 있었지만 대 놓고 이야기하자 은근히 부아가 치밀었다.

"그러니까 전부터 저를 미행하셨다는 거군요. 사생활 침해인데요? 스토커인가요?"

"스토커는 아니요. 분명 있는 것 같은데 우리가 가면 없다는 거지. 하늘로 날아갔는지, 땅으로 꺼졌는지 말이야."

"기가 막혀. 제가 어딜 봐서 마술하는 사람으로 보여요? 이건 명백히 사생활 침해예요. 경찰에 신고하기 전에 스토커 그만두세요. 이분들 사람 조금 도와주고 매우 당황스럽게 하시네."

"그러니까…… 그래 좀 미안한데……, 분명히 있었는데 사람이 자꾸 없어지니까 묻는 거지. 도대체 왜 없어지는 건데?"

"제가 아저씨 눈앞에서 없어지는 거 보셨어요?"

"아니……."

"그럼, 근거 없이 제가 마술하는 사람처럼 보여서 쫓아다닌 건가요?"

"그건 아니요."

흰 셔츠를 입은 다른 한 명이 입을 열었다.

"학생에게 물어볼 것이 있어서 찾아왔는데 계속 없었고 들어가는 걸 못 봤는데 집에 있는 게 확인됐고, 집에서 나온 걸 본 적이 없는데 학교에서 발견됐고, 학교에서 말 좀 걸라치면 화장실로 들어가 그 길로 사라져 버렸단 말이지요. 그래서 마술하냐고 물었던 거요. 어떻게 그럴 수 있는지 궁금하기도 하고요."

하얀 셔츠 아래로 하트 문신이 새겨진 남자가 점잖게 대답했다.

"이상하군요. 화장실을 들어가면 항상 들어간 문을 통해서 나왔는데요. 그리고 제게 물어볼 게 뭔가요? 그렇게 힘들게 쫓아다니면서까지 물어볼 말이?"

"간단한 내용이 아니라서 어디 들어가서 얘기 좀 하자는 거요. 우리 여기 꽤 오랫동안 서 있잖소. 지나가는 사람들에게 피해가 가니까, 미안하지만 잠깐 시간 좀 내주시오, 학생."

윽박지르는 것이 아니라 정중하게 이야기하는 바람에 무영이 더 버티지 않고 순순히 받아들여 주었다.

"아저씨들 뭐 하시는 분들인가요? 수상하게 왜 내 뒤를 밟아요?"

"아!…… 음, 그건 좀 이따 먹으면서 정식으로 밝히지요. 수상한 사람들은 아니요."

"충분히 수상해 보이는데요. 저를 하루 이틀 미행한 것도 아닌 것 같은데요. 학교까지 따라왔고…… 오늘도 그렇고."

"맞아요. 며칠 됐어요."

흰 셔츠의 남자가 곱게 수긍했다.

"그럼, 조금 전 그 빵집으로 다시 들어갈까요?"

무영이 제안하자 남자가 배를 만졌다.

"또 빵은 그렇지 않소? 고기나 밥을 먹든가 해야지요."

"제가 저녁은 가볍게 먹는 편이라서요."

"그럼, 학생은 먹지 말아요. 시켜는 줄 테니까 먹든지 말든지 하고, 우리는 빵으로는 안 되니까 밥을 먹어야겠어요. 저기 갑시다. 반찬 잘 나오던데."

남자가 가리키는 건물 간판에는 1층에 옷 가게, 화장품 가게가 있고 2층에 한식과 닭 전문 요리점이 있고 3층부터 5층까지 비뇨기과, 내과, 성형외과, 치과, 정형외과 등 의료기관들이 있었다.

무영은 남자가 가리키는 건물 안에 조금 전에 사라졌던 안경 낀 최면술사와 스포츠머리의 남자가 있는 것이 보였다. 이젠 신들이 가르쳐 주는 것이 아니라 무영이 마음만 먹으면 모든 것이 보였다.

'어차피 한 번 다녀와야 한다. 힘들지는 않을 것이니 다녀오자.'

하지만 순순히 가 주는 것도 모양은 좋지 않을 것 같았다.

"먼저 아저씨들 정체를 말씀해 주시면 갈게요. 아니면 정말 경찰을 불러서 아저씨들 정체를 알아야겠어요. 저도 제 인권이 있는데 제가 지금까지 감시받고 살고 있었다는 게 매우 충격이거든요."

흰 셔츠의 남자가 고개를 끄덕였다.

"아, 맞아요. 우리라도 기분 나쁠 거예요. 그런데 우리 이상한 사람이 아니고…… 음…… 이런 데서 밝히긴 정말 뭐한데…… 우리를 잠깐만 믿어 주면 안 될까요? 식당까지만이라도?"

"식당에서 밝힐 걸 여기서 못 밝히는 이유가 있어요? 여기나 저기나 몇 걸음이나 차이 난다고. 아저씨들 점점 더 수상해요."

무영이 몰아붙이자 흰 셔츠의 남자가 한숨을 쉬었다.

"알았어요. 학생, 사람들 오가는 대로변에서 이게 무슨 실랑이람. 우린 카투사예요. 왜 카투사가 학생을 알고 싶어 하는지는 식당에 가서 천천히 얘기해 줄게요. 그래야 우리가 대화가 될 거거든요."

무영이 마지못해 수긍하는 척했다.

"카투사!…… 알았어요. 그럼 기왕이면 맛있는 거 시켜 봐요. 먹을 수도 있으니까."

"그래요. 학생이 먹고 싶은 거 시켜요. 우린 우리 거 시킬 테니까."

밤이고 한참 식사 시간대라 식당마다 사람이 북적거렸다.

"여기 좀 시끄러운데…… 3층에 올라가 볼까요?"

"3층엔 병원밖에 없어요."

남자가 빙긋 웃었다.

"알아요. 그래도 거기가 더 얘기하기 좋을 거예요."

"싫어요."

무영이 두 남자의 행동 개시 전에 몸을 돌려 가장 가까운 식당의 열린 문으로 들어갔다. 두 남자가 밖에서 머뭇거리다 어쩔 수 없이 무영의 뒤를 따라 들어왔다.

"하여튼 아저씨들 끝까지 수상하게 하네요. 왜 그러세요?"

무영의 다그침에 두 남자가 당황한 기색을 보였다가 이내 무영이 앉은 맞은 편에 자리를 잡고 앉았다.

"정말 만만치 않은 학생이군요."

"아저씨들 카투사라면서요. 카투사가 왜 저를 미행하고 있어요?"

"숨넘어가겠네. 식당에 왔으면 먼저 밥부터 시키고 얘기합시다. 이 것 봐. 시끄러워서 말소리가 잘 안 들릴 것 같은데요."

"말소리가 안 들릴 정도로 소란스럽진 않아요. 우리나라 사람들이 식당에서 큰 소리로 얘기할 정도로 예의가 없진 않으니까요."

무영의 말대로 식당은 꽤 사람이 많았지만 비교적 조용했다.

"흠, 할 수 없군. 그럼 여기서 말합시다."

식사를 시키고 나서 무영이 말했다.

"아까 저에게 시비를 걸던 스포츠머리 아저씨도 아저씨들이랑 한 패죠? 제 생각엔 3층에 있나 본데 내려오셔서 같이 식사하시죠? 기다 리고 계실 텐데요."

두 남자가 눈이 휘둥그레져서 무영을 쳐다보았다.

"어떻게 그걸……."

"제가 바본 줄 아세요? 저 지금 열여섯 살에 우리나라 명문 대학 3 학년이에요. 천재 소리 듣고 있다고요. 그 아저씨들 내려오시라고 하 세요."

흰 셔츠의 남자가 한숨을 쉬더니 휴대폰으로 잠깐 통화를 했다. 전 화를 끊고 3분도 안 되어 사라졌던 스포츠머리와 안경 쓴 남자가 나타 났다.

"우리에게 협조해 주기로 했어요?"

안경 쓴 남자가 묻자 흰 셔츠의 남자가 대답했다.

"아직이요. 학생이 두 분도 내려오시라고 먼저 말해서요."

안경 쓴 남자가 물었다.

"우리가 이 건물에 있는 걸 알았는데 이 건물로 들어왔어요?"

"어쩐지 처음부터 수상쩍었어요. 그래서 두 분과 이야기하면서 계속 생각했어요."

무영의 말에 안경 쓴 남자가 웃었다.

"우리 연기력이 그렇게 형편없었어요? 아이고 나한테 실망이네."

스포츠머리 남자가 무영의 옆에 앉고 안경 쓴 남자가 이미 앉아 있던 두 남자를 안쪽으로 밀고 앞자리에 앉았다.

"어쨌든 물어볼 거나 빨리 물어보세요. 저 중간고사 봐야 해서 공부해야 하거든요. 지금 오신 아저씨들도 카투사인가요?"

"맞아요. 벌써 카투사라는 것까지 말했군요. 어째 앞뒤가 바뀐 것 같은데…… 알았어요. 이렇게나마 협조해 줘서 고마워요."

무영은 내심 먼 곳으로 납치되지 않고 집 주변에서 이런 식으로 맞닥뜨린 것도 다행이라고 여겼다. 그만큼 이들도 학생 신분이면서 이서경과 친분이 있는 무영에게 함부로 할 수 없는 어떤 것(?)을 느끼고 있는 것 같았다.

안경 쓴 남자가 무영의 전면에 앉아서 물었다.

"우리가 알고 싶은 것은 딱 하나에요. 그 하나를 알기 위해 과정도 필요해서 묻는 건데요. 학생은 남양주의 성진 스님과 어떻게 아는 사이에요? 이서경 의원과는 어떻게 알았고요?"

무영은 학교 동아리를 가입하고 해마다 모이는 동아리 선후배 모임에 나갔다가 거기서 만난 동아리 선배를 통해서 만났다고 순순히 대답했다. 아직 최면을 걸 생각이 없는 것 같았지만 무영은 마음을 단단히 먹고 정신을 바짝 차렸다.

"혹시 성진 스님과 요즘 연락을 하시나요?"

"요즘 연락이 안 돼서 의원님과 아까 그 얘기를 하던 중이었어요. 한 가지 저도 알고 대답을 했으면 좋겠는데요. 아저씨들은 카투사라는 것만 밝혔지, 카투사가 왜 저와 스님과 의원님에 대해서 관심을 갖는지에 대해서는 말씀을 안 하셨어요. 그것부터 밝히고 저에게 질문을 하든지 하세요. 그게 순서 아닌가요?"

두 남자가 서로 쳐다보더니 어깨를 으쓱거리며 머쓱하게 웃었다.

안경 낀 남자가 말을 꺼냈다.

"그러고 보니 우리가 무례하게 대했군요. 목적도 안 밝히고 이곳까지 오게 해서 미안해요. 우리는 미군 소속 카투사에요. 미국으로부터 어떤 지시가 내려왔는데 처음엔 황당했지만, 그것이 미국으로선 상당히 귀한 국가적 보물이라 반드시 찾아오라는 명령을 받았어요. 그게 학생과 성진 스님과도 연관되어 있어 이렇게 마주 앉아 있는 것이고요."

"카투사? 미군? 미국?"

"혹시 짚이는 것이 있나요?"

"없어요. 성진 스님과 저와의 공통점은 한자를 잘한다는 것, 별을 좋아한다는 것, 그뿐이에요. 만나면 주로 그 얘기니까요. 몇 번 만나지도 않았지만."

"지난달에 나사에 두 분이 같이 다녀오셨지요?"

"예, 몇 달 전에 예약해 뒀던 일정이라 짧게 다녀왔어요."

"거기서 혹시 뭐 주워 온 거 있었나요?"

"주워 온 거? 뭐요? 없는데…… 어, 아! 그때 속이 안 좋아서 화장실 갔다가 밖에 뭐 난리가 났다고 빨리 나오라고 해서 볼 일도 못 보고 나갔었거든요. 그랬다가 소란 피운 범인이 잡혔다고 해서 화장실을 다시 갔죠. 볼일 보고 안에서 뭔가…… 아!!! 조그만 까만 단지였는데 스님이 이런 게 왜 여기 있냐며 주워 가지고 나온 거 있어요. 그곳에 쓰레기통이 없어서 가다가 버리겠다고 소매에 넣은 것까지는 봤는데 그다음에요. 소매가 흔들거리면서 깨졌던 모양이에요. 기껏 서울에 도착해서 꺼내 보니까 깨져 있어서 종로 어딘가 쓰레기통에 버렸다고 들었어요. 그러면서 미국에서 버릴 걸 헛수고했다고 말씀하셨어요. 잠깐, 아저씨들, 혹시 스님이 실종된 것과 아저씨들 연관이 있나요? 나를 이곳에 납치……한 건 아니지만, 여기 억지로 데려온 것처럼 스님도 그러신 거 아니에요?"

"맞아요. 스님이 말씀하신 것과 학생이 말하는 것이 맞으면 스님은 풀려날 거예요."

"만약 다르면요?"

"스님에게 더 물어봐야지요. 그러니까 협조 잘 부탁드려요."

"그러니까 벌써 며칠이나 스님을 잡아 두고 있다는 말이군요."

무영이 거짓말하고 있는 앞에 세 남자의 얼굴을 번갈아 보았지만, 아무도 이 말에 대해서는 대답을 하지 않았다.

"제가 협조적이면 스님을 풀어 주실 건가요?"

"그럼요."

이미 이 세상 사람이 아닌 스님을 풀어 준다면 시신이라도 돌려보내 주겠다는 것인지…… 무영은 윤검군과 서금화의 문제도 묻고 싶었지만 참았다. 이것저것 들쑤셔 놔서 좋을 거 없는 입장이다. 알아도 모르는 척하며 곱게 돌아가려면 뭐라도 대답해 주어야 했다.

안경 쓴 남자가 표정 없이 무영을 쳐다봤다.

"얼마 지나지 않아서인지 비교적 기억력이 좋군요. 학과 성적도 좋던데요. 혹시 종로 어디 쓰레기통인지 말해 주던가요? 기억나나요?"

"스님이 나사 방문한 당일에 서울로 향했고 저는 다음날 와서 전해 듣기만 했어요. 괜히 가져왔다는 말씀과 함께요. 광화문에서 동대문 쪽 방향으로 종로 쓰레기통이었겠지요."

"그때 동행이 이서경 의원님과 함께였지요?"

"그건 저도 한국에 와서 알았어요. 같이 가셨더군요."

하얀 셔츠의 남자가 고개를 숙이고 뭔가를 손으로 만지작거렸다. 무영은 자신과 이야기하는 걸 어딘가와 연결되어 다른 사람도 듣고 있고 녹음도 되고 있다는 걸 느낄 수 있었다.

"그러니까 제게 묻고 싶은 게 그 단지였나요?"

"그렇소."

"미국이 국가 보물이라고 할 만큼 도자기 역사가 깊지는 않을 텐데요."

"도자기도 도자기 나름인 거요. 나도 그 단지가 왜 중요한지는 정확히 모르겠지만 중요하다니까 그런가 보다 하는 거요."

"이미 깨진 거라도 찾아야 하는 건가요?"

"그렇소."

흰 셔츠의 남자가 물었다.

"서울에 돌아와서 어디 다녀왔어요? 스님과 이서경 의원님과 어디 다녀왔잖아요. 공교롭게도 세 분이 워싱턴을 방문하고 나서 서울에 오자마자 어딘가를 함께 다녀왔더라고요."

"아!!! 그거요. 그건 어떻게 아셨어요?"

"학생 부모님께 좀 물어봤었지요. 서울에 도착하고 나서 다음 날 집을 방문했더니 어디 며칠 여행 다녀오겠다며 나갔다고 말했어요."

"스님이 5월은 여행하기 좋은 달인데 미국에 간 김에 좀 돌아다니다 오려고 했는데 나사에서 총소리가 들리고 난리가 났었잖아요. 그때 좀 식겁했어요. 서울에 가서 여행을 마저 하시겠다고 하셔서 바로 서울로 오신 거래요. 미국은 치안이 안 좋다며 고개를 흔드셨거든요."

"일반인도 아닌 스님과의 여행에 동행했다는 게 좀 이해가 안 되는 부분이군요. 그만큼 친분이 두터운가요?"

"적어도 제게는요. 취미활동 하면서 저와 비슷한 관점으로 대화할 수 있는 상대는 스님뿐이었거든요."

"다른 사람과는 이야기 상대가 안 됐다는 거군요. 좋아요."

"스님 보내 주실 거죠?"

무영은 가망 없는 질문을 던졌다.

흰 셔츠의 남자가 빙그레 웃었다.

"적극 건의해 볼게요. 하지만 내가 결정하는 게 아니니까 전적으로 믿진 마세요."

안경 쓴 남자가 물었다.

"그래서 어딜 돌아다녔죠?"

"이 정도 뒤를 캐셨으면 어디를 갔는지 다 아시잖아요? 뭘 이렇게 물어요. 스님께도 물어보셨을 거고 저보다 더 정확하게 말씀하셨을 건데요."

"알아요. 알지만, 스님과 학생의 말이 일치하는지 맞춰 보는 거예요. 물론 다 맞겠지만 우리로서는 지푸라기라도 잡아야 하거든요."

"와!!…… 전 차 타면 자요. 그래서 정확히 어디를 방문했는지는 모르고 차 세우면 나가고 그랬거든요."

"그래요?"

"그런데 스님은 어디에 계세요?"

흰 셔츠의 남자가 목소리에 힘을 주었다.

"이봐요, 학생! 이야기의 본질을 비껴가지 말아요. 스님은 때가 되면 절로 돌아갈 것이오. 그러니 스님과 어디를 다녔는지나 말하시오."

무영이 툴툴거렸다.

"칫, 꼭 죄인 다루듯 하는군요. 제가 뭐 죄지었나요? 왜 그렇게 고압적이세요? 네 사람이서 학생 하나 에워싸고."

네 남자에게 포위되어 꼼짝없이 꼬박꼬박 대답하던 무영이 상대방의 조금 센 발언에 짜증을 내기 시작했다. 안경 쓴 남자가 흰 셔츠의 남자를 손으로 제지했다. 가만히 있으라는 뜻이었다.

"기분을 상하게 하려는 건 아니었어요. 우리로선 부여받은 임무라 어떻게든 뭐라도 해야 하거든요. 이해해 주세요. 우리는 학생 전담이라 스님은 못 봤지만 얘기는 들었어요. 스님은 윗선에 말씀드려 볼게요."

이 사람들은 스님이 어떻게 됐는지 정말 모르는 것 같았다. 무영은 깊은 한숨을 쉬었다.

"스님 차는 도봉산 주차장에서 발견되었고……, 거기서부터요."

무영은 잠시 생각했다. 이서경과 동행한 것도 알고 있을 것이니 이서경의 차적조회도 했을 것이다. 밥 먹고, 민박집에서 자는 것, 주유하고 톨게이트 요금, 자질구레한 것을 사는 것까지 모든 것을 현금으로만 썼기 때문에 누구의 흔적도 지방에서 발견되지 않았을 것이다.

"이 의원님 차를 타고 서울역으로 갔어요. 스님이 운전을 맡았는데 운전을 자주 하시지 않았나 보더라구요. 저는 차만 타면 자는지라 어딜 갔는지 확실히는 몰라요. 더 물어보실 것이 있어요?"

무영이 묻자 안경 쓴 남자가 말했다.

"혹시 마술하나요?"

무영이 웃음을 터트렸다.

"흐하하하…… 아까 이분이 똑같은 질문을 했어요. 저 정말 그런 거 몰라요. 할 줄도 모르는데 저를 너무 과대평가하고 계신 거 아니세요?"

안경 쓴 남자가 무영을 매섭게 쏘아봤다.

"이상하군요. 여기 네 사람은 다 학생이 일반 사람들과 다르다고 생각하고 있어요. 왜냐하면 학생이 이동하는 것을 볼 수도 쫓아갈 수도 없었거든요. 그런데 학생은 집에서 학교로 이동해 있고 학교에서 바로 집으로 이동해 있고…… 그랬어요."

"참…… 전 그 말씀이 더 웃기네요. 어떻게 그런 생각을 했는지. 저도 그런 능력이 있으면 좋겠어요."

"마술사가 아니란 말이죠?"

"절대로 아니에요."

무영이 손사래를 치면서 강력하게 부인했다.

"그리고 저에게 물어볼 게 있으면 언제든지 초인종 누르고 오세요. 문 열어 드릴 테니까요. 집이나 학교로 쫓아다니시지 마시고요."

"앞으로 그럴 거요."

"그동안에는 왜 안 그러셨어요?"

"학생이 마술산 줄 알고 집안에서 사라져 버릴까 봐 그랬죠."

무영이 다시 한번 웃었다.

그들이 원하는 답을 다 들었는지 더 이상 치근대지 않고 놓아주었다.

심문

이서경 사무실에 사복 경찰 세 명이 찾아왔다.

이경수 비서관이 실종되었을 당시 이서경의 또 다른 비서가 실종 신고를 했던 것이다. 거기에다 윤검군과 서금화의 교통사고 이후 행방 불명된 사건에 대해서 수사를 의뢰한 건 이서경이었다. 윤검군은 가족이 있었지만, 딸이 결혼하여 나가고 부인은 질병으로 죽은 지 7년이 되었다. 서금화는 독신이라 가족이 없어서 이서경이 대신 수사를 의뢰한 것이었다. 이미 어떻게 됐다는 건 무영을 통해 알고 있었지만, 시신이라도 돌려받아 장례라도 치러 주고 싶은 마음에 신고를 했었다.

수사관들은 한 번 만나 실종자와의 관계를 얘기한 적이 있었던 터라 구면이었다.

"일전에 의원님이 말씀하신 이경수 비서관님 실종 건에 대해서 말씀드리러 왔습니다. 시간 괜찮으시지요?"

"이경수 비서관은 돌아왔어요. 그런데 어디에 잡혀가 있었는지 제게도 말을 하지 않더군요."

"아, 예! 알고 있습니다. 저희도 이 비서관님께 물어봤는데 말씀을 안 하시더라고요."

"이 비서관은 돌아왔으니 넘어가고 다른 이들에 대해서는 진척된 게 있나요?"

세 명의 수사관 중 가장 직위가 높은 수사관이 집중적으로 얘기했고 두 명은 노트북에 이야기를 기록하고 있었다.

"하…… 조사를 하다 보니까 어쩌면 이 비서관님과 지금 실종된 분들과 연관이 있어 보이는데요. 이 비서관님이 입을 안 여시니 저희로선 심중은 가는데 물증이 없으니 답답합니다. 이 비서관님을 의원님이 설득해 주시면 안 되겠습니까?"

"나한테도 말을 하지 않아요. 저도 궁금하지만 본인이 얘기를 안 하는데 어쩝니까?"

수사관은 좀 생각을 하더니 말을 이었다.

"의원님과 통화하고 망향 휴게소에서 마지막으로 통화한 내용이 다시 서울로 돌아오라는 통화였다고 했어요. 그럼, 의원님도 뭔가 안 좋은 일이 일어날 것을 감지하신 거고요. 실제로 통화하신 시간 이후로 망향에서 서울 방향으로 오면서 사고가 크게 났고요. 서울 요금소 빠져나와서 바로 사고가 난 겁니다. 이상하게도 그때 CCTV는 다 삭제된 데다 목격자들은 크게 다친 사람들이 구급차에 실려 갔다고 한결같이 말하는데, 환자가 이송된 병원을 찾을 수가 없어요. 더 이상한 건 목격자들 진술에 따르면 보통 거기서 사고가 나면, 진행 방향으로 가기 때문에 강남 쪽으로 가거든요. 그런데 그 구급차가 서울 요금소에서 찍히고 염곡동으로 빠진 것까지 보이는데 그다음부터 어디로 갔는지 사라졌어요."

"사라져요?"

"예!"

"그쪽에 가까운 병원 뒤져 봤나요?"

"없어요. 그 시간대에 열려 있는 강남의 대형병원으로 갔으면 10분이면 도착했을 거랍니다. 그런데 강남세브란스, 삼성병원, 서울성모병원을 모두 방문해서 뒤졌는데 그날 응급실에 두 분은 없었습니다. 이 점이 매우 이상합니다."

이서경이 한숨을 쉬었다. 대충 짐작은 했지만 교통사고로 위장해서 다친 사람을 구급차에 싣고 어디론가 간 것이다. 그럼, 일단 살려 놓고 자신들이 알고 싶은 얘기를 들으려 했을 것이다.

"많이 다쳤다고 합디까?"

"목격자들 진술에 의하면 여자분은 머리가 깨지고 두 다리가 부러져서 뼈가 튀어나와 기절한 상태였고 남자분은 팔과 가슴이 골절된 것 같다고 했어요. 피가 차 밑으로 흥건하게 고였는데 사고 차도 5분도 안 돼 다 싣고 가 버려서 당연히 경찰에도 신고가 들어간 줄 알았다고 하더군요."

"성남경찰서에도, 서초경찰서에도 이 사건에 대한 신고가 전혀 없습니다. 모두 증발해 버렸어요."

두 형사가 목에 핏대를 세우고 이서경에게 그동안 자기들이 수사한 것을 열심히 설명했다.

"다친 사람이 두 사람이었나요? 다른 사람은 없고요?"

"사고로 다친 사람은 그 차에 타고 있던 두 사람이었고요. 사고 난 차 옆에 차 한 대가 주차하면서 남자 하나가 다친 사람을 구하려고 했대요. 그런데 그 남자가 환자들 옆에 기절해 있어서 그 남자는 승용차에 실려서 갔답니다. 역시 그 남자를 실은 승용차도 염곡동으로 빠졌더군요. 환자들 옆에 기절해 있던 이 남자가 이 비서관님으로 추정됩니다."

"그렇군요. 승용차에 실려 갔다는 남자가 이경수 비서관이었군요."

"저희 생각도 그렇습니다."

"그들의 목적지가 어딘지 알아냈나요?"

이서경의 힘 빠진 목소리에 형사들이 목소리에 힘을 빼고 말을 이어갔다.

"예, 그래서 성남의 크고 작은 병원을 거의 뒤지다시피 했는데 못 찾았습니다. CCTV라도 확보되면 수사가 수월하겠는데…… 누군가 고의로 지운 게 확실한데 그게 누군지를 몰라서 난감하군요."

"도로공사에서 관리하는 걸 손대는 것은 불법인데 그럴 만한 사람이 누가 있을까요? 개인이 한두 개가 아니라 수십, 수백 개의 CCTV를 지우는 건 거의 불가능하거든요. 도로공사에서 작심하고 지운 게 아니라면 이렇게 깨끗하게 지울 수 없는 겁니다. 딱 그 시간대 것만 지워져 있었어요."

경위가 두 손을 맞잡더니 잠시 고민하다가 말을 꺼냈다.

"저, 의원님! 그럴 리는 없겠지만 혹시 이경수 비서관님 말고 사고가 난 두 분이 정계에 연루되어 있습니까?"

"그건 왜 묻소?"

"제가 어제 전화 한 통을 받았는데 만남의 광장 사고 건에 대해서 더 이상 조사하지 말라고 윗선에서 지시가 내려왔습니다. 그래서 의원님께 중간보고도 드리고 어떻게 해야 할지 상의도 할 겸 해서 찾아뵌 겁니다. 윗선의 명령을 무시할 수도 없고 의원님의 수사 요청도 묵인할 수 없잖아요, 저희 입장에서는."

"윗선? 윗선이라면…… 그게 누군가?"

"저…… 그게…… 말씀드리기는 곤란하고요."

"내 비서관이 실종됐었는데 수사를 그만두라니, 말이 되나? 게다가 실종된 두 사람은 내 오랜 벗들일세."

이서경이 화가 나서 소리를 버럭 지르자 수사관들의 고개가 푹 꺾였다.

"누군지 말하시오."

"죄송합니다."

경위가 머리를 조아리고 대답하지 않자 이서경이 눈살을 찌푸렸다.

"그러니까 그 윗선과 당신들의 합작으로 결국 알아낸 것은 없는 거군요."

"정말 저희는 최선을 다하고 있었습니다. 의원님! 그래서 상의드리려고 온 것이라고 말씀드렸고요."

"만약에 당신 자식이 실종됐다면 상의가 되겠습니까? 당신 친구가 실종됐다면요?"

"예?"

"우리나라 공무원이 원래 이랬소?"

이서경의 낮게 깔린 소리에 경위가 어쩔 줄을 모르고 기어들어 가는 소리로 대답했다.

"잘 알겠습니다. 다시 심기일전해서 뛰어 보겠습니다."

이서경의 힘 빠진 목소리가 낮게 울려 퍼졌다.

"그들이 죽었다면 시체라도 받아서 장례라도 치러 주어야 할 것이니 어쨌든 찾아 주시오. 찾아만 주시오. 아셨소?"

기어코 이서경은 본심을 드러냈다.

"예! 성과가 있는 대로 다시 말씀드리겠습니다."

세 명의 사복 경찰은 허리를 깊게 굽혀 인사하고 서둘러 나갔다. 예상은 했지만 윗선이 일루미나티의 사주를 받은 자들일 것임을 짐작할 수 있었다.

8월 마지막 토요일이었다. 지난 이틀간 비가 충분히 와서 가뭄이 해소되고 황사, 미세먼지도 말끔히 씻겨 내려가 맑은 하늘 아래 먼 곳까지 시야가 딱 트였다.

이날은 이서경의 정치 후원회 모임인 청산산악회에서 도봉산을 오르기로 한 날이었다. 이서경은 더 이상 일루미나티의 그림자로부터 도망치고 싶지 않았다. 하루를 살더라도 당당하게 맞서서 부딪칠 작정이었다. 토요일과 일요일에 많은 사람들과 만나 스트레스를 풀고 일상적인 생활을 즐기기 위해 자신을 지지하는 산악회원들과 오랜만에 가까운 도봉산을 등산하기로 한 것이다.

이서경은 무영에게도 전화를 해서 같이 가자고 제안했다. 무영은 잠시 머뭇거리다가 승낙했다.

무영은 휴대폰에 저장되어 있는 문자와 사진을 모두 지웠다. 그리고 주소록에 저장된 친구들의 이름도 모두 지웠다. 이번에 이서경을 보는 것이 마지막일 거란 생각이 들면서 자신도 위험에 처할 것임을 직감하고 있었다.

무영은 이서경에게서 받은 배낭 안에 들어 있던 등산복, 등산화까지 그대로 입고 나갔다. 도봉산역에 도착하니 등산객들이 북적이고 있었다. 이서경이 먼저 도착해서 청산산악회 회원들과 담소를 나누다가 무영을 발견하고는 활짝 웃었다.

"어서 오세요. 무영 군!"

"안녕하세요. 얼굴이 조금 좋아지셨네요. 다행이에요."

무영이 주변에 서 있는 산악회 회원들에게 허리를 굽혀 인사했다. 사십 대에서 칠십 대에 이르기까지 다양한 연령대의 남녀 회원들로 구성된 모임이었다. 십 대가 등장하자 나이 지긋한 어르신들이 매우 기뻐했다.

"웬일이여. 젊디젊은 청년이 이런 모임에 다 오고."

이서경이 밝은 표정으로 무영을 소개했다.

"이 학생이 앞으로 이 나라의 큰 동량(棟梁)이 될 거예요. 그래서 내가 여러분께 소개시키려고 오늘 특별히 모셨어요. 자! 환영의 박수!"

"정말 잘생기고 똑똑하게 생겼다. 자기소개를 해야지?"

한 회원이 말하자 무영이 다시 인사를 꾸벅하고 말했다.

"이름은 김무영이고요, 16살이에요. 잘 부탁드립니다."

회원 일동이 일제히 박수를 치며 환영했다. 자영업자, 중·고등학교 교사, 교수, 회사원, 화가, 의사, 대기업 연구원까지 다양한 직업군을 가진 50여 명의 사람들이 이서경 의원의 후원회를 결성하여 7년 전에 만들어진 산악회였다. 해가 더해지면서 지금은 500여 명이 넘는 회원이 있었고 다 직업이 있는 사람들이다 보니 주마다 가는 산행에는 시간이 되는 사람만 참석했다. 산악회의 중심에는 이서경 을 존경하는 김찬성 산악회 회장이 있었다.

"자! 오늘 모임은 열아홉 명입니다. 이제 다 모였으니 슬슬 이동해 볼까요. 나갑시다."

산악회장의 인솔에 따라 회원들이 움직이기 시작했다.

비가 오고 난 후라 더욱 청량하게 느껴지는 수풀의 내음이 싱그러 웠다.

"날씨도 등산하기 딱 좋습니다, 의원님! 내일부터 또 더워진다는데 날씨가 도와줍니다."

산악회장이 말하자 이서경이 대답했다.

"그렇지요. 여름인데도 오늘은 등산하기 딱 좋은 날씨네요. 오르다 보면 그래도 기분 좋은 땀은 나지요."

"그럼요. 그 기분 좋은 땀 흘리기 위해 산에 오는 거 아닙니까."

"의원님! 요전에 여당 의원과 몸싸움하시는데 밀리시더라고요. 수 척해지셨는데 하산 후에 맛난 거 많이 드시고 원기 충전하셔서 밀지는 못하셔도 밀리지는 마세요."

"예, 좀 마르셨는데 아프신 데는 없으신 거죠?"

회원들이 등산 중에 이서경의 야윈 얼굴을 걱정하며 한마디씩 했다.

무영은 회원들과 섞여서 뒤처지거나 앞서지 않게 중간을 유지하며 걸었고 말은 하지 않았어도 이서경도 무영의 주변에서 걸으며 속도를 유지하고 있었다.

무영은 따라는 왔어도 별로 오고 싶지 않았다. 오늘이 이서경의 마 지막 날이 될 것이었다. 자신이 알아도 막을 수는 없겠지만 마지막이 라도 같이 보내고 싶었다.

"학생은 공부 말고 뭘 잘하시나?"

육십 대쯤 되어 보이는 남자가 무영이에게 말을 걸었다.

"한자를 좀 알아요."

"한자? 음…… 요즘 한자를 잘 안 쓰는데 기특하구먼. 그래, 얼마나 아는데?"

"그저 막힘없이 읽고 써요."

"어! 그래? 대단하구먼. 옛날 노인네도 막힘없이 쓰는 건 힘들었지. 옥편을 옆에 갖다 놓고라면 몰라도."

이서경이 옆에서 듣고 있다가 거들었다.

"한자는 이 학생이 옥편입니다. 제가 한 수 접고 들어가야 하는 실력이에요."

"정말요? 의원님 한문 실력은 정평이 나 있는데도요."

"저는 무영 군에 비하면 한참 모자랍니다."

이서경의 말에 민망한 얼굴을 하고 있던 무영이 중얼거렸다.

"별말씀을 다하시네요. 의원님이 그런 말씀 하시면 제가 몸 둘 바를 몰라서……."

"뭘, 사실이 그런걸. 하하하……."

산악회 회원들이라 그런지, 천천히 걸어서 그런지 백발이 성성한 육십 대가 많아도 땀을 흘리면서도 쉬었다 가자는 소리를 하는 사람이 없었다.

"자, 지금부터는 바위가 많으니 각별히 조심해서 올라가십시다. 신선대를 향하여 출발!"

산악회장이 앞장서서 다시 올라갔다. 도봉산이 처음인 무영은 예쁜 바위들이 켜켜이 쌓인 머리 위를 바라보며 열심히 회원 아저씨들의 뒤를 쫓아갔다. 올라갈수록 바위가 많아지고 가팔라지자, 일행의 호흡이 가빠지면서 회원들 간의 대화도 점점 줄어들었다. 좁은 바위틈 사이로 길이 나 있어서 쉴 수 있는 공간도 마땅치 않았기에 천천히 올라갔다.

신선대는 찾는 사람들에 비해 공간이 넉넉하지 않았다. 사진을 찍고 싶은 사람만 찍고 바로 하산해서 다시 중간쯤에 내려와 등산로 옆 한켠에 돗자리를 폈다. 떡과 김밥, 막걸리, 과일 등 각자 가져온 대로 가운데에 늘어놓고 왁자지껄 떠들며 먹어 치웠다.

"학생, 한창때인데 좀 먹지 그랴. 왜 입맛에 안 맞어?"

무영이 먹지 않고 바위에 걸터앉아 아래를 내려다보고 있자 아주머니 한 분이 김밥을 내밀며 말을 걸었다.

"아, 괜찮아요. 별로 배고프지 않아서요."

"이상하네. 땀도 별로 흘리지 않고, 먹지도 않고…… 물도 거의 마시지 않았지?"

"예! 원래 땀을 별로 안 흘려요. 그래서 물도 많이 마시지 않고요."

"옴마, 특이 체질이구먼."

수도를 하면 일반 사람들보다 적게 먹는다. 그래도 더 건강하고 힘이 넘쳤다. 몸의 무게를 느끼지 않고 산을 오르니 땀을 흘릴 리가 없었다. 하지만 무영이 지금 먹지 않는 것은 다가오는 긴장감 때문이었다.

산악회장이 다 먹기를 기다렸다가 말했다.

"자! 1차는 간단하게 하고 내려가서 도토리묵에 막걸리로 2차를 합시다. 자리 정돈하세요."

산악회장의 말에 일사불란하게 돗자리와 쓰레기를 비닐 주머니에 담아 배낭에 달고 다시 천천히 떠들면서 하산하였다. 먹자골목에 진입하자 열아홉 명 무리에 아주머니들의 손짓과 호객 행위가 여기저기서 이어졌다.

고깃집에 들어가 배낭을 내려놓고 자리를 잡고 앉았다. 무영이 이서경 옆에 앉으며 말했다.

"걱정했는데 아직까지는 괜찮네요."

"무영 군은 위가 위험할 것 같은가요, 아래가 위험할 것 같은가요?"

"지금부터요."

"그래요. 지금부터가 조심해야 할 타이밍이요. 이 자리를 떠나면 그때부터 말이지요. 이것 받아요."

이서경이 무영에게 조그만 병을 하나 내밀었다.

"이게 뭔가요?"

"이 드링크제와 술이 뱃속에서 섞이면 심장마비가 일어날 수도 있다고 합디다. 나는 술을 먹겠지만 무영 군은 술을 마실 수 없으니 나갈 때 이 드링크제와 맥주 한 캔도 주머니에 넣어서 가져가세요."

"네, 그럴게요."

"아무 일 없으면 캔맥주는 집에 가서 아버지 드려요. 하하하하……."

"그런데요, 의도적인 심장마비는 자살이잖아요. 자살은 천기를 거스르는 일 아닌가요?"

"내가 항상 말하기를 무영 군 마음 가는 대로 하라고 했을 거예요.이건 내 방식을 얘기해 주는 것뿐이고, 무영 군은 무영 군 방식대로 하면 돼요. 우리는 목적만 달성하면 되니까……."

"네!"

이서경도 오늘 무슨 일이 일어나리란 걸 짐작하고 있는 것 같았다. 그래서 예비해 둔 것이리라. 아무리 득도했다지만 어린 무영만 혼자 남아 감당하기 힘들 것이라고 판단한 이서경의 '참혹한 선물'이었다.

이서경이 무영에게 사이다를 따라주고 자신의 소주잔에 술을 채우고 높이 치켜들었다.

"나이가 있으니 올해도 모두 건강들 챙기시고 하시는 일 다 형통하기를 바랍니다. 자! 잔 채워서 높이 들고 건배합시다. 첫 번째 나라를 위하여, 두 번째 가족을 위하여로 합니다. 자! 나라를 위하여!"

"나라를 위하여!"

"가족을 위하여!"

"가족을 위하여!"

어른들은 합창을 하며 술잔을 들이켰고 무영은 사이다를 마셨다. 어른들은 삼겹살에 소주와 막걸리를 마셨지만, 무영은 상추에 삼겹살과 밥을 얹어 배를 채웠다. 해가 많이 길어져 7시가 다 되었는데도 아직 훤했다.

"자! 과식하지 말고 일어납시다. 취해서 이 의원님께 폐 끼치는 것도 안 되니까요."

산악회장의 말에 다들 주섬주섬 자리를 정돈하고 배낭을 챙겼다.

일어서는 무영의 팔을 잡고 이서경이 다시 주의를 당부했다.

"아까도 말했지만, 지금부터 조심해야 할 거요. 무영 군! 정신 바짝 차려요. 집에 들어갈 때까지."

"네! 저보다 의원님이 더 걱정이에요."

무영이 머뭇거리다 배낭에 캔맥주 하나를 챙겨 넣고 아까 손에 쥐어 준 드링크도 주머니에 넣었다.

열아홉 명이 우르르 음식점을 빠져나갔다. 먹자골목은 등산객들이 음식점을 드나들고 있어서 아직 북적거렸다. 전철역까지는 좀 걸어야 했다. 산악회원들은 배도 부르고 취기가 돌아서인지 마냥 더뎠다. 마음이 급한 이서경과 무영이 회원들을 재촉해서 전철까지만 빨리 가자고 떠밀면서 걸었다.

앞에서 반팔 티에 반바지를 입은 외국인 남자 둘이 걸어오고 있었다. 둘 다 배낭을 메고 있었고 한 사내의 드러난 오른팔에는 영어로 'LOVE'라는 글자가, 왼팔에는 낙타 문신이 새겨져 있었다. 호리호리한 몸매에 스포츠머리였고 갸름한 얼굴에 제법 잘생긴 얼굴을 하고 있었다. 옆의 남자는 두툼한 턱에 매부리코를 하고 있어 강한 인상을 주는 남자였다. 두 남자가 이서경 일행을 지나치다 스포츠머리를 한 남자와 이서경이 부딪쳤다. 이서경이 넘어지자 옆의 회원이 놀라서 이서경을 일으켜 세웠다.

"어이구, 의원님! 괜찮으세요? 다친 건 아니지요?"

산악회장이 뒤에서 뛰어와서 이서경을 살폈다.

"아니, 이 사람이 왜 사람을 치고 다녀. 어르신이 쓰러졌으면 사과부터 해야지."

산악회원 한 명이 외국인 남자를 향해 큰소리로 호통을 치자 외국인 남자가 실실 웃으면 "I'm so sorry"를 연발했다.

"뭔가 따끔했는데…… 괜찮아요. 넘어진 충격으로 무릎이 좀 아프긴 한데 이 정도야 뭐. 어, 억."

이서경이 다시 무릎을 꿇고 주저앉았다. 무영이 이서경 옆으로 왔다. 그리고 작은 소리로 말했다.

"의원님, 저 두 사람 일루미나티에요."

"젠장, 놈들…… 마취제 같은데…… 얼얼해져 오는 게."

"최대한 걸으셔야 해요. 택시라도 잡을 수 있을 때까지. 저기요."

무영은 산악회장에게 택시를 잡아 달라고 했다.

산악회장이 옆의 회원에게 택시를 잡아 오라고 하자 여러 사람이 도로를 향해 뛰어갔다.

몇 걸음 옮기는 사이 이서경의 몸은 점점 무너져 갔다.

"아이고 이런, 가볍게 넘어지신 것 같은데…… 가까운 병원으로 가셔야 할 것 같아요."

산악회장과 다른 회원이 이서경의 한쪽 팔들을 각각 자신의 어깨에 걸쳐 지탱해서 겨우 걷다가 멈췄다. 무영이 부딪친 남자를 쳐다보며 인상을 쓰자 남자가 표정 없이 고개를 까닥였다.

"쏘리!"

두 남자는 이서경 일행을 뒤따라오며 이서경의 상태를 살피는 것 같았다.

이서경이 자신과 부딪친 외국인을 쳐다봤다. 이서경과 눈이 마주치자 여전히 무표정한 얼굴로 고개를 까닥이며 '쏘리'만 되풀이했다.

"무영 군! 회장!"

이서경이 무영을 부르자 무영이 다가섰다. 그 순간 이서경은 주머니에서 드링크를 꺼내 단숨에 꿀꺽 마셨다. 무영이 놀래서 만류할 틈도 없었다.

"나에게 뭘 주사한 거 같아요. 아까 저자와 부딪치며 따끔했거든. 지금 몸에서 힘이 빠지는 걸 보니 마취제 같소. 병원으로 가지 말고 내 집으로 데려다주시오. 어서."

이서경의 몸이 자꾸 밑으로 쳐지고 있었다.

"이게 무슨 소리야. 마취라니……. 의원님! 그럼, 병원으로 가셔야죠."

"아니요. 집으로 가 주세요."

"의원님! 정신 차리세요. 경찰에 신고해요. 어서. 저 사람 도망가지 못하게 하고요."

산악회원들이 저마다 휴대폰을 꺼내 들고 누르기 시작했다. 이서경의 몸은 이제 자신의 힘으로 버티지 못하고 의식마저 가물거리고 있었다.

"나를 우리 집으로……."

"정신 차리세요. 의원님!"

이서경의 몸이 축 늘어졌다.

먹자골목 끝나는 지점에 구급차 한 대가 서 있었다.

"마침 구급차가 있어요. 저 차 기사에게 차 써도 되는지 물어봐요."

산악회장의 말에 회원이 기사에게 달려가 물어보고 금방 다시 왔다.

"된답니다. 산행에 다친 사람을 위해 대기하는 차랍니다."

구급차는 낮부터 있었고 운전사와 조수가 타고 있었다.

무영은 이서경이 금방 숨을 거둘 것 같았다. 이서경이 마셨던 드링 크제는 평범한 물약이 아니었던 것이다. 급박한 상황에 무영은 이서경 을 저들의 손에 넘기지 않는 방법을 생각해 보았다.

"어서 모시세요. 몇 사람은 남아서 저 사람, 경찰에 넘기고 오세요. 우리는 의원님 따라갈 테니……."

산악회장의 말에 무영이 막아섰다.

"잠깐만요. 구급차가 왜 이 시간에 저기 있어요. 등산객들도 다 하산한 저녁 시간인데요. 수상하니까 구급차 말고 의원님 말씀대로 댁으로 가요."

"무슨 소리야. 의식을 잃었는데 병원부터 가야지. 병원에서 의식을 되찾고 댁으로 모시는 게 순서지."

"하지만 구급차가 이 시간에 있다는 건 의심해 봐야 하는 거 아니에요?"

"뭘 의심해. 여긴 밤에도 등산하는 사람이 있는 곳이야. 등산하다 다치면 언제라도 옮길 수 있도록 구급차가 있는 게 당연하지."

"하지만……."

산악회장의 말이 백번 옳았다. 다른 사람들도 그렇게 하는 게 순서라며 무영의 의견을 묵살하고 구급차 쪽으로 이서경을 떠메고 갔다.

먼저 달려간 회원 한 명이 운전석을 두드리자 기다렸다는 듯이 운전자와 조수가 내려서 뒷문을 열어 주었다. 구급차의 뒷문이 열리고 침대가 내려와 이서경을 싣고 이내 구급차 안으로 들어갔다.

산악회장이 따라 들어가 이서경의 옆에 자리 잡고 앉아 의식을 잃은 이서경을 안타깝게 부르고 있었다. 조수가 턱에 마스크를 걸친 채 가까운 사람 한 사람 더 타도 되겠다며 한 사람을 더 타라고 했다.

그러면서 그의 눈은 무영을 정면으로 바라봤다. 무영이 일부러 뒤를 보니 산악회 회원들 사이로 두 명의 외국인이 버티고 있었다.

'만약 이 차에 타지 않는다면……? 저 두 사람에게 이 의원님처럼 마취제를 맞을 수도 있고 그럴 경우……?'

생각이 여기까지 미치자 무영은 산악회장에게 말했다.

"제가 타도 될까요?"

서로 타겠다며 입씨름하던 회원들이 무영의 한 마디에 조용해지며 양보했다.

"아! 그럼, 되지. 어여 타."

이렇게 엉겁결에 무영도 탑승하게 되었다. 그리고 어디서 나타났는지 구급대원 조끼를 입은 남자가 올라타고 뒷문이 닫히자 구급차는 사이렌을 울리며 바로 출발했다.

조수석에 앉았던 남자가 문의 입구 쪽 이서경의 발치에 앉았고, 옆의 안쪽으로 산악회장이, 맞은 편에 무영이, 입구 쪽으로 구급대원이 앉았다. 좁은 공간에 환자를 가운데 두고 장정이 꽉 들어차 있어 숨이 막힐 지경이었다.

"어휴, 비좁네."

구급대원이 이서경의 눈을 한 번 뒤집어 보더니 산악회장에게 말을 걸었다.

"이분과의 관계가 어떻게 되십니까?"

"이분은 우리나라 국회의원님이시오. 우리는 의원님을 후원하는 산악회 회원들이요. 나는 산악회 회장이고요. 우리 의원님 괜찮겠지요?"

"병원에 가 봐야 알겠지만, 연세가 있으신 데다 과로하신 것 같군요. 일단 푹 쉬시는 게 좋을 것 같습니다. 놀라신 것 같은데 진정되게 물 한 잔 드세요."

구급대원은 밑에 있던 생수병을 들어 종이컵에 한 잔을 따라 산악회장에게 주었다. 무영에게도 스스럼없이 물 한 잔을 따라주며 마시기를 권하는 사이 산악회장이 단숨에 한 컵을 마시고 한 컵 더 달라고 하였다. 구급대원이 다시 한 컵을 따라주자, 산악회장은 다시 단숨에 마셨다.

"등산하면서 땀을 많이 빼셨군요. 목이 많이 마르셨나 봐요."

무영이 종이컵의 물을 입술에 대고 있는 동안 구급대원 옆의 산악회장 몸이 구석으로 서서히 무너져 내리고 있었다. 무영은 물을 마시지 않고 산악회장이 구급대원의 몸에 기대어 쓰러지는 것을 보며 종이컵의 물을 조금씩 옆으로 흘렸다. 그리고 나른한 듯 기지개를 켜고 뒤로 몸을 기댔다.

무영은 이서경의 영혼이 빠져나가는 것을 실눈을 뜨고 지켜보다 눈을 감았다.

'일루미나티 아가리에 들어와 있다.'

구급차가 떠나자 그 자리에 남은 사람들은 경찰차가 오기만을 기다리며 외국인 두 사람을 지키고 있었다. 구급차가 떠나고 십 분도 안 되어 경찰차가 십여 명의 사람들로 북적거리는 골목길 어귀로 들어섰다. 회원이 경찰에게 벌어졌던 일을 설명하고 외국인 두 사람을 태웠다.

경찰이 산악회원을 참고인으로 부를 자료로 인적사항을 기재하고 나중에 도봉경찰서로 와 줄 것을 당부하고는 두 사람을 태우고 갔다. 산악회원 네 사람이 택시를 타고 도봉경찰서로 가서 잡혀 온 외국인들을 찾았지만, 외국인도, 인상착의가 비슷한 경찰관도 찾을 수 없었다.

한편, 구급차는 달리다가 사이렌을 껐다. 이미 어두워진 도로에는 가로등이 밝혀지고 불빛이 환한 길에서 점점 외곽으로 빠졌다. 한적한 도로에 접어들자 가로등이 없는 곳에 구급차를 세운 뒤 운전자가 내렸다. 뒷문을 열자 무영이 의자에 기대어 있고 조수와 구급대원 차림의 사람이 산악회장의 축 늘어진 몸을 일으켜 세워 안았다.

"자, 빨리빨리 서두르자."

운전자의 말에 조수가 산악회장을 힘들게 들어 올려 비좁은 구급차 안을 빠져나왔다.

"저기다 놔. 날씨가 따뜻하니까 괜찮을 거야. 마취가 풀리면 깰 거고…….. 가자!"

운전자가 거들어 산악회장을 길가의 가로등이 미치지 않는 어두운 곳에 내려놓았다. 무영은 실눈을 뜨고 그들의 움직임을 모두 지켜보았다. 뒷문을 잠그고 번호판을 떼어 버린 다음 조수는 조수석으로, 구급대원 차림의 사람은 뒷칸으로 다시 탔다. 그리고 구급차는 아래로, 남쪽으로 달려갔다.

구급차는 어딘가에 멈춰 서고 뒷문이 다시 열렸다. 두 명의 남자가 구급차에 올라 이서경을 살피더니 놀라는 표정이 되었다.

"오 마이 갓! 죽었어. 어떻게 된 거야."

"쇼크사인가? 이러면 안 돼! 이 사람은 이 나라 고위층 인사야."

두 사람의 말에 운전자와 같이 타고 왔던 구급차 대원이 서둘러 이서경의 상태를 살폈으나 이미 체온이 차가워지고 있었다.

"헉, 이럴 리가 없는데…….."

심각한 분위기 속에서 구급차 밖에서 어딘가와 전화하는 소리가 들렸다. 마취제를 놓아서 데려왔을 뿐인데 오는 도중에 사망했으니 향후

대처를 상부에 묻는 통화였다. 이서경은 일반인이 아니라 이 나라의 중진 국회의원이었고 영향력 있는 정치인이었다. 이런 인물이 납치를 당해서 죽임을 당했다는 것은 잘못했다간 국가간 분쟁이 일어날 수도 있는 중요한 사안이었다.

전화를 끝낸 사람이 지시를 내렸다.

쭉 뻗은 이서경은 그대로 차에 놔두고 무영의 상태를 확인하고 무영만 차에서 안아 내렸다. 무영은 몸에서 힘을 뺀 채 축 늘어진 연기를 해야 했다.

이서경을 실은 구급차는 다시 상행선을 달렸다.

무영은 어딘가로 옮겨져 침대에 눕혀졌다.

'여기는…… 평택, 미군 부대. 누군가 나를 지켜보고 있다.'

이서경까지 죽어서 이제 단지와 관련된 인물은 김무영, 자신밖에 남지 않았다. 무영까지 죽으면 단지는 영원히 이중 삼중의 보호장치에 싸여 한국의 땅속에 잠들 것이다.

처음부터 단지가 깨져서 종로 길거리 어딘가에 버려졌다는 것을 믿지 않았기에 이 사람들은 무영마저 죽는 것을 두려워하고 있었다. 유일하게 단지를 보았고 단지의 행방을 알기 위해 물어볼 수 있는 대상이 무영밖에 남지 않은 것이다. 자신들의 생각과 달리 자꾸 사람들이 죽자 단지가 깨져서 버렸다는 것은 진실을 은폐하기 위한 수단이고 단지가 어딘가에 숨겨져 있을 것이라 확신하고 있었다. 그러니 유일한 단서인 무영에게 위해를 가할 생각은 없어 보였다. 강남에서의 첫 번째 대면에서 안 썼던 최면술을 이번엔 반드시 쓸 것이다.

얼마간의 시간이 흘러서 무영은 일부러 기침을 하며 눈을 떴다. 고개를 돌리자 강남에서 봤던 안경 쓴 남자가 지켜보다가 싱긋 웃었다.

"깼군요. 다시 만나서 반가워요."

"여기 어디예요?"

무영이 벌떡 일어나며 물었다.

"여기가 어딘지는 중요하지 않아요. 몸은 어때요?"

"아!!! 몸…… 저기 의원님은 어떠세요? 아까 쓰러지셨는데."

"안암동 고려대 병원에 계세요."

"그럼 내가 있는 이곳은요?"

"이곳은…… 일전에 강남에서 학생과 미처 하지 못한 얘기를 물어보려고 해요. 미안하지만 잠깐만 협조해 주면 집 앞에 데려다 줄 거예요. 걱정하지 마세요."

등산 가방은 침대 모서리에 걸려 있고 주머니를 뒤졌지만, 휴대폰이 없었다.

"내 휴대폰이 없어요."

"나갈 때 드릴 거예요. 걱정하지 마세요. 이곳은 좀 삭막하니 좀 부드러운 분위기의 방으로 옮길게요. 몸이 괜찮다면 일어나서 가방 메세요."

아닌 게 아니라 그냥 사방이 흰 벽에 자신이 앉아 있는 침대와 의자만 덩그러니 있는 것이 매우 삭막한 기분이 들게 했다. 무영은 등산 가방을 어깨에 메고 안경 쓴 남자를 따라나섰다. 복도를 나와 걸으며 무영이 다시 물었다.

"아까 산악회장님도 같이 탔는데 그분은 어디 계시죠?"

"그분은 집에 가셨어요. 이따 전화해 보세요."

"전 그분 전화번호 몰라요."

무영이 신경질적으로 말하자 안경 쓴 남자가 어깨를 으쓱했다.

"오, 쏘리……. 나도 몰라요, 전화번호는. 단지 그분이 집으로 갔다는 것만 알아요."

"저 잡혀 온 거 맞죠?"

"아니, 그렇게 생각하지 말고 잠시 우리 일에 협조해 달라는 거예요. 학생! 학생에겐 별일 아닐지 몰라도 우리에겐 중요한 일이거든요."

지나가는 사람들이 모두 외국인이었고 군복을 입은 사람, 하얀 가운을 입은 사람, 사복을 입은 사람도 있었다.

"카투사라더니 여기 미군 진영인가 봐요? 다 미군들이네요."

안경 쓴 남자는 대답하지 않았다.

그리고 어느 방으로 들어갔다. 무영은 방을 돌아보았다.

조금 전에 있던 방과 다르게 방은 넓었고 여러 개의 의자와 탁자, 푹신한 소파가 있었다. 한 벽을 차지하고 있는 책장처럼 생긴 곳에 책과 의료기구 같은 것이 가득 차 있다. 한쪽 벽면에는 커튼이 드리워져 있어 창문이 있는 것 같았다.

"뭐 하는 방이에요?"

"사람들이 다쳤을 때 간단하게 치료할 수 있는 곳이에요. 간이 응급실 같은 곳이죠."

"전 다치지 않았는데요. 하! 응급실과 어울리지 않는 의자도 있군요."

"저 의자 때문에 여기가 좀 아늑해 보이지 않아요? 학생이 필요한 거 있으면 말해도 돼요. 물이라든가 피자나 뭐 먹을 거 같은 것도 가져다줄 수 있어요."

"홍, 그래서 또 기절시키려고요. 아까 구급차에 탔을 때 차에 있던 아저씨가 종이컵에 물을 따라 줬는데 물에다 뭐 넣은 것 같았어요. 먹고 얼마 지나지 않아 잠들었으니까……. 의원님이 쓰러진 심각한 상황에서 잠들었다는 게 말이 돼요? 의원님께도 뭐 주사한 거 맞죠? 의원님 말씀으로는 외국인과 부딪쳤을 때 따끔했었다고 하셨어요. 그리고 정신을 잃으셨고요. 연세도 있으신데요."

"예! 난 의원님은 몰라요. 고려대 병원에 계신단 것밖에는요."

안경 쓴 남자가 중앙의 푹신한 의자를 권했다. 머리를 기대고 기울기 조절이 가능한 의자로 잠들기 딱 좋은 의자였다.

'최면용 의자다.'

무영이 의자에 앉지 않고 망설이자, 안경 쓴 남자가 무영의 어깨에 손을 얹었다.

"사람이 사람을 못 믿으면 굉장히 힘들어져요. 나를 믿나요?"

"아뇨."

무영의 단호한 말에 안경 쓴 남자가 씁쓸하게 웃었다.

"어디 가나 인상 좋다는 말을 많이 들었는데 다들 빈 소리였나 봐요. 인생 헛살았네."

"제가 뭘 협조해야 집에 갈 수 있죠?"

"일단 여기 의자에 앉아 봐요."

무영이 순순히 의자에 앉았다.

무영이와 안경 쓴 남자가 말하는 것을 어디선가 듣고 있을 것이다. 그리고 두 사람의 모습을 어디선가 여러 명이 보고 있을 것이고 녹화도 되고 있을 것이었다. 무영은 신중히 생각하면서 최대한 말을 가려서 해야 했다.

"별거 없어요. 제가 묻는 날짜의 일정만 기억해 내서 말씀해 주시면 돼요."

"전에 다 묻지 않았어요?"

"예! 그랬었죠. 그런데 그게 좀 미흡해서 추가적인 질문이니까 부담 갖지 말고 생각나는 대로 얘기해 주면 돼요. 물 한 잔 마실래요?"

"아뇨."

"아!…… 나를 못 믿는다고 했지. 알았어요. 눈을 감고 생각해 볼게요. 눈을 감으세요."

'어떻게 해서든 최면에 걸리지 않아야 한다. 명상도 안 된다. 최면이 명상을 뚫을 수도 있으니까. 이봐, 수호신들! 나 최면 걸리지 않게 해.'

무영은 이미 자신이 어떤 영향을 받지 않고 자신의 의지대로 주변의 흐름을 조절해 나가는 능력을 갖고 있다는 걸 알고 있었지만, 막상 눈앞에 최면술사와 마주하니 긴장되었고 만약을 위해 수호신에게 부탁까지 했다.

"간단하게 물어보세요. 길면 나 저질 체력이라 못 버티니까."

"아직 젊은 학생인데 저질 체력이라고요?"

"나이는 젊은데, 운동을 전혀 하지 않아서 노인네 체력이래요. 그러니 살살 다뤄 주세요. 가는 데 순서 없으니까."

"그래도 아픈 데는 없잖아요?"

"아픈 데는 없어요. 젊으니까 그나마 기초 체력으로 버티는 거죠."

"참, 학생…… 말 잘한다. 자! 눈 감으세요."

무영은 눈을 감고 바로 명상의 첫 단계로 들어갔다. 빠르게 호흡을 가다듬고 주위의 기를 자신의 기로 흡수시키며 정신을 집중했다.

안경 쓴 남자가 주머니에서 소형 녹음기를 꺼내 버튼을 눌렀다. 그리고 그 옆에 휴대폰을 켜 놓았다. 이 방에서 한 소리는 다른 방에서 모두 듣고 있었다. 그러므로 최면 중에 한 소리를 듣고 실시간으로 상부로부터 내려오는 명령을 전달받기 위하여 만반의 준비를 하고 있는 것이다.

안경 쓴 남자가 목소리를 나지막이 깔고 말했다.

"몸에 힘을 쭉 빼고…… 손가락까지 쭉 힘 빼고 편안하게 하세요."

남자의 목소리가 흐물거리며 귓전을 파고들었다.

"지난 5월 22일로 돌아갑니다. 무영 군은 그때 어디 있었지요?"

"으음…… 고속도로를 달리고 있어요."

"고속도로? 어느 고속도로지요?"

"서해안 고속도로요."

"옆에 누가 있지요?"

"이서경 의원님이요."

"누가 운전하고 있지요?"

"성진 스님이요."

"창밖에 뭐가 보이나요?"

"푸른 바다와 바다 냄새가 나요."

"거기서 조금 뒤로 갑시다. 차를 어디에 세웠나요?"

"서울역 주차장이요."

"서울역에 주차하고 뭐 했죠?"

"남대문 시장에 가서 갈치조림과 밥 먹었어요."

"그리고요?"

"다시 차로 와서 달리기 시작했는데 난 잠들어 버렸어요."

"차에서 내렸을 때는 어디였지요?"

"바닷가였어요."

"바닷가 어디쯤인지 기억나나요?"

"몰라요. 바다가 펼쳐져 있고, 항구가 있었어요. 거기서 두 분과 밥
도 먹고 산책도 했어요."

"거기서 얼마나 있었죠?"

"1박 2일이요."

"혹시 특이한 내용의 대화나 특이한 일정은 있었나요?"

"예! 서쪽인데 일출과 일몰을 동시에 볼 수 있었어요. 매우 특이하
다고 생각했죠."

"무영 군은 가방을 들고 갔나요?"

"예!"

"다른 분들은요?"

"다 작은 가방 하나씩 메고 다녔어요."

"가방 안에 뭐가 들어 있었나요?"

"치약, 칫솔, 수건, 물티슈, 볼펜, 양말, 속옷, 로션 같은 거였죠."

"다른 분 가방 안을 본 적 있어요?"

"봤는데 저랑 별반 차이 없었어요."

"혹시 작은 상자나 작은 뭉치 같은 거 본 적 있어요?"

"이 의원님 가방에서 신문지에 둘둘 말린 게 있었는데 나중에 꺼내

서 신문지를 벗기니까 큼직한 배였어요. 의원님이 배를 좋아하셔서 남대문에서 하나 사셨대요. 그래서 바닷가 식당에서 밥 먹을 때 칼을 빌려서 깎아서 맛있게 먹었던 기억이 나요."

"그것 말고 다른 특이한 게 가방 안에 있었나요?"

"그것 말고는 없어요."

"바닷가 다음에 어딜 갔죠?"

"또 바닷가였어요. 작은 어촌이 예뻤죠. 모두 그쪽은 처음이었어요."

"그쪽은 어디였죠?"

"거기 어촌이 작아서 하루에도 몇 바퀴를 돌 수 있을 정도예요. 물 빠지면 갯벌에 나가서 조개도 줍고, 그거 가져와서 불판에 구워 먹고…… 재미있었어요. 해 본 적이 없던 체험이었으니까."

"이 여행은 계획된 건가요?"

"아니요. 그냥 미국 여행이 생각보다 실망이 컸어요. 나사에서 총격전을 경험하고 나니 우리나라처럼 살기 좋은 곳이 없다 하시면서 한 번 돌아보자 하셨죠. 쇠뿔도 단김에 빼랬다고 느닷없이 스님이 제안하셨는데 의원님도 흔쾌히 응해 주셨고 저도 시간이 돼서 따라간 거예요."

"무영 군은 스님이 제안하면 잘 따르는 편인가요?"

"아무래도 스님과 제가 마음이 잘 통하거든요. 제 또래 중에서 학문적으로, 성격적으로 맞는 친구가 없다 보니 스님을 따르게 되었죠."

"바닷가 이름이 뭐죠?"

"태안이요."

"태안 다음엔 어딜 갔죠?"

"군산이요."

"군산에서는 뭘 했어요?"

"새만금 방조제에 앉아서 이 의원님이 방조제에 대해 설명해 주셨어요. 굉장히 자랑스러워하셨어요."

"거기에선 얼마나 머물렀죠?"

"1박 2일이었죠. 딱히 바쁜 일정이 없었으니까 가다가 경치가 좋다 싶으면 내려서 구경하고 배고프면 식당 찾아서 먹고 그랬어요. 민박집도 깨끗했고요."

"민박집?…… 호텔이 아니고 민박했다고요?"

"예! 서민들에게 보탬이 돼야 한다면서 민박집을 고집하셨어요. 의원님이."

안경 쓴 남자가 자신의 휴대폰을 슬쩍 들여다보곤 고개를 끄덕였다.

"더 들른 데가 있어요?"

"없어요."

"좋아요. 현실로 돌아옵니다. 천천히…… 학생 눈 떠도 돼요."

무영은 최면에 걸리지도 않았다. 말짱한 정신으로 대답한 것이다. 눈을 감고 꼬박꼬박 대답했으니, 상대방으로선 최면에 걸렸다고 생각할 수도 있었을 것이다.

'해 냈다. 별거 아니네.'

무영은 눈을 뜨자마자 속으로 안도의 한숨을 쉬었다.

안경 쓴 남자가 물었다.

"근데 학생은 좀 특이하군요. 보통 자신의…… 아니요, 관둡시다. 잠깐 기다려 봐요."

안경 쓴 남자가 휴대폰과 녹음기를 주머니에 챙겨 넣고 밖으로 나갔다.

'맨정신으로 대답했으니 최면에 걸린 사람과 달랐다는 얘기를 하고 싶었던 거겠지.'

혼자 남겨진 무영은 의자에서 일어나 커튼이 쳐진 쪽으로 다가갔다. 커튼을 잡고 걷어 버리려는 순간 문이 열렸다.

"학생! 이리 와 봐요."

안경 쓴 남자가 다시 돌아온 것이다.

"예!"

"이거 좀 해야겠어요."

무영이 안경 쓴 남자에게 다가가자 남자가 안대를 주었다.

"학생이 여기가 어딘지는 대충 짐작하고 있지만 그래도 우리의 프라이드 문제니까 학생 집 앞까지는 아니어도 서울까지 안대 좀 하고 갑시다."

"다른 분이 저를 태우고 가나요?"

"원하면 내가 옆에 동승해서 갈게요."

"예! 그래 주세요. 그전에…… 제 휴대폰 주세요."

무영이 손을 내밀며 휴대폰을 요구하자 안경 쓴 남자가 등 뒤에 다가온 남자들을 돌아봤다. 뒤에 있던 남자에게서 휴대폰을 건네받아 다시 무영에게 전달했다.

"참, 뭐가 많이 복잡하군요."

무영이 자신의 휴대폰을 확인하고 주머니에 넣으며 안대를 받아 쥐었다.

"지금부터 아저씨가 제 눈이 되는 거니까 잘 부축해 주셔야 해요."

안대를 하고 안경 쓴 남자의 팔을 붙들었다. 안경 쓴 남자에게 이끌려 문을 나서서 어딘가를 통해 나갔다. 10분 정도를 더듬더듬 걸어서 밖으로 나왔고 차에 올랐다.

차가 출발하자 안경 쓴 남자가 말했다.

"이제 팔을 놓아도 될 것 같아요."

"아…… 예!"

안경 쓴 남자의 팔을 놓으며 무영은 좌석에 머리를 기댔다.

"불안하지 않아요?"

"아뇨."

"아까 나를 안 믿는다면서요. 우리가 나쁜 사람일 수도 있는데요."

"맞아요. 아직도 안 믿고, 말씀대로 나쁜 사람이라고 생각하고 있어요."

"그런데 말과 다르게 꽤 협조적이군요."

"그래야 빨리 집에 갈 수 있다면서요."

"집에 가고 싶어서 협조한 거였어요?"

"집이 편하잖아요. 부모님도 계시고…… 근데 지금 몇 시쯤 됐어요?"

"오후 1시에요."

"어, 그럼 저 하루 동안 거기 있었던 거예요? 으악 맙소사!…… 엄마 아빠 걱정하시겠네."

무영은 마취는 안 됐지만 계속 눈을 감고 있다가 자신도 모르게 잠든 걸 모르고 있었다. 푹 자고 아침에 깨어났던 것이다.

안경 쓴 남자가 낄낄대며 웃었다. 무영의 천진난만한 행동이 우스

워 보이면서도 마음에 들었던 모양이었다.

"내가 강남에 가면 혹시 학생에게 전화할 수 있어요. 그럼, 그때 먹고 싶은 거 있으면 얘기해요. 다 사 줄 테니까. 오늘 굶긴 것에 대해 미안하게 생각하고 있어요."

"배고프지 않아요. 아침도 안 먹었는데…… . 어? 내 전화번호는 어떻게 알아요?"

"전부터 알고 있었어요. 한 번 전화했었는데 모르는 번호라서 안 받는 것 같았어요. 그래서 안 했어요. 앞으로 모르는 번호 뜨면 내가 한 전화라 생각하고 받아요. 정말 근사한 밥 살 테니까. 지금 엄청 배고플 거예요. 그쵸?"

"집에 가서 먹으면 돼요."

"여기 서울 요금소예요. 건너편에 먹거리가 엄청 많아요."

"먹는 것보다 이 답답한 안대나 빨리 풀었으면 좋겠네요."

"우리를 믿지 못하니 먹을 걸 준다고 해도 먹지 못해서 배고플 거예요. 대신 최대한 집 가까이 데려다줄게요."

"이제 눈을 풀어 줘도 돼."

앞에서 말소리가 들리자 안경 쓴 남자가 무영의 눈가리개를 풀어 주었다.

확 트인 시야에 낯익은 장소가 들어왔다. 집과 그리 멀지 않은 내곡동 사거리였다. 차는 뱅뱅 사거리를 지나 역삼동 대로에서 무영의 집 골목으로 들어가는 입구에 섰다.

"여기서 내려라."

앞자리에서 나는 목소리에 따라 안경 쓴 남자가 무영에게 배낭을 챙겨 주며 먼저 내리더니 차 문을 열어 주었다. 무영이 내리자 안경 쓴 남자가 손을 한 번 흔들고 바로 차에 탔다. 차는 바로 출발해서 무영의 시야에서 사라졌다.

'살아 돌아왔다.'

차가 사라진 것을 확인하자 몸에서 기운이 쭉 빠져나가는 것이 느껴졌다. 긴장이 풀리며 다리가 후들거리고 길거리에 털썩 주저앉고 싶은 것을 가까스로 참으며 배낭을 메고 터벅터벅 집을 향해 걸어갔다. 주머니에서 꺼낸 휴대폰 시계는 오후 2시를 넘어가고 있었다.

집에 들어서자 엄마가 화들짝 놀라며 무영을 맞았다.

"어머 애, 무영아! 어디 갔다 오니. 산에 간다더니 이게 웬일이니?"

어제 아침에 나갈 때만 해도 멀쩡했던 아들이 창백한 얼굴로 돌아오자, 엄마가 기겁을 했다.

"저기 뉴스 좀 봐라. 이서경 의원님이 돌아가셨다는구나. 너 이서경 의원님과 같이 등산 가지 않았었니?"

무영은 현관에 들어서며 TV를 보았다. 뉴스는 이서경 의원이 도봉산을 등산하고 하산하던 중 급성심근경색으로 돌연 사망했다고 전하고 있었다.

'고대 병원이라고? 도봉산과 가까운 곳으로 모셨네. 의원님 죽음에 어떤 의혹도 받지 않으려고 노력했구나.'

현관에서 망연하게 TV를 보다가 등산화를 벗고 자기 방으로 들어가서 등산 가방을 내려놓은 무영은 침대로 가서 누웠다. 엄마가 따라 들어오며 무영의 상태를 걱정했다. 엄마의 걱정 섞인 말을 아스라이 들으며 이내 잠에 곯아떨어졌다.

눈을 번쩍 떴을 땐 어두컴컴한 밤이었다. 무영은 자신의 방을 둘러보면서 크게 숨을 쉬었다.

'생명은 없지만 내가 늘 보던 물건들 옆에 있으니 왠지 마음이 놓인다. 다시 만나서 반갑다, 나의 물건들아!'

무영은 커튼을 걷고 창문을 열었다. 골목 가로등 불빛이 희미하게 들어오는 한밤중이었다.

'살아 돌아오긴 했으나 이제 정말 나 혼자 남았구나.'

단지에 대한 단서를 조금이라도 얻을 수 있는 사람이 무영밖에 없으니 직접적인 위해를 가하진 않겠지만 간접적인 압박을 가하는 방법을 쓸 것이다. 가족에 대한 위해, 무영은 그것만은 피해야 했다.

더 이상 의논할 상대도 없었고 의지할 곳도 없었다. 의논할 상대를 만들어서도, 의지할 곳을 만들어서도 안 되는 노릇이다. 오롯이 무영이 감당하고 살아 있는 날까지 철저히 침묵하며 견뎌내야 했다.

이 생각 저 생각하며 냉장고에서 사과 하나를 꺼내서 먹고 옷을 갈아입은 후 외출 준비를 하는 아들을 부모님은 걱정스럽게 바라보고 있었다.

"이 의원님께 마지막 인사하고 올게요."

무영은 집을 나와 택시를 탔다.

무엇이 득도이고 해탈인가. 희로애락에서 벗어나 아무런 근심도 걱정도 없어야 해탈 아니던가. 득도를 해서 얻은 것이 무엇인가? 결국 아무것도 없었다. 참담한 심정으로 살아가야 하는 일상이 무의미하게 느껴질 뿐이었다. 자신이 입을 열지 않은 상태로 살아 있으면 가족이 위험에 처할 것이고, 자신이 죽으면 가족이 슬퍼할 것이다. 어느 모로 보나 좋지 않은 결과다.

안암동 고대 병원에 도착하니 밤 10시가 되었다. 늦은 시간이어도 영안실 밖까지 온통 시커먼 양복을 입은 사람들 십수 명이 서성이고 있었다. 이서경 의원의 비서가 무영을 발견하고 다가왔다. 검은 양복을 입고 지난 밤을 새운 듯 초췌한 몰골로 상주의 옆자리에 있다가 반갑게 맞았다.

"어서 와요. 어떻게 한밤중에 왔네. 이쪽으로……."

비서관의 안내에 따라 영정 앞에서 절을 하고 사진을 바라보았다. 사진 속 이서경은 웃고 있었지만, 현실의 삶에서 저렇게 해맑은 웃음을 지은 적이 몇 번이나 있었을까. 이서경을 만난 기간은 얼마 되지 않았다. 그 짧은 기간에 무영은 엄청난 정신적 변화를 겪었고 인생의 방향도 완전히 바뀌어 버렸다.

영정 앞을 물러 나오자 비서가 말을 붙였다.

"이 의원님이 심장마비로 돌아가실 분이 아닌데 이상해. 심장마비 쇼크사가 사인(死因)인데 심장마비는 혈압이나 뭐 혈관 질환이 있어야 오는 거잖아. 그런데 의원님은 평상시 그런 거 전혀 없이 건강하셨거든. 뭐 드링크제를 마셨다는데 그 드링크도 의원님이 처음 드셨던 것 같던데 그걸 왜 드셨는지도 의문이고, 그리고 마취성분도 일부 검출돼서 쇼크로 이어졌다는 거야. 이걸 어떻게 받아들여야 할지 모르겠다. 난 의문투성이고 이 의원님의 죽음을 받아들이기가 힘들어."

"네, 저도 그래요. 뭐가 뭔지 뒤죽박죽이라 몹시 힘드네요. 비서관님, 못 주무셨나 봐요. 눈이 빨갛게 충혈됐어요."

"자네는 건드리기만 하면 쓰러질 것처럼 위태로워 보여. 어디 아픈

가? 얼굴이 완전히 창백해. 좀 쉬어."

"예, 그럴게요. 발인은 언제예요?"

"내일 아침 7시에 장지로 출발할 거야. 오게?"

"아니요. 가족분들 계시니까 저는 오늘 뵌 것으로 인사를 대신 할게요."

"의원님이 이렇게 허망하게 가시다니……. 이 의원님 쓰러지셨을 때 산악회장님과 자네가 구급차에 의원님과 같이 타고 갔다고 들었는데 사실인가?"

"네! 아참, 산악회장님은 어떻게 되셨어요? 그분도 저와 같다면 마취약이 든 물을 마셨을 텐데……."

"마취약?"

"네, 회장님이 드시는 걸 보고 저도 마셨는데 그리고 기억이 끊겼고 어디론가 끌려갔어요."

"자네도 마취약을 탄 물을 마셨어? 어디로 끌려갔다고? 어디로?"

"네! 깨어났을 때 밖을 못 봐서 어딘지는 모르겠고요. 그곳에서 나올 때 눈을 가리고 나와서 전혀 어딘지 감이 안 와요. 산악회장님은……."

"그분은 오늘 아침에 길거리에 쓰러져 있어서 경찰이 보호하고 있다가 10시쯤에 깨어났대. 깨어나자마자 집으로 가셨다가 이곳에 오셔서 저녁까지 빈소를 지키다 가셨지. 오늘 또 오신다고 했으니 기다렸다가 만나고 가는 게 어떤가? 산악회장님도 자네 안부를 궁금해하셨거든. 전화번호를 서로 모르고 있어서 연락도 못 한다고 하시더라."

무영은 잠시 생각했다. 산악회장은 아무것도 모른다. 이 모든 것을 설명하면 이서경의 죽음을 설명할 수 있었지만 절대로 그럴 수는 없었다. 자신의 목숨을 버려서라도 지켜내야 할 절대 비밀이었다. 그렇기 때문에 마취약을 같이 마신 동지로서, 마취제를 맞고 사망한 이서경의 문제까지 집요하게 파고들어 간다면 피곤할 수도 있었다. 무영은 산악회장을 피하는 게 차라리 낫겠다고 생각했다.

"산악회장님이 마취약을 먹인 구급차 요원을 찾아 달라고 경찰에 신고했어. 자네도 거기에 동참해 주길 바라실 거야. 잠깐 기다려 봐. 회장님께 전화 좀 해 볼게."

"저…… 잠깐만요."

비서관이 전화기를 켜고 전화번호를 찾자 무영이 제지했다.

"응? 왜? 자네는 납치까지 됐으니 납치범들을 찾아야지."

"네, 그건 그렇게 할 거고요. 저도 잡혀 있다 나와서 지금 몹시 지쳐 있거든요. 의원님 발인 끝나고 저 기운 좀 차리고 정신 좀 들면 산악회장님과 만날게요. 지금은 말고요. 그러기 전에 힘들어서 먼저 죽겠어요. 하루 종일 아무것도 먹질 못했거든요."

"어, 그럴래? 그래! 정말 금방이라도 쓰러질 것 같아 보여."

무영은 비서에게 인사를 하고 다시 병원을 나섰다.

산악회장이 신고를 하고 무영이 신고를 해도 경찰에 어떤 압력이 들어가면 수사는 흐지부지될 것이 뻔했다. 그 압력을 무영은 짐작할 수 있지만 산악회장은 진척되지 않는 수사를 경찰의 무능 때문이라고 생각할 것이다. 보이지 않는 막강한 힘의 존재에 대항할 수 있는 것은 아무것도 없었다. 지키고자 하면 죽음으로 대항하는 것이 어쩌면 최선일 수 있었다. 성진 스님이, 이서경 의원이 그랬던 것처럼.

'저들은 나를 죽이지 않아. 대신 나를 압박하는 카드로 가족을 차례로 옥죄겠지. 흥! 서해안을 벌집처럼 쑤시고 다니겠구나.'

무영은 평상시와 같이 학교를 다니고 집에 오면 수도를 했다.
하지만 9월 중순이 되자 모르는 번호로 전화가 왔다.
'뒤지는 게 끝났구나. 안경 쓴 아저씨가 이 근방에서 전화한 거야.'
내키지 않는 마음으로 전화를 받았더니 역시 안경 쓴 남자의 목소리였다.
"얼마나 됐다고 전화했어요. 귀찮게."
"귀찮게 해서 미안한데 난 말하면 지키는 사람이라서."
"뭘 지켜요."
"내가 강남에 가면 학생 뭐라도 사 주겠다고 했잖아요. 그때 굶긴 게 미안해서."
"신경 안 쓰셔도 돼요. 먹는 거에 별로 관심 없으니까요."
"내 마음이 그렇지가 않으니까 잠깐 나와요."
"아저씨, 혼자 온 거 아니죠?"
"아, 친구랑 같이 왔는데 부담스러우면 보낼게요."
"아저씨 혼자면 나갈게요. 잡혀가는 거에 트라우마가 생겨서 아무리 순한 얼굴 하고 오셔도 무서워요."
"어이구, 그랬구나. 그럼 이렇게 전화하는 것도 짜증 나겠군요."
"예! 그러니까 오늘 이후로 전화하지 마세요."
무영은 천천히 걸어서 강남으로 나갔다. 약속된 식당으로 들어서자 안경 쓴 남자가 손을 흔들었다.

"되게 친한 척하시네요. 난 별로 안 반가운데."

"트라우마가 생겼다니…… 정말 미안해요. 그래서 오늘은 정말 내가 미안한 마음으로 쏘는 거니까 순수한 마음으로 받아 주세요."

"아저씨, 상처가 나고 흉터가 남으면 그게 쉽게 치료가 되지 않아요. 아저씨가 일전에 하신 행동이 다 저에겐 상처이고 흉터로 남았다고요."

식탁 위에 휴대폰이 놓여 있었는데 케이스가 있어 보이지는 않았지만 녹음이 되고 있었다. 무영이 휴대폰을 쳐다보며 못마땅한 표정을 지었다.

미리 시켜 놓았는지 음식이 나왔다.

"음식 먹이면서 저 협박할 생각이면 미리 말하세요."

"어허, 먹다가 얹히겠네."

"아까도 말했지만 저 먹는 거에 별로 흥미 없어요. 먹고 싶은 것도 없고요. 오신 용건이나 말하세요. 그냥 오시진 않았을 테니까."

날 선 무영의 말에 안경 쓴 남자가 고개를 절레절레 흔들었다.

"와!!! 눈치가 백단이네. 그럼 내가 무슨 말을 할지도 알아요?"

무영은 시치미를 뚝 뗐다.

"그걸 어떻게 알아요."

"일전에 학생은 나에게 서해안을 집중적으로 말했어요."

"그래서요?"

"혹시나 일행이 다녀갔던 곳에서 우리가 찾는 단지의 행방을 찾을 수 있을까 해서 좀 알아봤거든요. 그런데 전혀 소득이 없었어요."

무영이 한숨을 쉬었다.

"단지?…… 단지라고요. 그 깨진 단지 말이에요? 이미 깨져서 쓰레기처리장에 묻혔을 텐데 그것 때문에 나를 족치는 거예요?"

"숨기지 않을게요. 맞아요. 그런데 지금까지 말해 준 어디에도 단지는 없었어요."

"쓰레기처리장은 찾아봤어요?"

"거긴 엄두가 안 나서 찾지 않았고요. 우리는 그 단지가 깨지지 않았을 거라고 생각하고 찾는 거예요."

"깨졌다니까요."

"봤어요?"

"전 못 봤지만 스님이 그러셨어요. 스님과 이 의원님이 하루 먼저 귀국하셨잖아요. 그래서 전해 들었는데 종로3가 어디쯤에서 쓰레기통에 소매를 탈탈 털었다고 하셨다니까요. 깨진 조각에 다칠까 봐서요."

"못 봤다고 했잖아요. 그래서 우린 그 말을 믿지 못하는 거예요."

"그럼, 스님에게 직접 물어보시죠? 같이 있다면서요?"

안경 쓴 남자가 말없이 음식만 집어 먹었다.

"저보다 직접 버린 스님에게 물어보면 더 정확할 텐데, 전해 들은 사람 붙잡고 이렇게 귀찮게 해요."

"나도 그랬으면 좋겠어요."

"그건 무슨 뜻이죠?"

"말 그대로요."

"스님과 연락이 안 되는 건 당신들 짓이죠? 이 의원님이 갑자기 사망하신 것도요?"

"그건 난 모르는 일이요. 난 학생 전담이라서요."

식탁 위의 휴대폰이 진동음을 내며 부르르 떨었다. 안경 쓴 남자가 휴대폰을 들어 확인을 하고 다시 내려놓았다.

'다른 데서 대화 내용을 듣고 있다가 말조심하라는 내용을 보냈겠지.'

"부정 안 하시네요. 제 말이 맞나 봐요?"

"학생! 위험한 말은 안 하는 게 좋소."

"협박인가요?"

"충고요."

"충고요……. 너도 그렇게 될 수 있으니 잘해 줄 때 순순히 우리가 원하는 답을 내놔라, 이거군요. 그렇죠?"

안경 쓴 남자가 말없이 무영을 바라봤다.

"아저씨, 대답을 해 주고 싶어도 아는 게 있어야지요. 어쩌라구요?"

무영의 설레발에 안경을 고쳐 쓰며 남자가 말했다.

"학생은…… 내가 겪었던 어떤 사람보다도 영리해요. 어린 나이에 일류 대학 형들과 함께 공부하면서 우등생이지 않소. 우리나라를 위해 앞으로 큰일을 할 것이라고 믿어요."

"추켜세우지 마세요."

"이 말은 진심이요. 학생! 내가 비록 미군에서 근무하고 있지만 한국 사람이요. 처음 봤을 때부터 머리가 좋을 것이란 생각을 했고 앞으로가 기대되는 인물이 될 거라고 믿고 있어요. 그러니 내 말을 고깝게만 듣지 말고 날 조금이라도 믿어 주기 바라요."

"스님과 연락이 안 되는 건 어떤 이유죠?"

"아까도 말했지만, 난 학생 담당이요. 스님 담당이 아니라."

"거 봐요. 제가 못 믿게 하시잖아요. 제가 의심을 품지 않게 대답을 해 주시든가 아니면 스님과 대면을 시켜 주시든가. 최근에 저와 가깝게 지냈던 어른들이 죽거나 사라지고 있다고요. 제가 신경이 곤두설 수밖에 없는 이유죠."

"그건…… 나도 모르는 일이요."

무영이 팔짱을 끼자, 안경 쓴 남자도 팔짱을 끼었다.

"모르신다고 하셨는데…… 서로 담당하는 사람들과 커뮤니케이션이 안 되시나 봐요. 그렇게 일을 비효율적으로 하신다고요?"

"난 학생에 대한 것만 보고하면 되니까…… 다른 사람에 대한 보고는 담당자가 할 거니까 내가 상관할 바 아니지요."

안경 쓴 남자는 거짓말을 하고 있었다. 성진뿐만 아니라 윤검군과 서금화에 대해서도 이미 알고 있었다. 그들의 죽음을 까발리는 건 무영의 협조를 이끌어 내는 데 전혀 도움이 되지 않기에 말을 안 하고 있을 뿐이었다.

무영은 이 싸움이 지루해졌다. 이 자리에서 벗어나고 싶었고, 줄다리기해 봤자 제자리일 게 뻔했다.

"식사 다하셨죠? 저 그만 가 봐도 돼요?"

"아직 남았어요. 학생이 먹질 않으니까 나도 천천히 먹는 거지."

"이런 얘기 하면서 밥이 넘어 가겠어요?"

"혹시 나한테 거짓말한 거 있어요?"

"거짓말?…… 거짓말은 아저씨가 저한테 하고 있는 것 같은데요?"

"내가 뭘 거짓말을 했다고?"

"제가 말 안 해도 아저씨 거짓말하고 있다고 얼굴에 써 있어요. 아저씨 표정이 굉장히 정직하거든요."

"난 학생에게 거짓말한 적 없어. 학생이 나한테 거짓말을 하면 했지."

"그 말을 믿을 수가 없다는 거죠. 계속 말했지만 전 아저씨를 믿지 않아요. 그래서 이런 대화가 지루하구요."

"그럼, 어떡해야 나를 믿을 건데?"

"진실을 말하지 않잖아요."

"난 진실을 말했어요."

"아니에요."

"답답하군. 어떤 말을 해야 진실을 말한다고 할 수 있지요?"

"스님이 행방불명된 배경과 이 의원님의 사망에는 어떤 연결고리가 있는 것 같은데 그것에 대해 말씀해 주세요. 그리고 스님과 만나게 해 줘요. 그럼 믿을게요."

"그건 아까도 말했다시피 내 담당이 아니라고요. 정말 답답하네."

"답답하긴 저도 마찬가지예요. 일전에 제가 잡혀갔을 땐 눈에 보이지 않는 감시가 있어서 제대로 못 물어봤었어요. 지금도 어딘가에서 이 대화를 듣고 있는지 모르지만 여기선 그나마 숨이라도 쉬며 물어보는 거니까 대답해 주세요."

안경 쓴 남자가 두 손을 반쯤 들고 대답했다.

"진심으로…… 네버, 몰라요. 난 나와 관련 없는 일까지 알고 싶지 않아요. 학생만 하더라도 버거운데 다른 사람까지 신경 쓰고 싶지 않거든요. 처음엔 학생이라 만만하게 봤는데 갈수록 높은 벽과 대화하는 것 같아 잘못 걸렸다 생각하고 있어요."

"저도 벽과 얘기하고 있는 것 같아요."

"학생은 나에게 진실을 말했어요?"

"제가 아는 한도에서는요."

"그래요? 근데 난 왜 학생이 나에게 뭔가 숨기고 있다는 생각이 들까요?"

무영이 씨익 웃었다.

"서로 믿지 못하는 사람끼리 마주 앉아 있군요. 정말 민폐인 거 아세요?"

안경 쓴 남자가 곤혹스러운 표정을 지었다.

"내가 민폐를 끼치면서 이런 일을 할 줄은 몰랐어요. 내가 만약 학생 전담하는 일을 그만두면 다른 사람이 배정될 거예요. 그럼 더 곤란해질 수 있어요."

"예! 아저씨는 나름 절 지켜 주시려고 애쓰신 거 알아요."

"알면서 이렇게 나를 몰아붙여요."

"저도 제가 왜 이런 상황에 놓여 있는지 황당하고 짜증스럽거든요. 입장을 바꿔 놓고 생각해 봐요."

안경 쓴 남자가 가만히 고개를 끄덕였다.

"그래서 내가 최대한 다른 사람들 덜 끼어들게 하려고 했었어요."

식탁 위의 휴대폰이 진동음을 냈다. 안경 쓴 남자가 휴대폰을 들고 보더니 다시 내려놨다.

"대화를 같이 들으며 지시를 내리는 거죠?"

"학생 말대로요. 내가 학생을 너무 겸손하게 다뤄서 효율적이지 않다고 생각하는 것 같아요. 다른 사람이 배정되면 아마 나 같지는 않을 거예요."

"그렇겠죠."

"그걸 알면서도 나한테 이러는 거요?"

"새로 배정되는 사람이 어떤 사람일진 몰라도 역시 믿지 못하는 건 마찬가지일걸요. 나에게 뭘 물어보던지 앞으로도 대답은 똑같을 거예 요."

안경 쓴 남자가 한숨을 쉬었다.

"아저씨는 아저씨 할 일을 한 거지만 전 아저씨와 아저씨 일행을 두려워했고 처음부터 무서워했어요. 그건 아시죠?"

"왜 무서워했죠?"

"무섭게 등장했잖아요. 스포츠머리 한 아저씨도 그렇고. 팔에 문신 도 그렇고. 거칠고 죽일 것처럼 위협적인 사람들로 보였거든요."

"학생은 경제학과지요?"

"예!"

"경제학이면 타협하고 협상하는 기술도 경제학의 일부 아닌가요?"

"그게 무슨 상관이에요?"

"전공을 살려서 출세하려면 협상을 잘해야 할 거예요. 사람들 심리 도 잘 살펴야 하고요."

"걱정해 주셔서 감사합니다만, 거기까지 들을게요."

"학생 눈치는 백단이에요. 타협점만 잘 찾으면 정말 금상첨화인데 그걸 못하는 것 같아 안타까워서 그래요."

무영이 상대방을 꿰뚫어 보면서 이야기하는 것을 모르는 안경 쓴 남자는 진심으로 말하고 있었다.

"그 말씀은 진심이 느껴져요."

"한 번만 더 물을게요. 스님이나 이 의원님께 단지에 대해 종로3가
에 버렸다는 말 외에 들은 얘기가 있나요?"

"없어요."

무영이 잘라 말했다.

"그래요, 알았어요. 그렇게 보고하지요. 그리고 또 하나, 지방 여행
의 진짜 목적이 뭐였어요?"

"여러 차례 말씀드렸잖아요. 미국 여행이 너무 황당하게 끝나서 안
전한 국내 여행으로 좀 더 여행 기분을 연장한 거라고요. 덕분에 쫓아
다니면서 맛있는 거 많이 먹을 수 있었어요. 기분 좋게 올라와서 이런
꼴 당하니까 괜히 다녀왔다는 생각도 들고, 의원님 돌아가시고…… 지
금 제가 얼마나 신경이 날카로운지 아세요?"

"알았어요, 알았어. 그렇게 보고 올릴게요."

무영이 입꼬리를 실룩거리며 자리를 박차고 일어났다.

마지막 수련

가끔 안경 쓴 남자에게 전화가 올 뿐, 미행도 붙지 않아서 홀가분하게 학교를 다닐 수 있었다. 하지만 무영의 수호신들은 집 주변에 부쩍 늘어난 CCTV를 말해 주었다. 직접적인 감시에서 원격 감시로 전환한 것이다. 거기다 집과 학교 이외의 장소로 이동하면 금방 미행이 붙었다.

해가 바뀌어 무영이 4학년이 되었다. 두문불출하고 집에만 처박혀 수도에 전념하던 무영이 느닷없이 자신의 수호신들에게 질문을 던졌다.

"혹시 전생의 도력을 현재로 끌어올 수 있을까?"

지고청이 대답했다.

'전례가 없어요.'

"내가 선례를 만들면 되지."

'지금도 굉장한데요. 최풍헌의 도력을 흡수하고 싶으신 거지요?'

지고청의 질문에 무영이 대답했다.

"그래. 풍헌 최씨였을 때가 도력이 가장 높았는데 그걸 써먹지 못했잖아."

'지금도 딱히 써먹을 데가 없잖아요?'

"그렇긴 한데 지금 딱히 할 일이 없잖아. 만약 그게 가능하다면 지금의 도력에 얼마만큼의 도력이 더해질까 궁금해서 말이야."

'하긴 풍헌 최씨가 도력이 끝내주긴 했지.'

수호신들이 서로 쳐다보면서 고개를 갸우뚱거리다가 무심이 중얼거렸다.

'어떤 방법으로 도력을 가져올 수 있지요? 이미 몇 번의 환생으로 풍헌 최씨의 도력은 사라졌어요.'

"아냐. 나의 혼줄에 기록이 되어 있을 것이다. 혼줄에서 풍헌 최씨의 부분을 찾아서 연결하면 혹시 될 수 있지 않을까 생각해 본 거야. 안될 수도 있지만 될 수도 있으니 한번 시도해 보겠다는 거지."

수호신들이 탄성을 질렀다.

'아! 혼줄!! 그런 방법이 있군요.'

지고청이 이의를 달았다.

'하지만 혼줄에 도력이 남아 있을까요? 여러 번의 환생으로 도력이 다 지워졌을걸요?'

"환생을 해도 그 당시의 혼줄에는 남아 있을 거야. 난 시도해 볼 거니까 너희도 도와라."

'예!'

언제부턴가 무영은 누워서 잠을 자지 않았다.

한 번은 자다가 깨어 보니 몸이 허공에 떠 있었고 그 이후로 앉아서 잠을 잤다. 앉아 있거나 걸을 때도 몸의 무게를 느끼지 못하다 보니 몸이 떠 있는 경우가 자주 생기자, 자신의 신들에게 바깥에 나갈 때에는 바닥에서 떨어지지 않을 정도로 몸을 누르도록 했다. 하지만 명상을 하면서 잠이 들면 제어가 되지 않았다. 최근에는 덤벼드는 신도 없었고 오히려 명상에 들면 신들이 줄줄이 찾아와서 경배하고 가는 것이었다.

어느 순간 무영에게서 오색찬란한 빛이 나고 있었다. 사람들 눈에는 그저 맑고 깨끗한 분위기만 보였지만 신들은 주위에 오기도 전에 납작 엎드렸다.

'이상하다. 오늘이 내가 죽는 날인데…… 수도 중에 죽는다고?'

무영은 어딘가 질퍽거리는 곳을 걷고 있었다.

발바닥에 닿는 끈적거림이 싫어서 마른 땅을 찾아보았지만, 사방이 온통 선홍빛 붉은색이었다.

'여기가 어디야?'

맑은 선홍빛이 나는 곳으로 발길이 닿았다 싶으면 이내 검붉은 곳에 발이 묻혀서 질척거렸다.

'정말 이렇게 질척거리는 건 싫은데…… 여기가 어딜까?'

끝이 보이지 않게 이어진 붉은 진흙탕 위로 선홍색 하늘에 핏빛 구름이 흐르고 있었다.

'이건 무슨 시험이냐. 위아래가 온통 핏빛이네. 혹시 혈관 속인가?'

멀리 물방울 같은 것들이 떠다니고 있었다. 하지만 자세히 보니 그것들은 물방울이 아니었고 놀랍게도 주먹만한 주머니 속에 둥그런 무언가가 웅크리고 있었다. 크고 작은 주머니들이 무수히 떠다니고 있었고 그 주머니들이 차츰 무영에게로 다가왔다.

'여긴 어디야?…… 몸 속인가? 온통 붉어서 섬뜩해.'

질척거리던 앞에서 무언가 꿈틀거렸다. 깜짝 놀라 다리를 치켜들어 보았지만, 양발이 모두 붉은 진창에서 빠져나올 수 없이 잠겨 있었다.

'윽! 이게, 이게 뭐야. 아기 모양이잖아.'

아기는 아기인데 핏덩어리 아기라 피부는 쭈글쭈글하고 팔다리가 가늘며 머리는 컸다. 온몸에 액체를 뒤집어쓴 채 무언가 할 말이 있는 듯 무영을 향해 느릿느릿 움직였다.

"멈춰, 거기서 말해."

아기는 멈춰서 팔다리를 허우적거리며 뭔가를 전달하고자 했다. 눈도 감기고, 입도 벌리지 못하고 소리조차 나지 않았지만 무영은 뜻을 이해했다.

아기는 5개월째에 부모가 자기를 죽여서 봉지에 담아 쓰레기통에 처박았다고 하소연하고 있었다.

무영은 공중에 떠다니는 달걀만 한 덩어리들을 보았다. 저 정도 크기면 2~3개월 정도 된 아기들일 것 같았다. 아직 미성년자인 무영으로선 당황스럽고 황당하기 이를 데 없는 상황이었다. 그 덩어리들은 아주 작은 투명 주머니에 싸여 있어서 소리조차 낼 수 없었고 이따금 움직일 뿐이었다. 초기에 자궁에 자리를 잘못 잡아 죽은 아기, 원치 않던 임신으로 죽임을 당한 것에 대한 억울함과 분노를 담아 꿈틀댈 때마다 붉은빛이 더욱 붉어졌다.

'소름 끼친다.'

사람들의 욕망과 이기심으로 죽임을 당한 아기들이었다. 새삼 사람들의 잔혹함에 몸서리를 치며 아기들에게 동정심이 생겼다.

앞에서 또 다른 액체 덩어리 두 개가 스멀거리며 일어섰다. 6개월까지 자궁에 안락하게 있던 중 사고로 유산되어 죽은 아기가 팔다리를 꼼지락거리며 세상을 못 보고 죽은 원망을 몸으로 표현하고 있었다.

또 하나는 완전히 아기의 모양을 갖추고 움직임도 활발했고 소리도 제법 우렁찼다. 태어나자마자 장애를 가졌다는 이유로 보살핌을 받지 못해 내버려 두어 죽은 아기였다. 아기는 울음소리를 내며 무영에게 다가오려고 애썼다. 하지만 무영에게서 나는 빛 때문에 아기들은 다가서지 못하고 일정한 거리를 유지하고 있었다.

옆에서도 몽글거리며 핏덩어리 아기가 나와 삑삑 소리를 질렀다. 아기의 엄마는 학생이었고 강간을 당해 어쩔 수 없이 생긴 아이를 낙태한 것이었다. 그래도 이미 생겨난 생명을 죽인 것은 분명한 사실이었다. 아기는 분노를 온몸으로 표현하며 버둥댔다.

그 옆에서도 계속 꿈틀대며 아기가 기어 나오고 있었다. 네 명의 남자로부터 윤간당한 엄마가 배가 불러오자 자살한 엄마의 뱃속에서 죽은 아기였다. 공중에 떠서 태반에 싸여 탯줄까지 달고 다니던 아기는 부모의 원치 않는 임신으로 낙태되어 세상 빛도 못 보고 죽은 아기였다. 이 아기가 할 수 있는 것은 작은 몸을 들썩이는 것이 전부였다.

태어나서 아버지가 누구인지 싸움을 벌이다가 죽임을 당한 아기도 있었고, 아기가 자기를 안 닮았다며 자기 자식을 죽인 비정한 아버지도 있었다. 배우자 몰래 바람을 피우다가 임신해서 낙태한 아기도 있었다.

나라를 막론하고 세상 모든 곳에서 처참하게 죽임을 당한 아기들이라 생명의 존엄성과는 거리가 멀었다.

'모두 억울하게 죽은 아기나 태아들이구나. 이렇게 세상에 나오지도 못하고 죽은 태아들이 많다니. 사람들이 얼마나 많은 죄를 짓고 살고 있는지 알고나 있을까?…… 죄의식이나 갖고 있을까? 안타깝고 속상하네. 너희들을 내가 어떻게 위로해 줘야 할까?'

아기들은 자신들이 세상에 나가지 못하고 죽은 것에 원망과 분노를 담아서 낼 수 있는 온 힘을 실어 무영에게 소리 지르고 있었다.

"정말 안됐구나. 얼마나 원망스러우면 그렇겠니. 자, 울지 말고 소리 지르지 말고 하나씩 말해 볼래?"

갑자기 아기들이 제각기 내는 울음소리들로 귀가 멍해질 지경이었다. 앞과 양옆으로 수백 명의 아기들이 아래에서 위에서 툭툭 불거져 나오고 있었다. 무영은 뒤를 돌아보았다. 역시 뒤에도 수백 명의 아기들이 빛 주변에 모여 있었다. 주위를 한 바퀴 돌며 아기들을 세어 보았다. 수백 명의 아기들이 있었는데, 세는 중에도 어디선가 아기들은 계속 생겨나서 꿈틀대며 다가오고 있어서 헤아리는 게 무의미하다는 걸 곧 깨달았다.

'도대체 얼마나 더 늘어날 참이야?'

태아들의 숫자는 금방 천을 넘었다.

숫자가 적을 때는 가여웠고 동정심에 말이라도 들어주고 위로해 주고 싶었지만 이렇게 많은 수가 자신을 둘러싸고 소리를 내자 점차 당황스러웠다. 하나씩 들리던 태아들의 울음이 이젠 다 뭉쳐져서 거대한 파도처럼 몰아쳤다.

"나한테 왜 이래. 원하는 게 뭐야?"

무영의 말에 아기들은 시뻘겋게 분노를 표출하며 더욱 목 놓아 울었다.

"아이쿠, 정말 왜 이러는 거야?"

'억울해!'

태아들의 한결같은 느낌이 전달되어 왔다.

"너희들이 억울한 건 알아. 그런데 그걸 나한테 말한다고 내가 어떻게 해결할 수 있는 게 아니잖아."

'억울해!'

그러는 사이에도 태아들의 숫자는 계속 늘어나고 있었다.

"아, 미치겠네. 그러니까 내게 바라는 게 뭐야? 누가 얘기 좀 해 봐."

아기들 중 제법 크고 눈도 뜬 아기가 빛의 경계까지 다가와 입을 움직였다. 입만 벙긋거렸지만, 뜻만은 잘 전달되었다.

'벌을 줘.'

"뭐? 벌줘? 누구에게……?"

'벌줘.'

그 아기는 세상에 태어나서 보름 만에 타고난 병으로 사망했지만, 부모를 원망하고 있었다.

"부모에게 벌을 주라고 말하고 있는 거냐?"

'벌줘.'

"맙소사! 난 너희 부모들에게 벌을 줄 만한 사람이 아니야."

태아들은 점점 더 늘어나서 무영의 주위를 사방으로 꽉 채우고 있었다.

"사람이 살다 보면 이럴 수도, 저럴 수도 있는 건데……."

태아들의 선홍빛이 일순간 더욱 붉은빛으로 변하며 소리가 한껏 커졌다. 아기들이 분노해서 터트린 소리는 무영의 머릿속을 뒤흔들었다.

"아이고, 머리야. 아냐, 아냐. 그 사람들을 용서하라는 게 아니라 내가 할 수 있는 게 없다는 거야. 너희의 억울함과 분노는 잘 알지만 내가 해 줄 수 있는 게 없다구."

한동안 태아들의 분노에 찬 소리로 무영은 머리를 감싸 쥐고 있었다. 손을 떼고 머리를 서서히 들어 앞을 보았을 때 무영은 기겁했다.

발밑을 제외한 머리 위까지 사방이 아기들로 겹겹이 둘러싸여 빼곡했다. 무영의 빛 때문에 일정한 거리 이상 다가오지 못하고 빛의 언저리에서 아우성을 치고 있는 것이다.

순간 오싹한 두려움이 엄습했다.

'이런 경우는 처음이라…… 차라리 칼 들고 덤비는 놈들이면 맞대응이라도 하겠는데 이 아기들을 어떡하지? 어떻게 달래지?…… 너희를 어떡하면 좋겠니?'

두려움과 함께 아기들의 분노를 풀어 줄 방법을 생각해 보았지만, 생각이 나질 않았다. 무영은 한편으로 자신에게 아기들이 왜 이러는지 이해할 수가 없었다.

무영의 빛으로 인해 얼마간의 거리를 두고 있었으나 사방으로 태아들이 막고 있으니 더 나아갈 수도, 뒤로 갈 수도 없었다. 태아들이 늘어남에 따라 각자 내는 '앙앙~' '에에~' '으앵~' 소리가 점점 더 커졌고 이 소리는 무영에게 커다란 혼란을 주었다.

'아기의 울음소리가 나한테 최악이네. 아기 울음소리에 머리가 지끈거려. 끙~.'

무영이 지끈거리는 머리를 흔들자 빛의 파장이 흔들리며 앞에 있던 태아들이 우르르 뒤로 밀려났다. 무영이 깜짝 놀라 움직임을 멈췄다.

"어, 미안, 미안해⋯⋯. 의도적으로 그런 건 아니었어. 다친 덴 없니?"

뒤로 밀려났던 아기들이 다시 꿈틀거리며 앞으로 다가왔다.

"오지 마."

무영이 앞에 생긴 공간으로 발을 내디뎠다.

앞에서 다가오던 태아 중 작은 주머니의 두 명이 무영의 빛에 닿자 기괴한 소리를 내었다.

'까~하~.'

소리와 함께 푸른 빛이 번쩍이더니 두 아기가 사라졌다.

"뭐, 뭐야?"

'소멸! 우리를 또 죽였다.'

'무서워.'

태아들이 웅성거리며 뒤로 물러섰다. 아기들 사이에서 뭔가 이상한 기운이 감지되고 있었다. 두 명이 소멸된 것에 대한 두려움과 공포로 아기들은 더 이상 다가오지 않았다.

"미안해. 의도치 않게 너희에게 상처를 주었구나. 정말 미안하다."

무영이 태아 두 명을 소멸시킨 것에 대해 사과하였다.

그래도 분위기는 바뀌지 않았고 아기들이 두려움에 떨며 웅성대는 소리가 무영에게 생생하게 전달되었다.

"내가 정말 미안하다. 내 부주의로 인해 태아가 소멸되었으니 너희들이 두려워하는 것을 이해해. 하지만 무의식중에 일어난 일이니까 용서해 주길 바란다."

무영은 자신에게서 빛이 나는 것이 처음으로 부담스럽게 생각되었다. 빛이 나는 것이 도를 이룬 결정체이고 능력에 비례하기 때문에 빛이 강할수록 자신감이 붙었었다. 그것이 지금은 자신에게 무언가 하소연하는 태아들에게 치명타를 입히고 있었다.

"미안한데…… 나에게서 떨어져. 나에게 다가오지 마. 난 너희들에게 아무것도 해 줄 게 없는 사람이야. 그러니 다가오지 마. 제발…….

무영의 간절한 바람과 달리 아기들의 수는 점점 늘어나 사방을 가득 메우고 있었다. 수천이 넘을 만큼 눈 닿는 곳마다 아기들이 빽빽이 들어차서 틈이 안 보일 정도였다. 무영은 숨이 턱 막혀 바닥에 주저앉았다.

"이러지 마. 나한테…… 너희들 얘기 들어 주는 것 빼곤 해 줄 게 없어."

아기들이 멈췄던 울음소리를 내기 시작했다. 아기들이 각자 내는 울음소리는 달랐지만, 고통으로 일그러진 울음소리는 무영의 마음을 마구 헝클어 놓고 있었다.

살면서 아기 울음소리를 들어 본 적이 없는 무영에게 이곳은 지옥이나 마찬가지였다. 그렇다고 아기들에게 빛을 쏘아 죽일 수도 없어서 무영은 고통으로 머리가 지끈지끈 아파졌다. 어떤 귀신이 덤벼도 담대하게 대하던 무영에게 최대의 고비가 닥친 것이다.

그 사이에도 태아들은 끊임없이 여기저기서 불쑥불쑥 튀어나와 수가 계속 증가하고 있었다. 무영은 두 손으로 두 귀를 막고 머리를 감싼 채 몸을 웅크렸다.

아무리 생각해도 이 아기들을 뚫고 나갈 방법이 없었다. 이미 몇 겹으로 둘러싸였는지 모를 정도로 태아들은 많았고 울음소리 하나하나가 머릿속을 콕콕 찌르는 것 같았다.

'미칠 것 같아…… 제발 그만 울어. 제발…….'

무영이 머리를 움켜쥐고 괴로움에 몸서리치며 식은땀을 흘렸다. 무언가 몸 안에서 힘이 빠지는 게 느껴졌다.

무영은 눈을 뜨고 고개를 들었다. 수천 명의 태아들이 자신의 빛 언저리에서 악을 쓰며 울고 있었다. 그리고 그 입으로 무영의 기가 조금씩 빨려 들어가는 것을 똑똑히 보았다.

'맙소사. 아기들의 울음을 그치게 해야 해.'

무영이 정신을 차리고 팔을 들어 올리다 멈췄다. 팔을 휘두르면 아기들이 죽을 것이다. 대부분 죽임을 당해 자신에게 하소연하던 아기들을 또다시 죽이는 건…… 도저히 팔을 휘두를 수 없었던 무영은 망설이다가 서서히 팔을 내렸다.

'우는 거라도 멈추게 해야 하는데 어떡하지? 어떻게 해야 입을 다물게 하지?'

천천히 일어나 한 바퀴를 돌면서 위아래를 돌아보았다. 어디를 보아도 아기와 태아들로 꽉 차서 조그만 구멍도 보이지 않는 것 같았다. 꽉 막혀 있다는 생각이 들자 갑자기 가슴이 답답해졌다. 온몸에 기(氣)가 가득 차 있어 가슴이 답답해지는 경험이 없던 무영으로선 당황스러운 상황이었다. 어떻게든 이 두꺼운 태아들의 벽을 허물어야 했다.

'만약, 태아들의 벽을 넘지 못한다면 어떻게 될까?'

무영은 고개를 저으며 방법을 생각해 봤지만, 아기들의 울음을 그치게 할 방법은 생각나지 않았다. 무영이 눈앞에 있던 가장 큰 아기에게 물었다.

"아기야, 넌 몇 개월이나 되었니?"

아기의 울음소리가 줄어들며 느낌이 전달되어 왔다.

'9개월에 세상에 나갔는데 질병과 장애를 타고났다고 죽게 내버려 뒀어.'

"그랬구나. 그러면 내가 어떻게 너를 도와줘야 하겠니?"

'몰라. 벌줘.'

"난 벌주는 사람이 아냐."

'벌줘.'

아기는 다시 울기 시작했다.

무영이 해결책을 찾지 못한 채 아기와 태아들의 입속으로 기가 계속 빨려 들어가고 있었다. 점점 기운이 빠지는 걸 느낄 무렵이었다. 한쪽에서 요란한 소리가 나면서 '퍽!' '퍽!' 소리가 들리고 아기들의 소름 끼치는 비명 소리가 들렸다.

'뭘까?'

겹겹이 둘러싸여 있던 아기들의 한쪽 벽이 무너지면서 백여 명의 신들이 모습을 드러냈다. 무영은 단숨에 그들을 알아보았다. 그들은 외조부모, 증조부모, 고조부모와 삼촌, 외삼촌, 형제, 자매와 친가 쪽과 외가 쪽으로 이루어진 조상신들이었다. 자손이 위험에 처한 것을 지켜만 볼 수 없었던 조상신들이 의기투합해서 몰려온 것이다.

'어서 나와요.'

조상신 중 하나가 소리쳤다. 무영은 얼떨결에 아기들의 벽을 빠져나갔다. 그러자 아기와 태아들로 이루어진 커다란 벽이 움직이기 시작했다. 움직이는 무영을 목표로 태아들의 벽이 따라 움직이자 조상신들이 아기들을 닥치는 대로 잡아 죽였다. 무영이 기겁하며 조상신들을 말렸다.

"그만둬요!"

조상신들이 무영을 돌아보더니 한마디씩 했다.

'이건 허깨비들이요. 명상 속에 들어간 허깨비들이라고요.'

'정신 차려요. 허깨비들에게 눌려 죽을 참이요.'

'이놈들은 기를 빨아 먹는 악마들이요. 손주님은 이놈들에게 인정을 두지 마세요.'

'그래, 아기의 탈을 쓴 악령들이요. 손주님! 이놈들을 없애야 해요.'

'고이 정화의 숲으로 갈 것이지. 그럼 이승에 금방 갈 것을…….'

무영은 조상신들의 말을 듣고 망연히 서 있었다.

조상신들의 말도 맞았지만, 아기들의 울음소리와 비명은 무영의 신경을 긁고 사고를 마비시키는 힘이 있었다. 아기들 하나하나가 다 억울하게 죽은 것을 호소하며 우는 것이라 더 이성을 잃게 만드는 것이다.

무영이 멍하게 서 있는 동안에도 조상신들은 아기와 태아들이 손에 잡히는 대로 죽이고 있었다. 아기들이 죽을 때 내는 외마디 소리는 무영의 정신을 현실로 불러왔다.

"그만둬요. 아기들이 죽잖아요."

무영이 다급하게 외치며 조상신들을 막아섰다.

'이것들은 악령이요. 손주님의 기를 빨아먹고 환생하기 위한 악령들이란 말이요.'

'그동안 잘해 오더니 갑자기 왜 그래요.'

'엄청난 도력을 저런 악령들에게 다 **빼앗기려** 하시오?'

조상신들이 어리둥절해서 잠시 멈췄다.

"아기들이잖아요. 그것도 엄마 배 속에서 태어나지도 못하고 죽은 태아들이에요. 심지어 태어나자마자 죽은 아기도 있어요. 나에게 억울하다고 하소연하러 온 아기들인데, 좀 많긴 하지만 죽일 필요까진 없잖아요. 그러잖아도 불쌍한 생명들인데…….."

무영의 말에 조상신들이 기가 막힌 표정을 지었다.

'힘들게 득도해서 악귀들에게 기를 나누어 준다고?…… 그건 아니지요. 손주님! 정신 차려요!'

'이건 시험이요. 명상 속의 시험이라고. 지금까지 많은 시험을 거쳤잖소. 이것도 넘어야 하는 시험일 뿐이요.'

'현실에서 아기들은 절대적으로 보호해야 하는 대상이지만 이 아기들은 허울뿐이라고. 손주님의 기가 저 아기들의 벌린 아가리 속으로 들어가는 게 보이지 않아요?'

"보여요."

무영이 조그맣게 대답했다.

'보이는데도 그런 나약한 생각을 해요? 어처구니가 없네.'

'손주님은 일반 사람들과 달라요. 득도한 사람들 중에서도 으뜸이라고요. 우리 가문에서 이런 인물이 나왔는데 허망하게 죽게 놔둘 순 없어요. 이대로라면 저 악령들에게 기를 다 빨려서 죽게 된다고요. 그래서 우리가 도우러 왔어요.'

무영이 물었다.

"명상 속에서 죽을 수도 있어요?"

무영은 명상 속에서 칼 들고 덤비는 신들과 싸울 때도 죽을 수 있다는 생각을 해 본 적이 없었다.

'고승 중에서 명상 속에서 죽은 경우가 간혹 있어요. 우리 손주님이 그런 식으로 우리 곁에 오는 걸 원치 않아요.'

"죽지 않으면 되잖아요."

'지금 이대로면 죽어요. 죽을 수밖에 없어요. 저 아가리들을 보세요.'

조상신이 손으로 크게 원을 그렸다. 사방이 아기들로 차 있었고 저마다 입을 벙긋 벌리고 있었다. 소리조차 낼 수 없고 울지 못하는 주먹만 한 아기들도 입은 벌리고 있었다. 그 입 속으로 무영의 기가 빨려 들어가고 있었다.

'저 아가리 속에 퍼부어 주려고 도를 닦은 건 아니잖아요. 정신 좀 차려요.'

'여기서 우리가 저 아기들을 죽인다고 해도 소멸되는 건 아니니까 다음 생으로 넘어가는 덴 문제 없어. 망설이지 말고 해치워요. 팔 한 번 휘두르면 시원하게 사라져 버릴 거예요.'

"하지만……."

무영은 여전히 망설이고 있었고 그러는 사이 아기들은 다시 무영의 주위에 둥글게 벽을 쌓고 있었다.

'이러다가 우리까지 갇히겠다. 한 곳은 터야 해.'

'그러지 말고 손주님, 명상에서 나가세요. 그러면 되잖아요. 나가!'

"아……! 그 방법이 있었지."

조상신의 조언에 무영은 현실로 돌아가려고 했다. 하지만 어쩐 일인지 명상에서 빠져나가 눈을 뜨려고 노력해도 나갈 수가 없었다.

"어떻게 된 거야. 왜 안 나가지?"

'어서 나가요!'

조상신의 외침에 무영이 대답했다.

"나갈 수가 없어요."

'뭐?'

"안 나가진다고요?"

조상신들이 놀라서 무영을 돌아보다가 한 명이 소리쳤다.

'일단 또 막히기 전에 빠져나가서 시간을 벌면서 생각해 봐요. 일단 움직여요.'

조상신의 외침대로 막혀가는 아기들의 벽을 빠져나갔다. 아기들은 대형이 흩어지면서 다시 무영을 따라 움직였다. 조상신 하나가 욕을 해 대며 태아들을 닥치는 대로 잡아 패대기쳤다.

'쌍, 망할 것들이 거머리처럼 들러붙네그려. 도대체 얼마나 많은 거야?'

옆에 있던 다른 조상신이 거들고 나섰다.

'쥐방울만 한 것들이 더럽게 성가시게 구네. 이런 경운 정말 처음 보는데 내친김에 싹 다 치워 버리자.'

조상신들이 크고 작은 태아들을 손아귀에 잡히는 대로 주물러 터트리고 있었다. 아무리 조상신들이 아기를 없애도 태아의 수는 점점 늘어만 갔다. 이미 수십만을 넘어서고 있었다.

"그만둬요!"

무영이 소스라치게 놀라서 소리쳤다.

"무슨 짓이에요. 아기들에게."

무영이 두 조상신을 막아서자 다른 조상신이 무영을 말렸다.

'손주님! 이렇게 하지 않으면 손주님도 우리도 다 갇혀 죽게 돼요. 저 아기들을 살리려거든 어서 이 명상 속을 빠져나가세요.'

"하지만 저 아기들…… 이상해요. 안 나가져요."

무영이 어쩔 줄 몰라 하자 조상신이 말했다.

'저 영들이 세상에 나갔다면 아기지만 여기서는 아기가 아니라 손주님을 시험하고 기를 빼앗아 죽이기 위한 악령이요. 손주님이 보호할 가치가 있는 그런 존재가 아니란 말이오.'

'우리를 위해서라도 어서 명상 속을 벗어나세요. 아니면 이 악령들을 모두 죽이든지요.'

조상신의 재촉에 무영도 눈을 질끈 감고 방법을 찾기 시작했다. 하지만 계속 들려오는 아기들의 비명 소리와 울음소리는 참기 힘든 고역이었고 평정심을 유지하기 힘들었다. 게다가 조상신들의 마구잡이식 아기 사냥도 신경을 거스르고 있었다. 어서 이 상황을 벗어나고 싶었지만, 평상시에 그리도 쉽던 현실 복귀는 좀처럼 탈출구가 보이지 않았다.

무영은 다시 눈을 떴다. 다시 아기들이 모여 벽을 쌓기 시작하고 조상신들은 무영에게 시간을 벌어 주기 위해 아기들을 닥치는 대로 패대기치고, 쥐어짜고, 발로 밟고 있었다.

"그만둬요!!!"

짜증이 확 올라온 무영이 소리를 지르며 두 팔을 활짝 벌렸다. 동시에 빛이 사방으로 뿜어 나가며 아기들의 벽이 와르르 무너지며 흩어졌다.

순간적으로 아기들의 찢어지는 비명 소리가 가득 찼다가 사라지고 무영의 주변은 휑하니 비었다. 수많은 아기들이 소멸되고, 멀리 떨어져 둥둥 떠서 더 이상 다가올 엄두를 내지 않는 것 같았다.

조상신들도 뒤로 나뒹굴었다가 추스르고 다시 무영이에게 다가갔다. 무영의 옆에 가까이 있던 조상신 중 두어 명은 빛의 위력에 소멸되고 남아 있는 조상신들도 팔다리가 떨어져 나가거나 몸이 부분적으로 패이고 너덜너덜해져 있었다.

'세상에!!! 엄청난 힘이었어요. 우리까지 모두 죽을 뻔했다고요.'

'우리가 있는 쪽을 피해서 기를 조절했어야지요.'

'두 명은 소멸됐어요. 우리도 엄청 다쳤고.'

조상신들의 참담한 모습에 무영은 미안해졌다.

"어, 죄송해요. 죄송해요. 잠시 짜증이 나서 그만…….'

무영이 손을 들자 조상신들이 더 이상 다가오지 못했다.

'아, 이제 할 일 다 끝났으니 가야겠어요. 몸조심하세요. 손주님은 우리의 후손이지만 특별한 사람이에요.'

무영은 그제야 조상신들이 자신에게 모두 존댓말을 하고 있다는 걸 깨달았다.

"제가 도력이 있어서요? 그것 때문에 제게 존댓말을 쓰고 계신 건가요? 후손인 데도요?"

'맞아요. 도력도 일반 도력이 아니라 신계에서도 엄청난 수준의 도력이거든요.'

'인간계에서는 신분의 차이가 재력이나 관계의 높은 자리, 그 외 학벌로 정해진다면 신계에서는 도력이 신분의 차이를 결정짓지요. 그만

큼 우리에게 후손이라도 손주님은 받들어 모시고 지켜야 하는 귀한 존
재요.'

"고맙습니다. 높게 평가해 주셔서."

무영은 진심으로 고맙고 미안했다.

'사실인걸요.'

'그나저나 이렇게 망가진 몸을 어디로 가야 치료를 받지?'

무영이 안쓰럽고 미안한 마음에 손을 조금 내밀었다. 작은 빛이 앞
에 있던 조상신의 몸에 닿았다. 조상신이 움찔 뒤로 물러나다가 뒤에
있던 조상신들과 부딪치고 겹쳐져 혼란이 일어났다.

'이런, 우리에게 왜 이러는 거요?'

조상신들 중 한 명이 소리쳤다.

"아…… 미안해요. 이건 정말 실수인데…… 어?"

무영은 빛이 닿았던 조상신에게서 작은 변화를 보았다. 확인하기
위해 조금 앞으로 움직이자, 조상신들이 더 멀리 떨어졌다.

'오지 마. 오지 마요. 우리가 죽는다고요.'

"아니 그게…… 거기 조상님!"

무영이 손사래를 치며 빛이 닿았던 조상신에게 다가갔다.

"그게 아니라 제가 치료해 드릴 수 있을 것 같아서요. 잠깐만요."

무영이 성큼성큼 다가가자 조상신들이 기겁하고 뒤로 우르르 물러
섰다.

"제가 그랬으니까 제가 치료해 드릴게요."

조상신들이 고개를 젓고 손을 흔들었다.

'오지 마세요. 그러다 우리 다 죽이겠어요. 제발…….'

조상신들이 한데 뭉쳐서 물러서며 애원했다.

"그게 아니라니까요. 제가 치료해 드릴 수 있다고요."

무영이 멈추지 않고 조상신들에게 다가가면서 말하자 조상신들도 물러서다가 멈췄다.

'어떻게 치료를 해 준다는 건가요?'

"빛으로⋯⋯요."

무영이 두 손을 내밀었다. 무영의 말에 미심쩍어하던 조상신들이 자기들끼리 뭔가 쑥덕거렸다. 이윽고 한 조상신이 무영에게 말했다.

'손주님! 우리가 아무리 힘이 없는 조상이라 해도 손주님의 조상이요. 그 빛은 우리를 해칠 수는 있어도 치료할 순 없어요. 그러니 우린 갈게요.'

조상신들이 무영에게 인사하고 가려 하자 무영이 다급하게 손을 뻗었다.

"그 꼴로 어딜 가요. 다 낫게 해 드릴 테니 기다리라고요."

뻗은 손에서 빛이 나가 사라지려던 조상신 서너 명에게 닿았다. 빛이 닿은 조상신들이 비명을 질렀다.

무영의 의도와는 달리 빛이 닿은 조상신들은 또 신체의 일부가 사라져 더욱 몰골이 흉측해졌다. 조상신들이 두려움과 분노에 휩싸여 갈팡질팡하고 있는 사이 사라지려던 조상신들이 다시 모습을 드러냈다.

무영은 자신에 의해 더욱 망가진 조상신들의 모습에 놀라고 다시 나타난 조상신들의 강경한 분위기에 당황했다. 조상신들은 조금 전의 인자한 표정에서 잔뜩 화난 표정으로 무영에게 대들었다.

'우리들을 죽이려고 작정을 했군요. 저 아기 악령들이나 죽이라니까.'

'도와주려고 온 우리에게 배은망덕도 유분수지. 너무 하잖아.'

'잘못된 도를 닦았어요. 우리가 아무리 하찮게 보여도 그래도 조상신인데 이럴 수가 있소?'

조상신들이 꾸짖음에 무영은 할 말을 잃고 가만히 있었다.

두 번이나 빛을 맞아 다리가 사라지고 몸의 일부마저 손상된 조상신 하나가 갑자기 무영에게 덤벼들더니 무영의 몸을 움켜쥐었다. 다른 조상신들이 깜짝 놀라서 말리려 하였으나 제지하는 조상신들에 의해 다가서지 못하고 지켜보았다.

무영은 눌리는 가슴이 고통스러웠지만 눈을 감고 참았다. 자신이 움직일수록 누군가 다치고 죽는다는 것이 싫고 두려웠다. 가슴이 아프고 숨도 막혀 오자 명상 밖으로 나가려고 다시 시도해 보았지만 역시 헛수고였다. 조상신들의 두런거림이 들려왔다.

'왜 가만히 있지. 두 팔로 저렇게 심장을 쥐어짜면 심장마비 올 텐데……'

'이상하다. 빛 속인 데도 소멸되지 않고 있어.'

'도력이 있으니 알아서 빠져나오겠지.'

'양심은 있나 보네. 반항하지 않는 걸 보니 말이야.'

'저러다 진짜 죽진 않겠지? 그래도 후손 중에 저만한 후손이 없는데.'

'저 망나니 조상신은 빛 속에서도 잘 견디네. 빛에 닿으면 우리가 소멸되거나 상처를 입는 거 아니었나?'

조상신 하나가 무영에게 가까이 와서 빛 속에 손을 대어 보았다.

'어라, 괜찮은데…… 상처가 나지 않아. 녹지도 않고……. 근데 좀

저릿저릿하군.'

무영은 의식이 가물가물해지면서 조상신들이 자신의 주위에 모여 드는 것을 느꼈다. 아기들에게서 벗어나니 조상신들에게 공격받는 중이었고 숨 쉴 수 없을 정도로 가슴이 답답했다. 조상신들을 다치게 한 죄로 어떠한 벌이라도 받겠다는 심정으로 가만히 있었지만 이러다간 정말 죽을 것 같았다.

지켜보기만 하던 조상신들이 본격적으로 무영의 가슴팍을 누르고 있던 신을 뜯어말리기 시작했다.

'그러고 보니 이 망나니 자식이었네. 썩 그 몸에서 떨어지지 못할 까?'

'야! 너 떨어져. 그러다 우리 손주님 진짜 신계로 들어오겠다. 그럼 너 그 감당 어떡하려고 그러냐?'

무영의 심장을 움켜쥔 조상신이 고개를 홱 돌렸다.

'내 몸을 봐. 그리고 당신들 몸을 보라고. 이게 후손이 조상에게 할 짓인가?'

'그건 나도 동감일세. 나도 이렇게 손주님 솜씨에 팔 한쪽이 날아간 상태이니 할 말이 없네만. 그래도 이제 놓아주게나. 그러다 손주님 심장마비 오겠네.'

옆에서 다른 조상신이 선동질했다.

'아녀, 그리하는 김에 아주 본때를 보여 줘.'

'맞아. 우리가 지를 구해 주러 왔는데 치사는 못할망정 우리를 공격했잖아. 이건 정말 아니지.'

다른 조상신들이 나섰다.

'이 손주님은 일반 도인이 아님을 우리가 잘 알고 있잖나. 우리가 지키고 받들어야 할 신계의 웃어른이 되실 걸세. 이래선 안 돼. 어서 놔줘.'

'그래, 우리가 죽더라도 지켜야 할 분이셨네. 그 손 놓으시게.'

'이놈아, 그 손 놓으란 말이다. 우리 말이 안 들리느냐? 그러다 정말 죽겠다.'

압도적으로 많은 온건파 조상신들의 만류에도 불구하고 서너 명의 강경파 조상신들은 물러서지 않았다.

'흥!'

조상신들의 옥신각신하는 실랑이가 아스라이 꿈결처럼 느껴졌다.

무영은 자기 방으로 돌아왔다. 침대에 앉아 있는 자신을 내려다보면서 뭔가 잘못되었다는 걸 깨달았다.

'맙소사! 명상에서 빠져나온 것이 아니라 죽었구나. 그 조상신에 의해.'

무영은 자신의 몸을 내려다보다가 뒤를 돌아보았다. 한 줄기 빛이 강하게 끌어당기는 것이 느껴졌고 빛 쪽을 향해 돌아서자, 빛줄기 속으로 빨려 들어갔다.

開闢 1下

초판 1쇄 인쇄 2024년 06월 21일
초판 1쇄 발행 2024년 06월 28일
지은이 박모은

펴낸이 김양수
책임편집 이정은
교정교열 연유나

펴낸곳 도서출판 맑은샘
출판등록 제2012-000035
주소 경기도 고양시 일산서구 중앙로 1456 서현프라자 604호
전화 031) 906-5006
팩스 031) 906-5079
홈페이지 www.booksam.kr
블로그 http://blog.naver.com/okbook1234
페이스북 facebook.com/booksam.kr
이메일 okbook1234@naver.com

ISBN 979-11-5778-652-7 (04800)
       979-11-5778-650-3 (SET)

맑은샘, 휴앤스토리 브랜드와 함께하는 출판사입니다.